Arthur Escroyne
Die Kirschen in Nachbars Garten

PIPER

Zu diesem Buch

Nach der Geburt des kleinen Lords arbeitet Rosy wieder als Chief Inspector, und der aktuelle Fall hält sie in Atem: Tod eines reichen Mannes mit Messer im Rücken. Rosy vermutet dahinter eine tragische Liebesgeschichte, vielleicht auch, weil auf Schloss Sutherly der Haussegen gerade schief hängt. Arthur ist extrem reizbar, da ihn das Kind rund um die Uhr auf Trab hält, und er ist verärgert, praktisch alleinerziehend zu sein. Da begegnet ihm im Städtchen ein sanfter Engel, der dem überforderten Earl viel Mitgefühl entgegenbringt. Milly Kowalczyk, die unscheinbare Schönheit aus der Baumschule, hatte bisher wenig Glück in der Liebe und schenkt all ihre Zärtlichkeit den Pflanzen. So ist es nicht verwunderlich, dass die beiden Gartenliebhaber einander näherkommen. Und plötzlich muss Rosy um ihre Ehe und um den Erhalt der Familie bangen. Wird es ihr gelingen, Arthur zurückzuerobern?

Harold Philipp Arthur Escroyne ist der 36. Earl of Sutherly. Nach seinem Kunststudium arbeitete er als Werbegrafiker für einen bekannten englischen Shortbread-Hersteller. Lord Escroyne ist für seine Nacktstängel-Schwertlilienzucht (Iris aphylla) über die Grenzen der Grafschaft hinaus bekannt. Der passionierte Gärtner gewann zahlreiche Preise.

Arthur Escroyne

Die Kirschen in Nachbars Garten

Kriminalroman

Übersetzung aus dem Englischen
von Rudolf Katzer

PIPER

Mehr über unsere Autoren und Bücher:
www.piper.de

Wenn Ihnen dieser Kriminalroman gefallen hat, schreiben Sie uns unter Nennung des Titels »Die Todesbotschaft« an *empfehlungen@piper.de,* und wir empfehlen Ihnen gerne vergleichbare Bücher.

Von Arthur Escroyne liegen im Piper Verlag vor:
Der Killer im Lorbeer
Aufschrei in Ascot
Schüsse im Shortbread
Mit Schirm, Charme und Kanone
Die Kirschen in Nachbars Garten
Keine Rosy ohne Dornen

MIX
Papier aus verantwortungsvollen Quellen
FSC® C083411
FSC www.fsc.org

Ungekürzte Taschenbuchausgabe
ISBN 978-3-492-31283-7
Juli 2019

erschienen im Verlagsprogramm Pendo
Umschlaggestaltung und -illustration: U1 Berlin/
Patrizia Di Stefano unter Verwendung von Look and Learn/
Valerie Jackson Harris Collection/Bridgeman Images, Private Collection/Bridgeman Images, Purix Verlag Volker Christen/
Bridgeman Images und Donald Erickson/Getty Images
Satz: Uhl + Massopust, Aalen
Gesetzt aus der Stone Serif
Druck und Bindung: CPI books GmbH, Leck
Printed in the EU

1

Messer im Rücken

Ich sage es jetzt zum letzten Mal, ein Feuerzeug ist nichts für einen kleinen Jungen. Haben wir uns verstanden?«

Ich habe das rote Wegwerffeuerzeug schon an allen möglichen Plätzen versteckt, aber Philipp John findet es jedes Mal wieder. Wegen seiner leuchtenden Farbe besitzt das Ding einen besonderen Reiz für ihn, vielleicht auch, weil irgendein Superheld darauf abgebildet ist. Obwohl Philipp Johns kleine Finger noch nicht imstande wären, den schwergängigen Mechanismus zu bedienen, ist es undenkbar, dass ein Dreijähriger mit dem Feuer spielen darf. Rosy, meine Frau, sieht das genauso. Nur ist Rosy so gut wie nie zu Hause, wenn Probleme dieser Art auftauchen. Detective Inspector Rosemary Escroyne verlässt Sutherly Castle täglich morgens um sieben Uhr vierzig und trifft um acht Uhr fünfzehn in ihrem Büro in Gloucester ein. Es ist das Büro der leitenden Chefkommissarin der Mordkommission.

So sieht die Einteilung des Lebens aus, seit Rosy und ich ein Kind haben. Seit anderthalb Jahren steht sie wieder an der Spitze des Dezernats für Kapitalverbrechen, einem Job, den niemand besser ausfüllen könnte als Rosy. Sie ist dazu geboren, gegen Mörder zu kämpfen. Bin ich allerdings dazu geboren, das Hausmütterchen zu spielen? Das ist die Frage, die ich an Philipp Johns erstem Geburtstag noch zärtlich mit Ja beantwortet habe, die nach seinem zweiten Geburtstag an Brisanz gewann und die kurz vor seinem dritten Geburtstag wie eine Flammenschrift an der Wand steht. Warum muss ich unseren Sohn allein großziehen, wieso setzt Rosy das voraus? Und weshalb mache ich nicht endlich den Mund auf und proklamiere, dass es so nicht weitergeht?

In erster Linie wegen Philipp John. Er ist ein wunderschöner, lebendiger Knabe mit dem feurigen Temperament seiner Mutter. Er hat blond gelocktes Haar, ein gewinnendes Lächeln, strahlend blaugraue Augen, er ist gesund an Leib und Seele, und seine kleine Besonderheit, der elfte Zeh, stellt keinerlei Behinderung für den Knaben dar.

Er ist gesund an Leib und Seele, nicht aber in seinem Geiste. Philipp Johns Gehirn entwickelt sich langsamer als das anderer Kinder. Rosy und ich haben es sieben Monate nach seiner Geburt festgestellt. In der Folge wurden wir von den Ärzten vorsichtig damit konfrontiert, dass unser Kind *besonders* sein würde. Mittlerweile läuft Johnny balancesicher, er erklettert bis zu fünf Leitersprossen hintereinander und hüpft von den inneren Zinnen des Schlossturmes auf die Aussichtsplattform, körperlich eine normale Entwicklung. Mit Johnnys Sprache sieht es anders aus. Möglich, dass er die Bedeutung vieler Worte kennt, leider lässt er uns selten daran teilhaben. Seine kurzen Zweiwortsätze, auch die Ausrufe aus seinem Mund scheinen einer geheimen Urwaldsprache zu entstammen, grelle, gutturale Laute, Ausdruck der Freude oder des Ärgers. Zärtlich nennen wir ihn manchmal unseren *Mogli*, weil seine Ausdrucksweise anmutet, als ob er unter Wölfen aufwachsen würde. Wir bemühen uns, seiner Entwicklung mit Humor und Liebe zu begegnen, und können doch nicht verhindern, dass sein Zustand uns mitunter besorgt, ja traurig macht. Wenn ich Philipp John zusehe, wie er mit dem Löffel isst, bin ich zuversichtlich. Wenn er sein Porridge plötzlich über den Tisch verteilt und die Schüssel gegen die Wand wirft, wird aus Zuversicht Ratlosigkeit. Wenn solche Dinge passieren, bin ich fast immer mit ihm allein. Tagsüber ist Rosy auf Mörderjagd, und wenn sie heimkommt, schläft Johnny bereits.

Wir konnten ihn in keiner Kita für normale Kinder unterbringen, und in eine Tagesstätte für Behinderte will ich ihn nicht geben. Die einzige Konsequenz war daher, dass ich mich selbst um ihn kümmere. Ich bin der 36. Earl von Sutherly, mein Sohn wird eines Tages der 37. Earl sein, unsere Familie blickt auf einen neunhundertjährigen Stammbaum zurück. Die Escroynes kämpften an der Seite vieler britischer Könige, vertrieben die Waliser aus England und zwangen gemeinsam mit anderen

Fürsten König John I., die Magna Carta zu unterzeichnen. Unsere Familientradition ist ehrwürdig und jahrhundertealt. Das bedeutet allerdings auch, dass die Gene der Escroynes nicht mehr die frischesten sind. Ich schreibe die Ursache für Philipp Johns Zustand daher keinem anderen zu als mir selbst. Rosy behauptet das Gegenteil. Sie meint, sie sei damals schon zu alt für die Mutterschaft gewesen. Ihre Krankheit während der Schwangerschaft und die extrem frühe Entbindung hätten zu Johnnys Besonderheit geführt. Die Wahrheit liegt irgendwo dazwischen.

Nachdem das Feuerzeugverbot von Philipp mit knurrendem Missfallen aufgenommen wurde, verzieht er sich in seinen Winkel und spielt mit den Dutzenden Superhelden, die während des letzten Jahres Dauergäste auf Sutherly Castle geworden sind. Wegen seiner Baufälligkeit sind auf dem Schloss nur noch drei Räume bewohnbar, daher konnten wir für ihn kein Kinderzimmer einrichten. Er muss sich mit der fensterseitigen Hälfte unseres Schlafzimmers begnügen.

Nach meiner geglückten Erziehungsmaßnahme atme ich zur Beruhigung tief durch und setze Wasser auf. Tee ist ein gutes Getränk, er gibt Kraft und hält einen alleinerziehenden Vater am Laufen. Bevor der kleine Urwaldmensch wieder meine volle Aufmerksamkeit beanspruchen wird, winkt mir eine kurze Auszeit, ein paar ruhige Minuten, um eine Tasse Darjeeling zu trinken.

»Ich habe keine Zeit. Am besten, Sie lassen sich einen Termin geben.« Rosy wirft die Lederjacke über die Schulter. Eigentlich ist es zu warm für das schwere Ding, das ich ihr vor Jahren geschenkt habe, als ich mein Motorrad verkaufte, doch ob Hitzewelle, Schneesturm oder Dauerregen, Rosy trennt sich von dieser Jacke so gut wie nie.

Der kräftige Kerl mit dem rötlichen Haar stellt sich der Chefkommissarin in den Weg. »Ein Termin wird nicht nötig sein.«

»Hören Sie, ich muss an einen Tatort.«

»Mord in den Docks«, erwidert er unbeeindruckt.

Rosy mustert den Eindringling genauer. Er ist mindestens sieben Fuß groß, Schultern wie Herkules, sein Brustkorb sprengt den irischen Schurwollpulli beinahe. Der Hals ist so breit, dass er übergangslos in den kreisrunden Schädel übergeht. Dazu ein rötlicher Dreitagesbart und braune Kulleraugen, die Rosy so drollig ansehen, dass sie schmunzelt. »Woher wissen Sie das?«

»Weil ich Sie gleich dorthin begleiten werde.« Der Hüne schüttelt Rosys Hand. Meine Frau hat kräftige, arbeitsame Hände, aber in den Pranken des Großen wirken sie wie die zierlichen Finger eines Handcreme-Models.

»Sind Sie der neue Polizeifotograf?«

»Ich bin Ihr neuer Assistent, Mrs Escroyne.«

»Die Aushilfe aus Cornwall?« Vor Überraschung vergisst Rosy ihre Hand zurückzuziehen. »Dann müssen Sie Sergeant Stinton sein.«

»*Stanton*, Larry Stanton. Und ich ziehe es vor, mich nicht als Aushilfe zu sehen.«

»Sie sind mir nur so lange zugeteilt, bis Sergeant Bellamy aus dem Krankenhaus entlassen wird.«

»Ist mir bekannt.« Stanton setzt ein Lächeln auf, wie man es aus Piratenfilmen kennt. Der Sergeant hat eine Menge Zähne im Mund, und jeder einzelne davon ist perlweiß.

»Wenn Sie wollen, können wir im Wagen weiterreden«, bietet er der Kommissarin an.

Rosy schätzt praktisch veranlagte Menschen, Stanton holt sich mit dieser Bemerkung einen Pluspunkt. »Wann sind Sie angekommen?« Im Gleichschritt verlassen die Detectives das Großraumbüro.

»Vor fünf Minuten.« Stanton hat die richtige Eingebung, dass Rosy nicht den Fahrstuhl, sondern die Treppe benutzen wird.

»Aus Cornwall?«

»Aus Cornwall.«

»Wie lange fährt man da, vier Stunden?«

»Wenn man sich an die Verkehrsregeln hält. Ich war spät dran und habe die Strecke in zweieinhalb gemacht.«

Sollte mein Aushilfsassistent ein Angeber sein?, überlegt Rosy. »Haben Sie schon eine Bleibe?«

»Die suche ich mir nachher.«

Sie treten ins Freie.

»Ich kenne Cornwall ein bisschen. Wo kommen Sie her?«

»Porthleven.«

»Nie gehört.«

»Sie kennen den schönsten Hafen im Vereinigten Königreich nicht? Die südlichste Bastion unserer Insel?«

Er *ist* ein Angeber, denkt Rosy und läuft auf den Dienstwagen zu.

»Was erwartet uns in den Docks?« Mit zwei kräftigen Schritten hat er sie eingeholt.

»Die Leiche von Mr Gordon Urquardt, der mit einer Stichwunde im Rücken noch zweihundert Yards weit gelaufen ist, bevor er am Pier zusammenbrach und starb.«

»Woher wissen wir, dass der Mann nach seiner Verletzung noch so weit kam?«

»Weil es in diesem Teil der Docks nur einen einzigen Pub gibt, wo Urquardt seinen Mantel hat hängen lassen.«

»Er könnte auch auf der Straße angegriffen worden sein.«

»Könnte er nicht. Einer unserer Constables sah Urquardt auf dem gegenüberliegenden Pier dahintaumeln.«

»Wieso hat der Polizist nicht eingegriffen?«

»Weil er dazu schwimmen hätte müssen. Die Hafenmündung liegt dazwischen.«

Als Rosy die Autotür öffnet, hält sie inne. »Was ist denn das für ein Monstrum?« Ihr Finger deutet auf einen prähistorischen VW-Bus auf dem Polizeiparkplatz, der bis unter das Dach vollgepackt ist.

»Mein Auto, meinen Sie?«, erwidert Stanton arglos.

»Wollen Sie für immer nach Gloucester übersiedeln?«

Er zeigt die Zähne. »Wissen Sie, ich habe meine wichtigsten Sachen immer gern um mich.«

Zehn Minuten später erreichen die Kommissarin und ihr Neuer die Docks von Gloucester. An den Ausmaßen der Hafenanlage erkennt man ihre einstige Bedeutung. Durch seine Verbindung zum Sharpness Kanal und damit zur Schifffahrt auf dem Fluss Severn war Gloucester bis ins zwanzigste Jahrhundert ein wichtiger Umschlagplatz. Nach dem Ersten Weltkrieg schwand die Bedeutung des Hafens, die Lagerhäuser und Speicher verfielen, bis gegen Ende der Achtzigerjahre die Renovierung des Stadtteils neues Leben in das Viertel brachte. Rosy hält im ältesten Teil der Docks, der noch nicht durch Apartments und Shopmeilen dem Stil der Zeit angepasst wurde.

Ein junger Constable schildert ihr, wie er auf seinem Rundgang durch die Hafengegend einen Mann beobachtete, den er zunächst für betrunken hielt, der aber plötzlich auf die Knie sank, sein Handy aus der Sakkotasche nahm, eine Nummer tippte und auf dem Pflaster telefonierte.

»Das Hafenbecken ist zweihundert Yards breit, und es war bereits Nacht«, entgegnet Rosy. »Trotzdem wollen Sie das so genau beobachtet haben?«

»Der Mann kniete dort unter der Laterne«, erklärt der Constable.

Rosy wendet sich an das Duo der Spurensicherung. »Wurde Urquardts Handy gefunden?«

Innerhalb der Mordkommission heißen die beiden Gentlemen *der Onkel und der Neffe*.

»Fehlanzeige bis jetzt«, antwortet der kahlköpfige Onkel.

»Fehlanzeige«, echot der schlaksige Neffe.

»Hatte der Tote sein Sakko noch an?«, fragt Rosy Jock, den unverwüstlichen Polizeiarzt, der von Gesetzes wegen längst im Ruhestand sein müsste, doch gute Forensiker sind Mangelware.

Jock nickt. »Der Messerstich ging durch das Sakko hindurch. Nicht aber durch seinen Mantel, denn der hing ja im Pub.«

»Heißt das, er könnte im Pub erstochen worden sein und rettete sich danach ins Freie?«

»Möglich.«

Eine Windbö bläst Rosy das Haar ins Gesicht. »Wenn er seine Jacke noch anhatte, wo ist dann Urquardts Handy abgeblieben?«

»Ich habe ...«, will der junge Constable einwerfen.

»Leider kein Handy.« Der Onkel schüttelt den Kopf. »Weder bei der Leiche noch in der unmittelbaren Umgebung.«

»Kein Handy«, gibt auch der Neffe zu.

»Ich kann das erklären«, versucht es der Constable ein zweites Mal. »Ich habe beobachtet, wie der kniende Mann sein Telefon nach dem Gespräch ins Wasser geworfen hat.«

»Das sagen Sie erst jetzt?«, blafft Rosy ihn an.

»Da werden wir Taucher brauchen«, lässt sich der Sergeant vernehmen.

»Immer langsam.« Ein irritierter Blick von Rosy. »Zunächst vernehmen wir die Leute im Pub. Haben Sie dafür gesorgt, dass keiner das Lokal verlässt?«

»Ich habe vier Mann Verstärkung angefordert«, nickt der Constable. »Da geht keiner raus oder rein.«

»Was wollen die vielen Leute vor der Kneipe?« Rosy macht die ersten Schritte auf das Lokal zu.

»Schaulustige.«

Die Kommissarin gibt dem Onkel ein Zeichen. »Mach Fotos von den Leuten.«

»Wozu?«

»Weil der Mörder dort noch herumstehen könnte.«

»Prima Idee, Rosy.« Der Onkel zückt die Kamera.

2

Wasserfall

Da haut einer ab!« Gerade hat der Onkel zu knipsen begonnen, als ein junger Mann in der Menge seine Mütze in die Stirn zieht, sich zwischen den Umstehenden hindurchdrängt und die Beine in die Hand nimmt. Er rennt in die Richtung, wo die Gewässer der Hafenanlage dem Fluss zugeführt werden, der nach zahllosen Mäandern in die Severn Beach, von dort in den Bristol Channel mündet und sich schließlich in die Irische See ergießt.

So weit kommt der Flüchtende allerdings nicht. Eine unerwartete sportliche Leistung macht ihm einen Strich durch die Rechnung. Nachdem Sergeant Stanton hinter Rosy zurückgeblieben war, um seinen Schnürsenkel zu binden, setzt er unvermittelt zu einem Sprint an, den man dem schweren Mann nicht zutrauen würde. Mit mächtigen Sprüngen rennt Stanton hinter dem zierlichen Kerl her, der schon einen ordentlichen Vorsprung hat. Der Mann aus Cornwall und der Kleine rennen dicht am Wasser entlang. Rosy, der Rest ihrer Crew und die Schaulustigen werden Zeugen des Wettlaufs.

Die Distanz zwischen beiden verkleinert sich, der Flüchtende bemerkt den Verfolger und schlägt einen Haken zu den Anlegestegen der privaten Bootsbesitzer. Zwischen Ausflugsbooten, kleinen Jachten und Fischkuttern führt die Jagd über den Mittelsteg dahin. Sollte der Fliehende das andere Ende erreichen, könnte er dahinter in den verwinkelten Gassen entkommen.

Das begreift auch der Sergeant und forciert das Tempo. Den Oberkörper vorgeneigt, gehen seine Arme wie geölte Kolben hin und her, während die Beine weit ausgreifen.

»Wer ist denn dieser Olympionike?«, fragt der Polizeiarzt, während er neben Rosy tritt.

»Das ist Sergeant Stanton.«

»Und was will der bei uns?«

»Mir bei der Arbeit helfen.«

»So einen hatten wir hier noch nicht«, meint Jock versonnen. Im selben Augenblick setzt Stanton auf dem Steg zum Sprung an.

»Ja, so einen hatten wir noch nicht.« Mit großen Augen beobachtet Rosy, wie ihr neuer Assistent sich von hinten auf den kleinen Mann stürzt, der das Gleichgewicht verliert, wie beide zur Kante des Steges taumeln, den Schwung des Sturzes nicht bremsen können und ineinander verkeilt ins brackige Wasser des Hafenbeckens stürzen.

»Erstklassiges Tackling«, bemerkt der Onkel und macht trotz der Entfernung einen Schnappschuss von der Szene.

»Erstklassig«, bestätigt der Neffe.

»Bewegung, Leute, holt sie da raus!« Rosy schickt die Constables los. »Hast du Decken im Auto?«, fragt sie den Polizeiarzt.

Wenig später sitzen die Kontrahenten des Wettlaufs friedlich im Dragon und trinken Tee mit Whisky. Larry Stanton ist aus eigener Kraft aus dem Hafenbecken geklettert, dem jungen Mann musste geholfen werden. Darauf brachte man ihn zu Detective Inspector Rosemary Escroyne. Als die Kommissarin ihm eine Decke um die Schultern legte, erlebte sie eine Überraschung. Der Jüngling war falsch.

»Das ist eine Frau«, sagt der Onkel mit bestechender Logik.

»'ne Lady«, variiert der Neffe verblüfft.

»Natürlich bin ich eine Frau«, erwidert die durchnässte Person.

»Das war ein erstaunlicher Sprint, Sergeant.« Rosy gibt Stanton eine dampfende Tasse.

»Zu Hause renne ich täglich zehn Meilen über den Coastal Path.« In nassem Zustand wirkt Stantons rötliches Haar dunkler, dem schweren Wollpulli ist das Bad nicht bekommen, er hängt ihm bis tief über die Hüften.

Rosemary setzt sich der jungen Frau gegenüber. »Können Sie sich ausweisen?«

Beim Sturz ins Wasser hat sie ihre Mütze verloren. Ihr Haar ist dunkel und kurz geschnitten, sie hat einen zierlichen Hals. Wortlos zieht sie den Ausweis aus der Tasche.

»Erin Byrne«, liest Rosy vor. »Sie stammen nicht von hier.«

»Ich bin in Kenmare Neidin geboren.«

»Irland?« Die andere nickt. »Was wollten Sie vor dem Pub, und weshalb sind Sie weggelaufen?«

»Wegen Gordon.«

»Gordon Urquardt? Sie kannten Mr Urquardt?«

»Er ist mein Onkel.«

Die Kommissarin und der Sergeant tauschen einen Blick aus. »Sie wissen, was mit Ihrem Onkel geschah?«

»Er ist tot.«

»Haben Sie gesehen, wie er starb?«

»Nein.« Für einen Moment hebt Miss Byrne den Kopf und mustert Rosy, den durchnässten Sergeant und im Hintergrund einen jungen Mann mit schwarzem Vollbart, den Wirt des Dragon. »Ich kam erst her, als Alec mich angerufen hat.«

»Alec?« Rosy dreht sich um. »Das sind Sie, nicht wahr?«

»Alec Henderson«, bestätigt der Wirt. »Als die Polizei reinkam und sagte, da draußen liegt ein Toter am Pier, bin ich hinausgelaufen und sah, dass es Mr Urquardt war. Darauf habe ich Erin verständigt.«

»Wieso haben Sie das getan? Ich meine, wie gut kannten Sie Mr Urquardt?«

»Gordon war häufig hier.« Henderson wischt mit dem Lappen über den Tresen. »Meistens in Gesellschaft von Erin.«

»Und Sie kannten auch Miss Byrne so gut, dass Sie ihre Telefonnummer gleich zur Hand hatten?«

»Ist das verboten?«

Erin Byrne kommt dem Wirt zu Hilfe. »Ich habe ihm meine Nummer gegeben.«

»Weshalb?«

»Onkel Gordon ging es in letzter Zeit nicht besonders. Wenn er nachts loszog, um sich zu besaufen, wollte ich wissen, wo er ist.«

»Stammt Ihr Onkel auch aus Irland?«

»Unsere ganze Familie kommt aus Kenmare Neidin. Gordon ist allerdings vor Jahren nach England gezogen und hat hier geheiratet.«

»Standen Sie in engem Kontakt zu ihm?«

»Wir haben lange nichts voneinander gehört. Erst vor einem Jahr hat er mich angerufen.«

»Weshalb?«

»Weil er am Ende war.«

»In welcher Beziehung?«

»In jeder Beziehung. Besonders, was seine Beziehung betraf.«

Rosy wendet sich an Jock. »Hat schon jemand die Ehefrau verständigt?«

»Das habe ich gemacht«, meldet sich der Wirt zu Wort.

»Schon wieder Sie, Mr Henderson? Sie scheinen die wichtigste Kontaktperson zur Familie Urquardt zu sein.«

»Man kennt sich eben.«

»Sie kennen also auch Mrs Urquardt? Ist sie ebenfalls öfter im Pub?«

»Sicher«, antwortet der Wirt nach kurzem Bedenken.

»Da kann es um die Ehe der Urquardts ja nicht so schlecht bestellt gewesen sein«, wirft Sergeant Stanton ein, »wenn sie noch zusammen ausgingen.«

Darauf schweigen sowohl Miss Byrne als auch Mr Henderson.

»Was machen Sie beruflich, Miss Byrne? Ich meine, wieso können Sie aus Irland wochenlang wegbleiben?«

»Ich bin Pharmazeutin, habe derzeit aber keine Anstellung.«

»Weshalb sind Sie vorhin weggelaufen?«

»Weil ich mit dem Mord nichts zu tun habe.«

»Das hätte Ihnen auch niemand vorgeworfen. Woher wussten Sie überhaupt, dass es Mord war? Das lag nicht auf der Hand. Die Spurensicherung ist gerade erst eingetroffen.«

»Dort, wo Gordon lag, war Blut auf dem Pflaster.«

»Bitte beantworten Sie meine Frage. Warum sind Sie abgehauen?«

Die junge Frau beginnt übergangslos zu weinen. Sie macht keine dramatische Szene daraus, aus ihren Augen fließen einfach die Tränen. »Ich wollte Gordon nicht so sehen. Ich fand es grauenhaft und schrecklich. Deshalb bin ich fortgerannt.«

»Was fanden Sie denn so schrecklich, Miss Byrne?«

»Ich habe geahnt, dass es so enden würde. Was ich auch versucht habe, ich konnte Gordon nicht helfen. Es hat mich traurig gemacht, dass er diese dunkle Straße hinunterging, von der es kein Zurück mehr gibt.«

»*Die dunkle Straße*? Das hört sich an, als ob Ihr Onkel Selbstmord begangen hätte. In Wirklichkeit ist er hinterrücks erstochen worden.«

»In seinem Fall war es das Gleiche«, flüstert Erin Byrne.

Auf diesen erstaunlichen Satz hin schweigen zunächst alle im Lokal.

»Wollen Sie behaupten, Mr Urquardt *wollte* mit dem Leben abschließen?«

Erin hebt den Kopf. »Das habe ich nicht gesagt.«

»In gewisser Weise haben Sie das gerade getan.«

»Ich weiß nicht, wer Gordon umgebracht hat.« Erin wischt sich die Tränen ab.

»Aber irgendetwas wissen Sie, Miss Byrne.«

»Eines weiß ich«, gibt sie offenherzig zu. »Wenn das Unglück einen Menschen mit Macht überfällt, wie es bei Gordon geschah, dann höhlt das Unglück diesen Menschen nach und nach aus. So lange, bis nichts mehr von ihm übrig ist. Wer auch immer zugestochen hat, wer immer das Messer gegen Gordon gezückt hat, der hat es in einen leeren Körper hineingestoßen. Denn von Gordon Urquardt ist schon lange nichts mehr übrig gewesen.«

3

Kein Kuss

Sergeant Stanton zuckt die Schultern. »Wenn Miss Byrne die Wahrheit sagt, wurde Urquardt von seiner Frau betrogen. Das kommt in den besten Familien vor. Ist das ein Grund, sich derart fallen zu lassen?«

»Bei manchen Menschen ist das Grund genug.« Rosy schmunzelt über Stantons Aufzug. Da er das Innenleben seines vollgeräumten Wagens nicht durcheinanderbringen wollte, hat er das Erstbeste an trockenen Kleidern hervorgeholt, das er finden konnte: eine Latzhose, ein T-Shirt und eine ärmellose Weste, wie die Fischer sie tragen.

»Sie sehen aus wie Huckleberry Finn«, witzelt Rosy.

»'tschuldigung, Chef, es ist schließlich mein erster Tag. Morgen komme ich in vorschriftsmäßiger Dienstkleidung aufs Revier.«

»Sie haben sich an Ihrem ersten Tag erstklassig geschlagen.« Rosy sinkt in den Sessel hinter ihrem Schreibtisch. »Solange Mrs Urquardt nirgends zu erreichen ist, müssen wir uns an die Leute halten, die im Pub waren, bevor der Mord geschah.« Sie wirft einen Blick durch die Scheibe des Großraumbüros. Zwei ältere Frauen starren im grellen Kunstlicht trübe vor sich hin. »Ich bezweifle allerdings, ob da draußen unsere Mörderinnen sitzen.«

Rosy schlägt die noch reichlich dünne Akte auf. »Angeblich kam Urquardt um sieben Uhr abends in den Dragon und trank Whisky. Gegen halb neun wurde er von jemandem angerufen. Er wollte das Telefonat scheinbar lieber ohne Zeugen führen und ging nach draußen. Danach wurde er lebend nur noch von unserem Constable gesehen. Zehn Minuten nachdem Urquardt das Dragon verlassen hatte, war er tot.«

Stanton nimmt Rosy gegenüber Platz. Der Stuhl knackt, als er sein Gewicht darauf sinken lässt. »Wenn die Tat im Freien geschah, muss sie verübt worden sein, nachdem Urquardt das Lokal verlassen hatte, aber noch bevor der Constable den verletzten Urquardt gesehen hat.«

»Ich habe die infrage kommenden Messer aus dem Pub einsammeln lassen. Es ist allerdings unwahrscheinlich, dass wir darunter die Tatwaffe finden.«

»Die liegt vermutlich auf dem Grund des Hafenbeckens, genau wie Urquardts Handy.«

»Mit den Tauchern hatten Sie übrigens die richtige Idee.« Rosy trommelt auf die Tischplatte. »Bloß müssen wir bis morgen warten, bevor wir da jemanden runterschicken.«

»Und was haben wir heute Nacht noch weiter vor?«, fragt Stanton mit Blick zur Wanduhr.

»Gar nichts. Ich werde heimfahren und meinem schlafenden Jungen einen Kuss geben. Und Sie suchen sich eine Bleibe. Ich habe Ihnen eine Liste zusammenstellen lassen, wer in der Gegend Zimmer vermietet.«

»Danke, Mrs Escroyne.«

»Haben Sie auch Kinder?«

»Ich hatte einmal… Nein, ich habe keine.«

Sie steht auf und zieht ihre Jacke an. »Das mit *Mrs Escroyne* lassen wir besser gleich. Ich heiße Rosy. Und ich werde Sie Larry nennen.«

»Einverstanden, Rosy. Was fehlt Ihrem Assistenten? Warum kommt er so lange nicht zum Dienst?«

»Das erzähle ich Ihnen morgen, Larry.« Rosy verlässt das Büro und gibt dem Wachhabenden Anweisung, die beiden Zeuginnen nach Hause zu schicken.

Sergeant Ralph Bellamy, Rosys langjähriger, petersilienhafter Assistent, liegt wegen einer Rückenmarkserkrankung im Hospital, wo man herauszukriegen versucht, ob es etwas Ernsthaftes ist. Nach allem, was ich darüber weiß, hege ich den Verdacht, dass Ralphs Knochen deshalb zusammengeklappt sind, weil seine Frau Doris ihn nach zweiundzwanzigjähriger Ehe verlassen hat. Der sanfte, positive Ralph konnte das einfach nicht verkraften. Doris war der andere Teil seines Lebens, trotzdem sagte sie ihm nach zweiundzwanzig Jahren: Ich brauche einen neuen Impuls, packte die Koffer, verzichtete auf die Hälfte des Hauses, gab den beiden halbwüchsigen Kindern ihre Telefonnummer und verließ die Grafschaft, um woanders ein neues Leben zu beginnen. Ralphs Zusammenbruch passierte wenig später.

Als Rosy nach Hause kommt, schläft Philipp John natürlich, während ich wach liege und über Ralphs Schicksal nachdenke. Lernen wir daraus, dass es im Leben meistens launisch und ungerecht zugeht und dass man nichts in diesem Dasein festhalten kann? Ich schaue zum Halbmond empor, der unverfroren durch das Fenster unseres Turmes scheint, den wir zum Schlaf- und Kinderzimmer erkoren haben. Gäbe es irgendeinen Umstand, der imstande wäre, Rosy und mich auseinanderzubringen? Ich liebe Rosemary, sie ist das größte Glück, das einem trüben Adelsspross wie mir begegnen konnte. Diese lebensbejahende, kraftvolle Frau ist der Pfeffer und das Salz in der dünnen Lebenssuppe eines Escroyne. Im ersten Jahr nach Philipp Johns Geburt habe ich uns felsenfest für das glücklichste Paar in Gloucestershire gehalten. Zwei weitere Jahre sind inzwischen vergangen; wie sieht es heute mit meiner Bestandsaufnahme aus? Ich bin ausgelaugt, missmutig und erschöpft – tatsächlich ist Erschöpfung das derzeit vorherrschende Gefühl in unserer Beziehung.

Ich sehe Rosy kaum noch. Nicht nur, weil sie wieder berufstätig ist, sondern weil sie sich verändert hat. Ich gönne ihr die wiedergewonnene Freude an ihrem Job, doch mittlerweile geht sie vollkommen darin auf. Für unsere Partnerschaft bedeutet das, dass meine vor Energie strotzende Frau das Leben täglich aus den Angeln hebt, während ihr Mann sich um die Alltagsprobleme eines kleinen behinderten Jungen kümmert.

Während solcher zweiflerischer Gedanken höre ich Rosy draußen die einhundertsechs Stufen zur Pforte von Sutherly Castle hochsteigen, aufschließen, die schweren Schuhe abstreifen, die Jacke aufhängen und zu mir ins Schlafzimmer schleichen.

»Schläft er?«, fragt sie, obwohl Johnnys gleichmäßige Atemzüge ihr die Antwort geben. Sie beugt sich zu ihm, küsst den Jungen zärtlich und deckt ihn zu.

»War heute Abend alles okay bei euch?« Ohne meine Antwort abzuwarten, schlüpft sie ins Bad.

Rosy hat mich nicht geküsst! Sie hat mich heute den dritten Abend in Folge nicht geküsst. Das mag noch kein Alarmsignal sein, aber ich kann es auch nicht länger übersehen.

»Rosy, wir müssen reden«, sage ich, als sie im Nachthemd aus dem Bad kommt und sich auf die andere Bettseite fallen lässt.

»Lieber morgen, Arthur. Heute bin ich so wahnsinnig müde, dass ich nur noch schlafen möchte.«

Ich beuge mich zu ihr und küsse sie sanft. »Natürlich.« Ich erwarte, zurückgeküsst zu werden, bekomme aber nur einen flüchtigen Schmatz auf die Wange.

Rosys Wecker ist auf 06:45 eingestellt, was eigentlich überflüssig ist, da Philipp John um 06:00 Uhr aufwacht. Rosy kuschelt dann noch ein wenig mit ihm und macht Frühstück. Sie selbst trinkt nur schwarzen Kaffee. Voll Tatendrang läuft sie aus dem Haus. Ich dagegen werde mich als Erstes mit Johnnys Morgenwindel beschäftigen. Ich betrachte Rosy neben mir. Meine Schwertlilie, der Glanz meines Lebens ist eingeschlafen. Ihr Atem bewegt eine Haarlocke vor ihrer Nase.

Am nächsten Morgen habe ich vor, Entscheidendes an unseren Gewohnheiten zu ändern. Ich stehe um 05:46 auf, hole Johnny, der ein fröhliches Morgenkind ist, aus dem Bett und mache ihn frisch. Während er mit seinen Superhelden spielt und einen aus der Plastiktruppe der Giganten kurzerhand aus dem Fenster wirft, tische ich ein reichliches Frühstück mit Ziegenkäse, Honig, Trauben und Corned Beef auf. Nachdem Rosys Morgengeräusche im Bad verklungen sind, erscheint sie, überrascht über uns Frühaufsteher, und setzt sich an den Tisch.

»Wie schön das aussieht.« Rosy kann sich schwer entscheiden, womit sie beginnen soll.

»Hast du einen neuen Fall?«, beginne ich.

»Ein Ire, der nach England zog, hier aber nicht glücklich wurde, ist erstochen worden. Was wir bis jetzt haben, ist ein zwielichtiger Pub und eine aufopfernde Nichte.«

»Pub, Pab, Papp«, bringt sich Philipp John in das Gespräch ein.

Ich schiebe Rosy den Ziegenkäse hin.

»Der ist neu. Woher hast du den?«

»Den gab es gestern auf dem Markt.«

Rosy kaut und genießt. »Ja, richtig, gestern ist die Aushilfe für Ralph aus Cornwall eingetroffen.«

»Das stelle ich mir hart vor, in Ralphs Fußstapfen zu treten. Wirst du mit dem Neuen klarkommen?«

»Ich habe den Verdacht, dass er ein Angeber ist. Aber er hat was drauf. Rennen kann er zum Beispiel wie ein Olympionike.«

»Das Wort hast du noch nie verwendet«, erwidere ich überrascht. »In unserer achtjährigen Beziehung ist das Wort *Olympionike* noch nie gefallen. Ein Grund zu feiern.«

Wir stoßen mit den Kaffeetassen an. Im Anschluss schenkt mir Rosy das, worauf ich so sehnlich gewartet habe, ihr Schwertlilienlächeln. Ich habe es mehrmals erwähnt und tue es gern noch einmal. Rosemary ist die Schwertlilie meines Lebens. Die scharf gezähnten Blütenblätter dieser Blume beschreiben Rosys brillanten Verstand, blauviolett wie die Lilie sind ihre Augen. Ihr Blick dringt tief. Sie sieht vieles, was für andere verborgen bleibt. Rosy ist die stolzeste Blume meines Gartens.

»Ich werde heute im Garten arbeiten«, kündige ich an.

»Du hast vielleicht ein prima Leben.« Krachend beißt sie in das getoastete Hörnchen.

»Und Johnny hilft mir dabei. Stimmt's?«

Als Antwort kommt ein Dschungelruf.

»Wie gern würde ich euch Gesellschaft leisten.« Rosy schaut auf die Küchenuhr.

»Lügnerin. Du freust dich doch, in diesen zwielichtigen Pub zu fahren und gemeinsam mit dem Olympioniken die aufopfernde Nichte zu vernehmen.«

»Es kommt noch besser«, erwidert sie schlagfertig. »Heute werde ich Männern in hautengen Gummianzügen Befehle erteilen. Ich habe die Taucherstaffel in die Docks beordert.«

»Was sollen die Männer in den hautengen Anzügen denn dort finden?«

»Möglicherweise eine Tatwaffe und hoffentlich ein Handy.«

So mag ich das. So muss ein Morgen zwischen Rosy und mir beginnen. Weil ich das hingekriegt habe, gibt es zum Abschied einen kräftigen, innigen Kuss zwischen den Eheleuten Escroyne. Nicht als alleinerziehender Vater stehe ich schließlich am Burgtor und winke der scheidenden Kommissarin nach, sondern als 36. Earl, Schlossherr von Sutherly. Als der designierte 37. Earl Anstalten macht, hinter seiner Mutter herzulaufen, hebe ich ihn kurzerhand über meinen Kopf und setze ihn auf die Schultern.

»Jetzt gehen wir in den Garten, junger Mann.«

»Bäume abhacken?«

»Das lassen wir schön bleiben.«

Ich bringe das Kunststück fertig, mit Johnny auf dem Rücken in meine Gummistiefel zu schlüpfen. »Weil wir froh sind, dass hier oben überhaupt Bäume wachsen. Die werden nicht abgehackt.«

Als ich die Tür zum Garten aufstoße, fallen alle trüben Zweifel von mir ab. Da liegt meine ganze Freude vor mir, der Ausdruck meiner Seele. Nichts auf Erden kann schöner sein als der Schlossgarten von Sutherly Castle im Frühling.

4

Im ersten Stock

Der Mann mit der schwarzen Maske taucht auf und hält den Daumen nach unten gestreckt.

»Kein Handy«, sagt Sergeant Stanton.

»Abwarten.« An einen Steinpoller gelehnt beobachtet Rosy, wie der Mann im Gummianzug wieder in der brackigen Brühe versinkt.

Stanton ist keiner, der lange ruhig dastehen kann. Während sie warten, vertritt er sich zwischendurch die Beine und macht zehn Schritte zu der historischen Kanone hinüber, die den Hafen von Gloucester vor Jahrhunderten verteidigt hat. Er legt die Hand auf den rostzerfressenen Kanonenlauf, schaut in die Sonne und kommt wieder zehn Schritte zurück.

Bei der Begrüßung musste Rosy schmunzeln, weil Stanton seine Drohung wahr gemacht hatte: Er erschien in Anzug und Krawatte zum Dienst. Es gibt Männer, denen ein Anzug schmeichelt, bei dem Sprinter aus Cornwall ist das nicht der Fall. Sein breiter Hals sprengt den Hemdkragen beinahe, das Sakko wird von den Muskelbergen ausgebeult.

Als Stanton bei Rosy anlangt, zeigt ihm ihr Blick, dass etwas Neues ihre Aufmerksamkeit erregt.

»Da ist sie.« Die Kommissarin stößt sich vom Poller ab. »Das muss sie sein.«

Im Sonnenschein des Maimorgens erscheint eine Frau, die auch ohne Sonnenschein leuchten würde. Sie ist hochgewachsen, trägt einen dünnen Mantel mit Leopardenmuster, ihr blondes Haar fällt üppig über die Schultern.

»Das soll eine Witwe sein?«, fragt Larry.

In diesem Augenblick öffnet die Frau ihren Mantel, darunter trägt sie ein schwarzes Kostüm.

»Es ist die Witwe«, antwortet Stanton sich selbst.

Rosy und der Sergeant gehen auf Mrs Urquardt zu.

»Detective Escroyne?« Die Frauen schütteln einander die Hand. »Ich bin Sara Urquardt. Tut mir leid, schneller konnte ich nicht kommen.« Es ist etwas Gebrochenes in ihrer Stimme, als ob zwei Stimmen gleichzeitig sprechen würden.

Rosy hält sich nicht lange mit Beileidsbekundungen auf. »Sie sagten am Telefon, Sie waren letzte Nacht in …«

»In Purton.«

»Kann das jemand bezeugen?«

»Eine Menge Leute, ich war auf einem Familienfest.«

»Und obwohl Sie erfahren hatten, dass Ihr Mann getötet wurde, konnten Sie dieses Fest nicht verlassen?«

»Ich wusste ja nicht, dass etwas passiert war.«

»Wieso nicht?«

»Ich hatte mein Telefon verloren.«

»Wann?«

»Vor ein paar Tagen. Tut mir wirklich leid.«

»Was war das für ein Fest?«

»Die goldene Hochzeit meiner Großeltern. Die ganze Familie war da.«

»Weshalb sind Sie ohne Ihren Mann auf die Familienfeier gefahren?«

»Gordon ist nicht gern zu so etwas mitgekommen.«

»Mochte er Ihre Familie nicht?«

»Er machte sich nichts aus Feiern.«

»Ihr Mann war gestern Abend hier.« Rosy zeigt auf das Dragon.

Mrs Urquardt nickt. »Das passt besser zu ihm.«

Auf diese kalte, gleichgültige Antwort mustert Rosy die Witwe eingehender. »Mrs Urquardt, Ihr Mann wurde letzte Nacht ermordet. Ihr Ehemann hat sein Leben auf gewaltsame Weise verloren.«

»Ich weiß. Eine schreckliche Sache.«

»Ist das alles, was Sie dazu zu sagen haben?«

Sara Urquardt verlagert ihr Gewicht auf das andere Bein, die hohen Absätze scheinen sie zu schmerzen. »Ich könnte Ihnen jetzt die trauernde Witwe vorspielen, Detective. Doch Sie werden früh genug erfahren, dass Gordon und ich uns auseinandergelebt hatten. Ich bedaure seinen Tod, besonders dass er auf diese Weise sterben musste, aber wir sind... Wir waren uns in letzter Zeit ziemlich fremd.«

»Was war der Grund dafür?«

»Acht Jahre sind eine lange Zeit«, antwortet die Witwe ausweichend. »Wir hatten uns einfach nichts mehr zu sagen.«

»Weshalb haben Sie sich nicht scheiden lassen?«

»Ich wollte die Scheidung längst, aber er…« Sie wirft einen Blick zum Hafen. »Gordon hat sich an mich geklammert. Er wollte mich um keinen Preis ziehen lassen.«

»Sie hätten ihn aber verlassen können.«

»Das wollte ich auch«, antwortet sie ruhig. »Und zwar schon bald.«

»Gibt es einen anderen Mann in Ihrem Leben, Mrs Urquardt?«

»Ist das für Gordons Tod wichtig?«

»Gibt es einen anderen Mann?«

»Ich schlafe mit einem anderen Mann, ja. Es ist vorwiegend eine Bettgeschichte.«

»Wie häufig treffen Sie diesen Mann?«

»Oft.«

»Etwas präziser bitte.«

»Jede Nacht.« Kein Schuldbewusstsein liegt in dieser Antwort, vielmehr schleicht sich ein genüssliches kleines Lächeln dazu.

»Wie heißt dieser Mann?«

»Joe.«

»Und weiter?«

»Muss ich das wirklich…? Joe Begley.«

»Wo wohnt er?«

»Hier.«

»Wie bitte?«

»Dort oben, im Zimmer über dem Pub.«

Rosys Blick gleitet die Fassade hoch. »Wollen Sie sagen, Sie haben Ihren Mann im ersten Stock jenes Hauses betrogen, in dem er zu ebener Erde seinen Whisky trank?«

»Gordon trank seinen Whisky ja nur deshalb hier, weil er wusste, dass ich oben war.«

Mrs Urquardts Offenbarung ist so frivol, dass Rosy einen Augenblick braucht, bevor sie fortfährt: »Ihr Mann wusste, dass Ihr Liebhaber im ersten Stock des Pubs wohnt?«

»Natürlich.«

»Er wusste auch, dass Sie Mr Begley täglich dort besucht haben?«

»Aus diesem Grund kam Gordon jeden Abend her.«

»Aus diesem Grund?«

»Gordon wusste, dass er gegen die Sache mit Joe nichts ausrichten konnte, also wollte er wenigstens dabei sein.«

»Dabei sein – Meinen Sie etwa …?«

»Nicht, was Sie denken. Er hat uns natürlich nicht zugesehen. Aber wie ich sagte, hat sich Gordon verzweifelt an mich geklammert. Er glaubte, dass ich, wenn er mich meine Leidenschaft ausleben lässt, bei ihm bleiben würde.«

»Ihr Mann saß also unten im Pub, während Sie und Joe oben …?«

Ein Blick, als ob Mrs Urquardt sagen wollte: Jeder

ist seines Glückes Schmied. »Meistens trafen Gordon und ich sogar zusammen hier ein. Er hat mich hergefahren, ich ging nach oben, er begann zu saufen.«

»Und danach?« Rosy wirft Stanton einen Blick zu, der der Befragung genauso verblüfft folgt. »Sind Sie danach auch zusammen nach Hause gefahren?«

»Ich bin doch nicht pervers«, stellt Mrs Urquardt klar. »Ich blieb bei Joe.«

»Sie meinen, Sie haben oben übernachtet.«

»Fast immer.«

»Aber Ihr Mann ist heimgefahren.«

»Auch fast immer. Bloß war Gordon manchmal so hackevoll, dass Alec ihn auf der Bank im Schankraum schlafen ließ.«

»Der Wirt wusste also auch von den besonderen Verhältnissen zwischen Ihnen? Er wusste, was jede Nacht im ersten Stock geschah?«

»Natürlich.«

»Wieso ist das natürlich?«

»Weil Alec und Joe Brüder sind.«

»Bitte, was!« Für einen Moment verliert Rosy die Fassung.

»Die beiden sind Halbgeschwister«, erklärt Sara Urquardt. »Dieselbe Mutter, verschiedene Väter.«

»Demnach hat Alec Henderson seinem Bruder das Zimmer dort oben vermietet?«

»So ungefähr. Joe ist seit einiger Zeit arbeitslos, er hatte keine Bleibe. Da bot es sich an.«

»Was macht Mr Begley beruflich?«

»Dies und das.«

»Das heißt, er hat keine Ausbildung?«

Statt einer Antwort zieht die Witwe ihren Mantel zu und schließt den Gürtel.

»Was machen Sie beruflich, Mrs Urquardt?« Es ist die erste Frage, die der Sergeant stellt.

»Ich bin … zu Hause.«

»Sie üben keinen Beruf aus?«

»Früher hatte ich einen Hundesalon. Der lief aber nicht so besonders.«

»Und als Sie Mr Urquardt kennengelernt haben, hörten Sie damit auf?«

»So kann man sagen.«

»Mit anderen Worten, Sie leben vom Einkommen Ihres Mannes?«

»Ist dagegen etwas einzuwenden?« Der Ton der Witwe wird spitzer.

»Ihr Mann hat für Sie gesorgt, und Sie haben ihn im Gegenzug jede Nacht betrogen?«

»Larry …« Rosy versucht, den Sergeant zu bremsen.

»Hat Ihr Mann denn nie gedroht, Ihnen den Unterhalt zu streichen, falls Sie ihn weiterhin betrügen?«, fährt Stanton unbeirrt fort.

»Nein, nie.«

»Warum nicht?«

Darauf ist es einen Moment lang still.

»Weil er mich liebte«, lautet die schlichte Antwort.

»Hatten Sie nie Gewissensbisse, den Mann, der Ihnen seine Liebe und den Schutz seines Namens geschenkt hat, wieder und wieder zu hintergehen?«

Mrs Urquardt wird plötzlich ernst. »Es gibt Menschen, die Schmerzen austeilen, und solche, die Schmerz entgegennehmen. Ich denke, Gordon brauchte diesen Schmerz. Anders kann ich mir nicht erklären, weshalb er mich nicht längst zum Teufel geschickt hat.«

Die Offenheit der Witwe gefällt Rosy. »Würden Sie sagen, Ihr Mann war ein Masochist?«

»Nein. Was seine Geschäfte betraf, war Gordon auf Draht. Bloß wenn es um uns beide ging…« Sie unterbricht sich. »Entschuldigen Sie, Detective, es ist recht frisch hier draußen. Wollen wir hineingehen?«

»Sicher.« Rosy vergewissert sich, dass die Taucher noch unter Wasser sind. »Nur eines noch: Wie stand Ihr Liebhaber zu diesem sonderbaren Arrangement zu dritt?«

»Joe hasste es. Er war regelrecht angewidert davon. Er sagte, er versteht nicht, wie ein Mann seinen Stolz so komplett fahren lassen kann.«

»Ist Mr Begley übrigens gerade oben?«, fragt Stanton.

»Nein.«

»Wo ist er?«

»Rausgefahren, weil so schönes Wetter ist.«

»Sollte er Ihnen an einem Tag wie diesem nicht beistehen?«, entgegnet Rosy überrascht.

»So eine Art von Beziehung haben wir nicht, Detective.« Die Witwe geht in den Pub voraus.

»Wenn Mrs Urquardt tatsächlich letzte Nacht auf der Familienfeier war, was hat ihr Lover dann währenddessen getan? War er auf seinem Zimmer? Hat er etwas von dem Mord mitgekriegt? Ging er zwischendurch vielleicht runter und hat mit Urquardt gesprochen? Haben die beiden überhaupt miteinander geredet?« Mit einem Stück Fisch wischt Sergeant Stanton den letzten Rest der Mayonnaise auf.

»Dieser Begley wird bald hier sein«, antwortet Rosy und taucht ihre Chips in Larrys Ketchup. »Dann kannst du ihm all deine Fragen stellen.«

Larry knüllt die Serviette zusammen. »Bloß, wieso dauert das so lange?«

»Warum so ungeduldig?«

»Weil nichts weitergeht. Wir essen Fish 'n' Chips am Hafen, die Taucher paddeln immer noch in der Brühe, Mrs Urquardt sitzt im Pub und wartet auf die Rückkehr ihres Liebhabers.«

»Soll ich das Hafenbecken auspumpen lassen, damit wir schneller an das Handy kommen? Schnappt ihr in Cornwall eure Mörder gleich am ersten Tag?« Mit einem Seufzer deutet Rosy an, dass sie satt ist. Gemeinsam packen sie die Reste in die Plastiktüte. »Mein Gott, so viel Müll für einen kleinen Snack.«

Sie steht von der Hafenmauer auf und schlendert zum Mülleimer. »Seit ich Mutter bin, hat sich mein Verhältnis zur Zeit verändert. Davor konnte es mir nie schnell genug gehen. Fahndung, Hausdurchsuchung, Verhör, Indizien, Geständnis, diesen Rhythmus mochte ich.« Genauso gemächlich kommt Rosy wieder zurück. »Aber so einen Knirps interessieren Stundenpläne nicht. Er möchte futtern, du machst ihm was zu essen. Das schmeckt ihm nicht, also kochst du ihm etwas anderes. Er spuckt es aus, du säuberst den Babystuhl, den Boden und den Jungen, und spätestens dann bist du im Zeitkontinuum eines Babys angekommen.« Rosy setzt sich neben Larry und wendet das Gesicht zur Sonne.

»Wie lange arbeitest du schon wieder?« Er faltet die Hände im Schoß.

»Seit anderthalb Jahren.«

»Wie organisierst du das? Hast du ein Vollzeitkindermädchen?«

»Bei meiner Einkommensklasse sind solche Kapriolen nicht möglich.«

»Wieso? Dein Mann hat doch Kohle.«

Mit erstauntem Lächeln wendet sich Rosy zum Sergeant. »Mein Mann hat Kohle? Das höre ich zum ersten Mal.«

»Bist du denn keine Countess? Man hat mir gesagt, dass du eine Countess bist.«

»Stimmt, aber zugleich bin ich die Frau eines bitterarmen Earls.«

»Ihr lebt auf einem Schloss.«

»Was für dumme Gerüchte doch verbreitet werden.« Rosy schlägt die Beine übereinander. »Mein Mann ist der 36. Earl von Sutherly. Von Beruf ist er Werbegrafiker und verdient damit gerade so viel, dass er die Instandhaltung der windschiefen Ruine bezahlen kann, die er als Stammschloss am Hals hat. Die Escroynes leben seit neunhundert Jahren auf Sutherly, und ich fürchte, so lange ist dort auch schon nichts mehr renoviert worden. Die Heizung stammt aus dem Frühmittelalter, es zieht durch sämtliche Fenster, und wenn es regnet, muss mein Earl Eimer aufstellen, weil es in die Zimmer tropft. Ich rechne täglich damit, dass unser Schlafgemach sich vom Rest des Schlosses ablöst und in den Abgrund rutscht. Und um überhaupt auf die windige Burg zu gelangen, musst du einhundertundsechs wackelige Stufen hochsteigen. Glaub mir, das wäre keiner Nanny zuzumuten.«

»Aber wer kümmert sich um das Kind?«

»Mein persönliches Vollzeit-Kindermädchen Philipp Arthur Escroyne.«

»Der Earl persönlich?«

Rosy nickt. »Und genau deshalb habe ich jeden Tag ein schlechtes Gewissen. Ich bringe zwar die Kohle nach Hause, aber es ist wirklich nicht gerecht, dass er die ganze Last mit dem Jungen aufgehalst kriegt. Denn unser Johnny ist ein besonderer Bengel. Es ist nicht so einfach, ihm beizukommen.«

»Wie alt ist er?«

»Drei Jahre.«

»Ihm ist nicht beizukommen, wie meinst du das?«

»Johnny leidet unter ...«

Bevor sie weiterspricht, bringt das Horn der Hafenpolizei die Polizisten dazu, sich umzudrehen. Am gegenüberliegenden Ufer steigt ein Froschmann an Land. Nachdem er den Pier erklommen hat, hält er etwas in die Höhe.

»Sie haben es.« Rosy springt auf.

»Tatsache. Ich werd verrückt.«

»Wieso? Es war deine Idee, die Taucher einzusetzen.«

»Hundert zu eins hätte ich gewettet, dass das Ding längst im Schlamm versunken ist.« Bevor Rosy etwas erwidern kann, nimmt der Sergeant die Beine in die Hand.

»Der Sprinter von Cornwall«, murmelt sie und folgt ihm mit gelassenem Schritt.

5

Rosse und Milly

Ich habe sämtliche Sträucher gegossen, nicht mit dem Gartenschlauch, sondern mit der Gießkanne, weil es der körperlichen Ertüchtigung dient. Nun bin ich von einem blutdruckgesteuerten Hochgefühl durchdrungen.

»Nicht auf die Brüstung!«, rufe ich dem Urwaldboy zu. Es ist mehr ein Routineruf, denn er könnte die anderthalb Yards hohe Mauer, die den Garten umgibt, noch gar nicht erklimmen. Doch dieser Tag ist nicht mehr fern, und spätestens dann werde ich Rosys Anordnung erfüllen und einen Maschendrahtzaun auf den historischen Steinen montieren müssen. Ein ästhetisch unbefriedigender Anblick, aber das Gitter wird verhindern, dass Johnny achtzig Yards in die Tiefe stürzt.

Der Junge robbt an der westlichen Mauer entlang. Die Erde ist schwarz und feucht, das gefällt ihm. Wenn Johnny mir bei der Gartenarbeit hilft, sieht er nach wenigen Minuten aus wie das Monster aus dem Moor.

»Heute wollen wir etwas Neues pflanzen«, kündige ich an. »Hast du eine Idee? Vielleicht ein Pfirsichbaum oder einen Sanddorn. Dazu würden wir zwei Sträucher benötigen, da es einander befruchtende männliche und weibliche Ausblühungen gibt. Deshalb kommt der Sanddornstrauch ganz ohne Bienen aus.«

Auf allen vieren setzt Philipp John seinen Weg fort, ohne meine botanische Belehrung zu kommentieren.

»Wie wäre es mit einer Bergmandel? Bei der vorigen sind letzten Winter die Wurzeln abgefroren.« Mit dem Spaten in der Hand stelle ich mich meinem Sohn in den Weg. »Hm, was meinst du?«

Er hebt den Kopf. »Rosse«, sagt er mit dem Brustton der Überzeugung.

»Rosen haben wir schon so viele«, gebe ich gelangweilt zurück. »Rosen sind nichts Besonderes. Die wuchern hier überall wie Unkraut. Lass uns was Fantasievolleres pflanzen.«

»Rosse. Rosse.« Seine Wahl ist unumstößlich.

Ich gehe vor Johnny in die Hocke. »Okay. Vielleicht haben sie in der Baumschule eine neue Züchtung. Wollen wir in die Baumschule fahren?« Da ich keine sofortige freudige Rückmeldung zu meiner Idee bekomme, setze ich die Manipulationskeule ein. »Weißt du noch, die Schaukel und die gewundene Rutsche in der Baumschule?«

Schaukel und Rutsche ziehen als Verlockung meistens, diesmal scheint es jedoch nicht so einfach zu sein, ihn von zu Hause fortzulocken.

»Pfanne Kuchen.«

»Versprochen. Wenn wir von Trevena Cross zurückkommen, mache ich dir Pfannkuchen mit Blaubeeren«, gehe ich auf den Deal ein. »Gibt es bei Trevena nicht sogar eine Eisdiele?« Damit spiele ich meinen letzten Trumpf aus. Sollte der auch nicht ziehen, sehe ich einen Tag vor mir, an dem Johnny allmählich unter einer Schlammschicht verschwindet, die ich bei sinkender Sonne mit dem Schlauch werde abspritzen müssen.

Er betrachtet seine morastige Hand, betrachtet meine Gummistiefel und wischt den Schlamm an meiner Stiefelkappe ab. »Erd Bär«, lautet seine Entscheidung.

»Erdbeereis haben sie bestimmt, eine gute Wahl.«

Es juckt mich, unseren Ausflug gleich anzutreten. Jede Abwechslung aus dem Trott, mit dem ich das Kind üblicherweise durch den Tag bringe, belebt mich. Mit dem nutzlosen Versuch, möglichst wenig Torfschlamm abzukriegen, hebe ich ihn hoch und stelle ihn auf die Beine. Hand in Hand nähern wir uns der Gartentür.

Wenn ich mir eine Vorstellung vom Paradies mache, ähnelt es in vielen Punkten der weitläufigen Anlage von Trevena Cross. Das ist ein Ort, wo jede Pflanzenart unserer Region zu finden ist, aber noch viel, viel mehr. Schon bei der Einfahrt begrüßen den Kunden hohe australische Containerpalmen. Rosablätterige Abeliae grandiflorae wechseln sich mit rotblätterigem Acer atropurpureum ab. Es folgen Seepflanzen und Schilfpflanzen, untermischt von Birnbäumen und stacheligen Phoenixsträuchern, Olivenbaumvariationen, Gemüsesetzlinge und Sonderangebote für Rindenmulch und Tontöpfe und, und, und ... Ich könnte mich tagelang in Trevena Cross herumtreiben und immer noch etwas Neues entdecken, läge darin für meine Brieftasche nicht eine tödliche Gefahr. Es gab Einkäufe, bei denen ich mich mit einer Rechnung von über fünfhundert Pfund konfrontiert sah. Doch im Grunde genügt es mir, bei Trevena durch die Spaliere und Gewächshäuser zu schlendern und zu träumen.

Johnny bekommt ein Erdbeereis, damit beschäftigt, setze ich ihn in meinen Einkaufswagen. In seinem Alter sprengt er die Babyvorrichtung bereits fast, aber es ist bequemer für uns beide, wenn er mich nicht zu Fuß durch das botanische Schlaraffenland begleiten muss.

»Wir fangen am besten bei den Rosen an«, moderiere ich meine Shoppingtour.

Mit dem Eislöffelchen zeigt Philipp John nach oben, wo Zitronenfalter eine hängende Telopea umschwirren. »Meckehing«, meint er.

Philipp John hat sich von Anfang an geweigert, das Wort *Schmetterling* auszusprechen. In seiner Welt heißen sämtliche Falter *Meckehing*.

»Endlich ist die Zeit der Meckehinge wieder gekommen«, nicke ich schwärmerisch. »Frühling ist es, Johnny, und was für ein herrlicher Frühling.« Ich stoppe meinen Wagen abrupt. »Entschuldigen Sie bitte.«

Ein Regalfahrzeug hat meinen Weg gekreuzt. Es ist beladen mit Minze- und Salbeisetzlingen.

»Nein, ich muss mich entschuldigen. Ich habe Sie nicht gesehen«, antwortet eine junge Frau. Sie trägt das Firmenlogo von Trevena neben ihrem Namensschild. Sie ist ungewöhnlich groß und schlank, hat brünettes Haar und einen auffallend hellen Teint.

»Guten Tag. Ich habe Sie hier noch nie bemerkt«, erwidere ich.

»Sicher nicht«, antwortet sie bescheiden.

»Nein, ich meine, ich bin so häufig hier, dass ich alle Mitarbeiter der Baumschule kenne.«

»Dafür weiß ich, wer Sie sind.«

»Ach ja?«

»Sie sind unser Earl.«

»*Unser* Earl?«

»Es gibt doch nur den einen hier.«

Soweit ich weiß, leben in Trench-upon-Water zwei Baronets mit Familie und ein alleinstehender Count. Doch da Sutherly Castle die Wehrburg ist, an deren Fuße die Stadt vor sechshundert Jahren gegründet wurde, bin ich der einzige Earl im Umkreis.

Die junge Frau wirft ihr Haar zurück, nun kann ich das Namensschild lesen. »Kommen Sie aus dieser Gegend … Milly?«

»Ich war mein ganzes Leben lang in Trench.«

»Seltsam, dass wir einander nie begegnet sind.« Darauf lächle ich und frage mich, weshalb ich lächle.

»Sie sind mir manchmal aufgefallen.« Milly tritt hinter dem Rollregal hervor, die Sonne fällt auf ihr Gesicht. Millys Haut scheint sehr empfindlich zu sein. Obwohl sie etwa Mitte zwanzig ist, wird sie von Akne geplagt, als wäre sie noch in der Pubertät.

»Wieso sollte ich Ihnen aufgefallen sein?«

»Weil die Leute über Sie tratschen, wenn Sie im Volvo vorbeifahren.«

»Sie wissen sogar, dass ich einen Volvo fahre?« Ich lache. »Was tratschen die Leute denn?«

»Da fährt unser Earl, sagen sie. Er trägt das Haar jetzt kürzer. Er war einkaufen, jetzt bringt er die Pflanzen in seinen Schlossgarten.« Milly sagt das mit großem Ernst, als ob sie von einer historischen Persönlichkeit sprechen würde.

»Die Leute reden über meinen Haarschnitt?« Während ich lache, gerät mir etwas in den Hals, ich huste, der Husten treibt mir die Tränen in die Augen.

»Alles in Ordnung?« Milly tritt an meinen Wagen.

Philipp John begrüßt sie. »Meckehing?«

»Hallo, kleiner Mann, du bist bestimmt der Sohn Seiner Gnaden.«

»Seiner Gnaden?« Ich halte im Husten inne. »Wo haben Sie das denn her?«

»Aus dem Adelsregister. Ich habe nachgelesen, wie man einen Earl korrekt anspricht. Ursprünglich glaubte ich, es müsse *Your Lordship* heißen, aber die präzise Form lautet *Your Grace.*«

»So, und wenn ich nun einen Rosenstock bei Ihnen kaufen wollte, wie würden Sie mir dann die

Rechnung präsentieren, mit den Worten: ›Bitte sehr, Euer Gnaden‹?«

Damit entlocke ich diesem blassen Mund das erste Lächeln. Milly scheint einen Unfall gehabt zu haben, ihr rechter Vorderzahn ist etwas dunkler als die anderen und ein wenig schief. »Weshalb interessieren Sie sich denn für die Adelskreise?«

»Weil es bei uns doch sonst nichts Besonderes gibt«, lautet die hintersinnige Antwort. »Das Einzige, was uns Engländer vom Rest der Welt unterscheidet, ist unser Königshaus, unser Oberhaus, unsere Peers. Und wenn ich einem leibhaftigen Peer von England gegenübertrete, will ich mich auch richtig benehmen.«

Ihre Offenheit rührt mich. Ich stehe vor ihr in meiner Gartenkluft, in Cordhosen und Gummistiefeln, mit kariertem Hemd und einem Lächeln auf den Lippen, während die hübsche junge Frau mir mitteilt, dass ich auf unserer Insel eine Besonderheit verkörpere.

»Sie scheinen ein ziemlich romantisches Mädchen zu sein«, sage ich unreflektiert. »Entschuldigung, Sie sind natürlich kein Mädchen mehr.«

»Das hat mir noch keiner gesagt.« Bei diesen Worten wird sie rot, ihre fahlen Wangen beleben sich. Das ist das Romantischste, was ich jemals in einer Baumschule erlebt habe.

»Was suchen Sie heute bei uns, Lord Escroyne?«

»Mein Sohn möchte Rosen pflanzen.«

»Aber gern. Hier entlang, Mylord.« Sie lässt ihr rollendes Pflanzenregal stehen und geht voraus.

»Normalerweise würde ich Sie bitten, einfach Mr Escroyne zu mir zu sagen. Aber wenn es Ihnen Spaß macht, dürfen Sie mich heute ausnahmsweise *Your Grace* nennen.«

Was ist denn mit mir los? Was soll das glucksende Lachen, das aus meinem Mund erklingt? Wir betreten den Kiesweg, der in den Rosengarten mündet. Inmitten des Farbenmeeres bleibt Milly stehen. Die Auswahl an Rosen ist überwältigend. Die Schönheit ihrer Vielzahl, der Duft, die Heiterkeit, die sie verströmen, all das scheint einem Traum entstiegen zu sein, genau wie jenes seltene Geschöpf mit dem schönen Haar und ihrem Spleen für Aristokratie. Versonnenen Schrittes folge ich ihr zu einem versteckten Beet.

Little John scheint in diesen Minuten genauso zufrieden mit der Welt zu sein. »Rosse«, murmelt er und bemerkt nicht, dass ihm das geschmolzene Erdbeereis über den Handrücken läuft.

6

Die Bleibe

»Die Chipkarte lässt sich nicht mehr lesen«, beichtet der Onkel mit gesenktem Kopf.

»Unleserlich«, bestätigt der Neffe bekümmert.

»Wozu haben wir die Taucherstaffel runtergeschickt, wenn du dem Handy keine Geheimnisse entlocken kannst?« Ärgerlich weist Rosy auf das elektronische Equipment im Labor der Spurensicherung.

»Dieses Ding ist nasser als ein nasser Hund«, verteidigt sich der Onkel.

»Das wussten wir vorher, oder hast du angenommen, Mr Urquardt hätte sein Handy in einen Frischhaltebeutel gepackt, bevor er es versenkte?«

»Falls ich der Chipkarte nichts entlocken kann, versuche ich es mit dem internen Speicher«, antwortet der Onkel zerknirscht. »Hab doch ein bisschen Geduld, bevor du hier den bösen Boss markierst.«

»Geduld.« Der Neffe.

»Den bösen Boss?«, entgegnet Rosy verblüfft.

»In letzter Zeit bist du manchmal ganz schön von oben herab.« Nach diesem Vorwurf kehren die beiden an die Arbeit zurück.

Rosy wendet sich zum Sergeant. »Du bist neu hier. Findest du auch, dass ich mich wie ein Boss aufführe, Larry?«

»Ich habe erst unter zwei Detectives gearbeitet, aber wenn ich dich spontan beschreiben sollte, würde ich sagen: der Napoleon von Gloucester.«

Rosy schiebt scherzhaft eine Hand napoleonesk in ihre Bluse. »Wir müssen wissen, wen Urquardt in den Sekunden vor seinem Tod angerufen hat. Hast du die übrigen Smartphones eingesammelt?«

»Alle Handys aller Leute, die im Pub waren: Urquardts Nichte, die beiden alten Damen und der Wirt. Mrs Urquardt hat ihr Handy ja angeblich verloren.«

»Ich brauche eine Liste der Gespräche, die diese Leute vor der Tatzeit geführt haben.« Rosy winkt Onkel und Neffen zum Abschied zu. »Und jetzt knöpfen wir uns den Liebhaber vor.«

»Warum lässt du diesen Begley nicht aufs Revier kommen?« Larry folgt ihr durch die Korridore.

»Eingeschüchtert im Verhörraum nützt er mir nichts. Wenn er uns von diesem merkwürdigen Dreiecksverhältnis erzählen soll, muss er sich sicher fühlen.«

»Amour fou trifft es wahrscheinlich besser.« Stanton öffnet die Tür ins Freie.

»Nur herein. Immer herein.« Der Mann hat sein schwarzes geöltes Haar nach hinten frisiert, der Haaransatz lichtet sich bereits. Er hat einen blauen Bartschatten, wie man ihn gemeinhin Latin Lovern andichtet, doch seine Haut ist fahl. Das Zimmer, in das er Rosy und Larry bittet, ist ein Multifunktionsraum. Bett, Tisch, Kochzeile, alles ist da, aber alles im Taschenformat.

»Voilà, mein Luxusschloss.« Begley schlängelt sich zwischen Tisch und Bett zum Fenster durch, um den Kommissaren einen Platz anzubieten.

»Seit wann leben Sie hier, Mr Begley?«

»Es sind bald zwei Jahre.« Auf Rosys erstaunten Blick fügt er hinzu: »Ich brauche nicht viel Platz.« Seine Stimme ist hell, mit einem Schlag ins Vulgäre. Als er sich aufs Fensterbrett setzt, rutscht sein T-Shirt hoch und legt einen ebenso fahlen, aber durchtrainierten Bauch frei.

»Wie viel zahlen Sie Ihrem Bruder für dieses Zimmer?«

»Das hängt davon ab.« Begley streckt seinen nackten Arm ins Freie und lässt die Sonnenstrahlen darauf tanzen. »Wie viel ich eben verdiene.« Er grinst. »Meistens verdiene ich gar nichts.«

»Sie wären also obdachlos, würde Ihr Bruder Sie hier nicht beherbergen.«

»Tja, wozu hat man eine Familie?«

Rosy zieht einen Stuhl vom Tisch und nimmt nicht ohne Mühe Platz. »Wo waren Sie heute, Mr Begley?«

»Am Wasser.«

»Wo genau?«

»Am Ufer des Severn, wo er die weite Schleife

zieht. Ich angle gern. Heute Abend wird Alec meinen Fang in der Pfanne brutzeln.«

»Was haben Sie gefangen?«, fragt Larry.

»Eine Large Bass und zwei Regenbogenforellen.«

»Large Bass? Die tummelt sich doch nur in Küstennähe.«

»Kann ich was dafür, wenn die Viecher den Fluss hochschwimmen?«

»Welchen Köder benutzen Sie?«

»Immer Fliege, niemals Wurm.«

»Sie haben angeblich stundenlang geangelt? Wieso fiel die Beute dann nicht reichhaltiger aus?«

»Das liegt an unserem Kalkgestein. Das Wasser ist klar bis auf den Grund. Nicht nur der Mensch sieht den Fisch, sondern auch der Fisch den Menschen. So wird das Angeln eher zur Verführung als zur Jagd.«

»Ihre Verführung beschränkt sich nicht nur auf Regenbogenforellen, sondern auch auf Mrs Urquardt«, geht Rosy dazwischen, obwohl sie Larrys Taktik respektiert, herauszukriegen, ob der junge Mann wirklich etwas vom Angeln versteht.

»Sie kommen schnell zur Sache«, lächelt Begley.

»Wie haben Sie Mrs Urquardt kennengelernt?«

»An einem schönen Tag im September. Sie hatte Probleme mit ihrem Wagen, ich kam des Weges und habe ihr angeboten, sie mitzunehmen.«

»Was für ein Auto fahren Sie?«

»Ich beschränke mich auf zwei Räder, Detective. Es ist ein Motorroller.« Er zeigt auf die Straße. »Da unten parkt das Prachtstück.«

»Nachdem Sie Mrs Urquardt mitgenommen hatten, wann begann dann Ihr Verhältnis?«

»Noch am selben Abend.« Begley streckt die Beine aus. »Es gibt Sachen, die passieren ganz von selbst. Es war wie eine Flutwelle, wir waren machtlos dagegen. Und sind es bis heute geblieben.«

Rosys Stuhl wackelt, sie rutscht an die vordere Kante. »Was soll das heißen?«

»Ich könnte ununterbrochen mit Sara schlafen, und ihr geht es genauso. Wir treffen uns jede Nacht. Bei uns bewahrheitet sich der Satz: Es ist stärker als wir«, fügt er mit philosophischer Miene hinzu.

»Hat es Sie nie gekümmert, dass Mrs Urquardt verheiratet ist?«, schaltet sich Stanton ein.

»Diese Ehe ist so lau wie destilliertes Wasser. Da tut sich seit Jahren nichts mehr.«

»Trotzdem haben die beiden einander ein Versprechen gegeben. Hatte Mrs Urquardt nie Gewissensbisse?«

»Sara ist ein Vulkan. Die Frau besteht praktisch nur aus Leidenschaft. Was will sie denn mit Gordon, diesem Dünnbrettbohrer?«

»Wann ist Mr Urquardt hinter Ihr Verhältnis gekommen?«, setzt Rosy fort.

»Er selbst gar nicht. Nach ein paar Wochen hat Sara es ihm gesagt.«

»Wieso hat sie das getan?«

»Weil es ihr zu blöd wurde, Ausreden erfinden zu müssen. Sie sagte Gordon, dass sie mit mir ins Bett geht und das auch weiterhin tun wird.«

»Urquardt hat das einfach so hingenommen? Zeigte er keine Eifersucht?«

»Er zeigte, dass er ein Schlappschwanz ist. Er kam hinter Sara hergewinselt und hat sie angefleht, ihn nicht zu verlassen. Ich fand das erbärmlich.«

»Was hätten Sie denn an seiner Stelle getan?«

»Ich hätte meiner Frau ein paar reingehauen und sie die Treppe runtergeschmissen. Dann wäre sie vielleicht zurückgekommen. Gordons Gewinsel hat sie nur noch rascher von ihm weggetrieben.«

Stanton deutet auf das schmale Bett. »Die Treffen mit Mrs Urquardt spielen sich hier ab?«

»Manchmal auch im Freien. Aber in der schlechten Jahreszeit sind wir hier.« Begley grinst. »Ich sagte schon, ich brauche nicht viel Platz.«

»Seit wann wusste Mr Urquardt, dass Sie hier Ihr Liebesnest mit Sara haben?«

»Seit ein paar Monaten.«

»Und ab wann tauchte er selbst im Pub auf?«

»Ziemlich bald danach.« Auf Rosys ungläubiges Schweigen nickt Begley. »Ist das nicht widerlich? Der Alte besäuft sich in derselben Kneipe, wo seine Lady im ersten Stock vögelt. Das mag man sich gar nicht vorstellen.«

»Sind Sie ihm auch manchmal begegnet?«

»Scheiße, ja, fast jeden Tag. Zum Schluss hat er Sara sogar zu mir raufgebracht.«

»Nun machen Sie aber einen Punkt«, entgegnet Stanton.

»Das ist die reine Wahrheit, Sir. Der Typ war krank.

Als wäre Sara ein Opferlamm, hat er sie die Treppe hochgeführt und vor der Tür gefragt, ob er auf sie warten soll.«

»Wie hat Mrs Urquardt darauf reagiert?«

»Hundertmal hat sie ihn zum Teufel geschickt. Hundertmal hat sie ihm gesagt, dass er sich verpissen soll.«

»Aber er ist geblieben.«

»Jede Nacht hat er auf sie gewartet und sich besoffen. Manchmal, wenn ich Sara zur Hintertür rausgeschleust habe, blieb Urquardt unten und hat auf der Ofenbank gepennt.«

»Wieso kam Mr Urquardt gestern Abend in den Pub, obwohl er wusste, dass seine Frau auf einer Familienfeier ist?«

»Vielleicht Gewohnheit. In letzter Zeit tanzte ja meistens auch die Kleine da unten rum, seine Nichte.«

»Haben Sie Miss Byrne kennengelernt?«

»Nee.« Begley lächelt. »Ich bin schließlich der Bösewicht, verstehen Sie, der Schweinehund, der ihrem geliebten Onkel die Frau weggeschnappt hat. Nee, Miss Byrne hat mich geschnitten.«

»Gut, Mr Begley. Was haben Sie gestern Abend unternommen, da Ihre Geliebte nicht zur Verfügung stand?«

»Ich bin rumgefahren.« Begley kommt vom Fensterbrett hoch.

»Wohin?«

»Irgendwohin.«

»Ich glaube, Ihnen ist Ihre Lage nicht ganz klar.« Rosy klopft mit dem Mittelfinger auf die Tischplatte. »Sie sind der Liebhaber einer Frau, deren Mann ermordet wurde. Üblicherweise gehört der Liebhaber in solchen Fällen zu den Hauptverdächtigen. Es ist in Ihrem eigenen Interesse, wenn Sie mir sagen, wo Sie die Zeit zwischen neunzehn und einundzwanzig Uhr verbracht haben.«

»Das ist mir unangenehm.« Der Dunkelhaarige knetet seine Fingerknöchel.

»Keine Scheu, wir halten was aus. Wo waren Sie?«

»Ich war bei Iris.«

»Und Iris ist …?«

»Meine Freundin.«

»Ihre *was?*«, kontern Rosy und Larry wie aus einem Mund.

»Sara ist schließlich verheiratet«, gibt er zögernd zu. »Iris dagegen ist frei. Wir sind manchmal zusammen zum Angeln rausgefahren, na, und so kam eins zum anderen.«

»Sie haben zwei Affären gleichzeitig? Weiß Mrs Urquardt von der Existenz dieser Iris?«

»Ja, aber sie glaubt …« Begley fährt sich durchs Haar. »Sie glaubt, Iris ist meine Cousine.«

Rosy wirft dem Sergeant einen Blick zu. »Nur weiter, es wird immer spannender, Mr Begley.«

»Über drei Ecken sind Iris und ich wirklich miteinander verwandt, aber trotzdem …«

»Gehen Sie miteinander ins Bett.«

»Hm.«

»Auch gestern Abend?«

»Hm.«

»Wird Iris uns das bestätigen?«

»Klar. Aber könnten Sie es bitte nicht sofort Sara weitererzählen?« Begley klingt plötzlich nicht mehr so großspurig.

Als Rosy aufsteht, knallt der Stuhl gegen die Wand. »Sie haben von Ihrem Bruder bestimmt erfahren, dass Mr Urquardt umgebracht wurde. Weshalb sind Sie trotzdem zum Fischen rausgefahren?«

»Warum nicht?«, antwortet Begley schlicht. »Ich habe mit dem Mord ja nichts zu tun.«

»Wir haben umsonst versucht, Sie telefonisch zu erreichen.«

»In den Flußauen hat man keinen Empfang.«

Die Kommissare quetschen sich am Mobiliar vorbei zum Ausgang. Stanton öffnet die Tür.

»Eines interessiert mich noch, Mr Begley. Mrs Urquardt ist von nun an frei. Wie wird die Sache zwischen Ihnen denn weiterlaufen?«

»Keine Ahnung.«

»Haben Sie vor, eine feste Beziehung mit ihr einzugehen?«

»Schwer zu sagen.«

»Wieso ist das schwer zu sagen?«

»Weil das Reizvollste an unserem Verhältnis das Verbotene war. Außerdem ...«

»Außerdem gibt es da ja noch Ihre Cousine«, vollendet Rosy den Satz.

7

Das feurige Gift

»Die lügen alle.« Rosy und ihr Sergeant laufen im Gleichschritt den Quai entlang. »Mrs Urquardt lügt, und Joe Begley lügt und Joes Bruder, vielleicht lügt sogar die nette Erin Byrne.«

»Warum tun sie das?«, fragt Stanton, nicht aus Unwissenheit, sondern weil es zum Pingpongspiel der Ermittler gehört.

»Vielleicht, weil sie alle in der Sache mit drinhängen. Sollte Urquardt nämlich im Pub erstochen worden sein, hätte der Mörder ihn wohl kaum ins Freie gelassen, wo er um Hilfe rufen konnte.«

»Du meinst, Urquardt wurde außerhalb des Pubs erstochen?«

»Das habe ich nicht gesagt. Bloß wenn es draußen passiert wäre, hätte der Mord unmittelbar vor der Tür geschehen müssen, denn Sekunden später hat unser Constable den tödlich verwundeten Urquardt am Pier beobachtet. Sollte der Mörder Urquardt jedoch vor der Tür aufgelauert haben, hätte das jemand von drinnen sehen müssen. Der Vorplatz ist hell erleuchtet und die Fenster haben keine

Vorhänge.« Rosy hebt die Arme. »Aber niemand will etwas gesehen haben, nachdem Urquardt den Pub verließ.« Sie lässt die Arme wieder fallen.

Drei Schritte verstreichen schweigend, Larry nimmt den Faden wieder auf. »In der Kneipe befanden sich Erin Byrne, die zwei alten Damen und Alec, der Wirt. Glaubst du ernsthaft, unter diesen vieren finden wir den Mörder?«

»Wir werden uns die Ladys noch einmal vornehmen.«

»Sie saßen in der hinteren Nische. Von dort aus kann man den Schankraum nicht sehen.«

»Lass uns mal spekulieren. Was wäre, wenn Mrs Urquardt zur Tatzeit doch im Pub wäre?«

»Ihre Familie bestätigt, dass sie den ganzen Abend in Purton war. Sie ist um sechs gekommen und um Mitternacht wieder gefahren.«

»Bei einer großen Feier könnte sie sich zwischendurch davongestohlen haben. Purton liegt nur zwanzig Meilen von Gloucester entfernt, direkt am Ufer des Severn.«

»Glaubst du etwa, Mrs Urquardt hat ihren angelnden Geliebten am Fluss getroffen?«

»Immerhin ist es seltsam, dass die beiden, die sich sonst täglich in ihrem Liebesnest treffen, ausgerechnet am Abend des Mordes nicht dort waren.«

Rosy macht halt. Das empfiehlt sich, denn die beiden haben das Ende des Piers erreicht. Die Kommissarin tritt auf die letzte Steinquader der Bemauerung. »Gordon Urquardt fährt am Abend seines Todes in den Pub, obwohl der Grund, weshalb er sich sonst dort betrinkt, nicht gegeben ist. Seine Frau ist nicht im ersten Stock, sondern feiert mit ihrer Familie in Purton.« Sie starrt ins Wasser. »Joe Begley ist nicht auf seinem Zimmer. Er hat ein prima Alibi, weil er mit einer anderen Frau schläft. Die beiden, die am meisten von Urquardts Tod profitieren, sind in dem Augenblick, als dem Mann das Messer in den Rücken gestoßen wird, weit entfernt. Das ist doch sonderbar.« Rosy schiebt ihre Schuhspitzen über den Rand hinaus.

»Sei vorsichtig.« Larry fasst sie an der Schulter.

»Keine Sorge, ich mache dein Kunststück nicht nach.«

»Wie viel wird Mrs Urquardt erben?«

»Morgen besuche ich Mr Sykes, Urquardts Notar. Von ihm werde ich es erfahren. Urquardts Geschäfte gingen angeblich gut. Sara darf sich auf eine nette Überraschung freuen.«

»In dem Fall hätte Mrs Urquardt durch den Tod ihres Mannes zwei Fliegen mit einer Klappe geschlagen: Sie ist frei für ihren Sexgott, und sie erbt das nötige Kleingeld, um einen neuen Hundesalon aufzumachen.«

Gemeinsam schlendern sie zurück.

»Das Leben ist schon verdammt ungerecht«, sinniert der Sergeant. »Gordon Urquardts Leben hört sich an, als ob er in den letzten Jahren vorwiegend Scheiße einen Hügel raufschippen musste. Sara dagegen fällt alles in den Schoß. Sie hatte einen gut situierten Mann, einen perfekten Liebhaber, und jetzt macht sie auch noch eine anständige Erbschaft.«

Eine Brise bewegt Rosys Locken. »Was findet Mrs Urquardt bloß an diesem widerlichen Kerl? Ein Loser, ein Drückeberger, der nichts zu sagen hat, nichts zu geben …«

»Bis auf das eine.« Larry legt die Arme auf den Rücken. »Ist das übrigens deine Methode, aufs Geratewohl irgendwo langzulaufen, während du nachdenkst?«

»Laufen und denken passen gut zusammen.« Rosy betrachtet ihre Schuhspitzen, die abwechselnd vor ihr auftauchen.

»Ich habe noch nichts gegessen. Und du?«

»Ich fall vor Hunger gleich um.«

»Aber natürlich kriegst du zu Hause was Leckeres vorgesetzt.«

Rosy mustert ihn. »Du bist wohl so ein einsamer cornischer Wolf im fernen Gloucestershire.«

»Ein hungriger cornischer Wolf.«

»Dann komm mal mit, du Wolf.«

»Sag bloß, du lädst mich zum Dinner aufs Schloss ein?«

»Das würde ich Arthur nicht zumuten.«

»Du hältst mich für eine Zumutung?«

»Mein Earl ist ein wenig menschenscheu, weißt du. Wenn der jemanden zum Essen einlädt, braucht er mindestens zwei Wochen für die Vorbereitungen. Ein anderes Mal bitte ich dich vielleicht, uns zu besuchen. Heute spendier ich dir was bei Toby's.«

Stanton hat keine Ahnung, dass Rosys Angebot einer Sensation gleichkommt. Jeder aus der Mordkommission hat sich inzwischen daran gewöhnt, dass sie nie jemanden aus ihrem Team einlädt. Wenn Rosy Dienstschluss hat, fährt sie nach Sutherly und verbringt den Rest des Abends im Schloss. Seit wir ein Kind haben, ist das nicht nur Rosys Wunsch, sondern auch ihre verdammte Schuldigkeit. Doch für Sergeant Stanton macht sie heute eine Ausnahme.

»Was gibt es denn bei Toby's Besonderes?«, fragt er.

»Das beste Beefsteak von Gloucester.«

»Und wenn ich Vegetarier wäre?«

Über die Schulter schenkt Rosy ihm einen Schwertlilienblick. »Du siehst nicht wie ein Vegetarier aus.«

Es schlägt elf Uhr nachts. Ich habe es satt, noch länger zu warten, klappe die Biografie von Virginia Woolf zu, lösche die Lichter und gehe ins Bad, um mich bettfertig zu machen.

Um sieben Uhr hat Rosy angerufen und angekündigt, dass sie mit ihrem Assistenten noch auf ein Bier gehen wolle. Seitdem habe ich Johnny zu Bett gebracht, mir einen Käseteller zusammengestellt und vor dem Fernsehapparat verspeist. Es lief ein Quiz mit Stephen Fry, später eröffnete die Queen eine Gemäldegalerie in Suffolk. Zu diesem Anlass habe ich mir ein Glas Rotwein eingegossen. Jetzt ist es elf, und Rosy ist immer noch nicht da. Zweimal habe ich eine SMS mit drolligem Wortlaut verfasst, zweimal habe ich sie nicht abgeschickt. Das müssen ja interessante Dinge sein, die sie mit dem Neuen zu bereden hat, wenn sie vier volle Stunden beim Bier ausharrt, denke ich. Wahrscheinlich verbeißen sich die beiden in den neuen Fall, kommen beim Kombinieren vom Hundertsten ins Tausendste und machen interessante Fortschritte. Ich gönne Rosy den freien Abend, es tut ihr bestimmt gut.

Die Zahnbürste im Mund, starre ich mein Spiegelbild an. »Es wird doch nichts passiert sein?«

Ich spüle meinen Mund aus, renne zum Handy und gebe die Kurzwahl ein. Gloucester ist Rosys Stadt, beruhige ich mich, dort passiert vielleicht anderen Leuten etwas, aber nicht der toughen Kommissarin. Wenn sie heimkommt, wird sie mich wach küssen und mir alles erzählen. Wahrscheinlich wird sie es bereuen, dass sie rumgebummelt hat, weil sie dann morgen schwer aus dem Bett kommt. Wir werden lachen und aneinandergekuschelt einschlafen. Das wird schön.

Um Mitternacht habe ich noch kein Auge zugetan, stehe auf, werfe den Bademantel über und mache mir ernsthafte Sorgen. Um halb eins knarrt die Schlosspforte, quietschend öffnet sich das Tor. Ich höre, wie Rosy ihre Schuhe auszieht.

»Du brauchst nicht zu schleichen, ich bin noch wach«, rufe ich, als ich ihre tappenden Schritte im Wohnzimmer höre.

»Wieso bist du wach?«

Ich mache Licht. Rosys Haar ist wirr und zerzaust. Rosys Haar ist meistens wirr und zerzaust, aber heute fällt mir das sonderbarerweise auf.

»Weißt du, wie spät es ist?«

»Ehrlich gestanden nicht.«

Ist das ein leichter Zungenschlag, den ich da vernehme? Seit der Schwangerschaft hat sich Rosy das Trinken praktisch abgewöhnt. »Bist du betrunken?«, frage ich vorwurfsvoller als beabsichtigt.

»Ich habe einen kleinen Schwips.« Sie lacht auf eine Art, die ich drollig nennen muss. Drollig ist meine Rosy sonst nie.

»Muss ja sehr amüsant gewesen sein mit dem Sergeant.«

»Er ist ein munterer Erzähler. Und er kann wirklich was wegschlucken, dieser Larry.«

»Larry, so. Wie viele Biere waren es denn?«

»Larry hat ein Beefsteak von der Größe eines halben Ochsen verdrückt, und weil ihm das schwer im Magen lag, ist er vom Bier zum Whisky übergegangen.«

»Du hast hoffentlich nicht mitgemacht?«

Auf Socken kommt Rosy ins Schlafzimmer. »Hast du irgendwo Aspirin?« Das Wörtchen verrutscht ihr, es klingt wie *Apsiprin.*

Beim Öffnen des Medikamentenschrankes spüre ich ein kleines feuriges Gift in mir hochsteigen. Es beginnt im Magen und breitet sich von dort gleichmäßig aus. Das Gift fließt in meine Därme, in mein Herz und schließlich auch in meinen Mund.

»Das muss ja ein außergewöhnlicher Kerl sein, mit

dem du fünfeinhalb Stunden beim Whisky sitzt«, sagt das Gift in mir. Ich bringe Rosy die aufgelöste Brausetablette.

»War Johnny brav?«

»Braver als du in jedem Fall.«

»Ach, Arthur...« Während sie trinkt, schenkt Rosy mir einen schiefen Blick. »Wenn ich einmal mit einem Kollegen auf einen Drink gehe.« Sie beginnt sich umzuziehen. »Der Sergeant kennt hier doch niemanden. Ich dachte sogar dran, dass wir ihn mal zum Essen einladen könnten.« Das himmelblaue Nachthemd fällt duftig über ihren Körper. »Wir haben schon lange nicht mehr für andere gekocht.«

»Ihn einladen?« Diese Nacht ist voller Überraschungen. »Weißt du, wie oft dein treuer Assistent Ralph bei uns zum Dinner war?«

»Na, wie oft?«

Mit Daumen und Zeigefinger beschreibe ich eine Null. »Zero.«

»Klar, weil Ralph Familie hat... Familie hatte«, korrigiert sie sich, bindet ihr Haar hoch und putzt die Zähne. »War ja nur so eine Idee.«

»Andererseits, warum nicht? Ich hätte Lust, mal wieder etwas anderes zu kochen als Nudeln und Babybrei.« Während ich das sage, flüstert das Gift mir ein, dass ich mir diesen Sergeant vielleicht mal genauer anschauen sollte. Mit nachdenklichen Schritten kehre ich ins Bett zurück, lösche das Licht auf meiner Seite und erwarte Rosy, die als Silhouette in der Badezimmertür erscheint.

8

Schön war es

»Besuchen Sie den Dragon regelmäßig, meine Damen?«, fragt Sergeant Stanton aufgeräumt.

»Nein, das könnten wir uns gar nicht leisten.«

Wenn man sich zwei weiß gefiederte Gänse vorstellt, die in die Jahre gekommen sind, so hat man ein schönes Bild von Abby und Adele. Zwei Rentnerinnen, in ihrem früheren Beruf Sekretärinnen, gemeinsam pensioniert, gemeinsam verwitwet, verbringen sie ihren Ruhestand zusammen.

»Zweimal im Monat«, präzisiert die drahtige Abby. »Wenn es meine Gesundheit zulässt, ich leide nämlich an Asthma.«

Rosy hat entschieden, dass der schneidige Sergeant besser dazu geeignet ist, zwei quasseligen Rentnerinnen etwas zu entlocken, und ist auf dem Revier geblieben. Der Corne mit dem lustigen Haar und dem unverfrorenen Lächeln sitzt Abby und Adele an jenem Platz gegenüber, wo die beiden auch zur Tatzeit gesessen haben. Schwere Holzbalken machen die Nische gemütlich, schwere rote Vorhänge verbergen denjenigen, der darin sitzt, vor neugierigen

Blicken. Larry hat sich den Damen beim Tee angeschlossen, drei Tassen dampfen.

»Bei unserem ersten Gespräch sagten Sie, dass Sie von den Geschehnissen im Schankraum nichts mitbekommen hätten«, fährt er fort. »Ich bitte Sie, diesen Punkt noch einmal zu überdenken.«

»Man kann von hier aus nicht erkennen, was um die Ecke passiert.« Um ihre Worte zu unterstreichen, bewegt Adele die Samtbordüre. Der Staub von Jahrzehnten rieselt herab.

»Aber Sie könnten die Ohren gespitzt haben.«

»Und unsere Münder«, witzelt Abby. »Wenn wir zwei einmal losplaudern, versinkt um uns die Welt.« Beide kichern einvernehmlich.

»Nur wenige Yards von Ihrem Platz entfernt wurde möglicherweise ein Mensch erstochen«, führt Larry ihnen den Ernst der Lage vor Augen.

»Das glaube ich nicht«, gibt Abby trocken zurück.

»Was glauben Sie nicht? Dass Mr Urquardt erstochen wurde?«

»Dass es auf der anderen Seite dieses Vorhangs passiert ist.« Kopfschüttelnd lehnt Abby sich zurück. »Das hätten wir bemerkt.«

Larry ändert seine Taktik. »Sie haben ausgesagt, dass Sie Mr Urquardt nicht gekannt hätten.«

»Das stimmt«, antwortet Adele.

»Der Mann kam seit Längerem praktisch jeden Abend hierher.« Stanton legt den Ladys Urquardts Fotografie vor. »Sind Sie sicher, dass Sie ihn nie gesehen haben?«

»Der Mann hat ein Allerweltsgesicht.«

»Aber vielleicht haben Sie diese junge Frau bemerkt?« Larry legt ein Bild von Erin Byrne daneben.

»Ja, natürlich«, antwortet Abby. »Dieses Mädchen ist mir aufgefallen, weil es so besonders war.«

»Besonders, was meinen Sie damit?«

»Sie kam mir wie ein Engel vor, nicht wahr, Adele?«

»Ein kleiner trauriger Engel, das trifft es genau.«

Es dauert noch zehn Minuten, bis der Sergeant Abby und Adele entlockt hat, was sie mit diesen Worten meinen. Die Details, die ihnen einfallen, veranlassen ihn, sich umgehend zu verabschieden, auf das Kommissariat zu fahren und an seinen Computer zu eilen. Danach führt Stanton zwei Telefonate. Als er wenig später bei Rosy eintrifft, ruft er statt einer Begrüßung: »Erin Byrne weiß etwas! Sie muss etwas wissen.«

Rosy starrt auf den Computerbildschirm. »Gleich kommt die Telefonnummer, nach der wir suchen.«

»Die Auswertung von Urquardts Handy?«

»Dauert nur noch ein paar Augenblicke.«

Doch der Sergeant will nicht warten. »Das musst du dir anhören: Erin Byrne hat wahrscheinlich mit Drogen zu tun.«

»Was?« Rosy reißt den Kopf hoch.

»Die Ladys im Pub haben beobachtet, dass Miss Byrne in Urquardts Gegenwart mit Spritzen hantiert hat. Sie glauben auch Pillendosen gesehen zu haben. Die Kleine scheint eine halbe Apotheke in den Pub mitgebracht zu haben.« Hoch aufgerichtet tritt Stanton vor Rosys Schreibtisch. »Ich habe mir gerade ein paar Daten aus Irland kommen lassen. Miss Byrne ist dort aktenkundig. Sie ist zwar nicht vorbestraft, aber einschlägig bekannt.«

»Bekannt wofür?«

»Dass uns das nicht aufgefallen ist!« Larry schlägt mit der Faust in die offene Hand. »Sie sagte, dass sie Pharmazeutin sei. Mit anderen Worten …«

»Sie kommt ziemlich leicht an Narkotika heran.«

»Es besteht sogar der Verdacht, dass sie in Irland mit Drogen gedealt hat. Das konnte ihr nicht nachgewiesen werden. Jedenfalls hat sie irgendwelches Zeug in den Pub mitgebracht.«

»Das können auch harmlose Mittel gewesen sein.«

»Harmlose Mittel in Spritzenform?«

»Und wie bringt uns das weiter? Mr Urquardt starb an einer Stichwunde, aber nicht herbeigeführt durch eine Spritze. Ich glaube …« Rosy unterbricht sich, ihr Bildschirm hat Neuigkeiten. »Das ist die Nummer, die Urquardt Sekunden vor seinem Tod gewählt hat.«

»Wer ist es?«

Rosy lässt sich gegen die Lehne fallen. »Sieh mal an.«

»Wer ist es?«

Statt einer Antwort greift sie nach ihrer Jacke. »Komm.«

Larry liest. »Das ist ja ein Ding.«

Er macht auf dem Absatz kehrt und folgt der Kommissarin.

»Ihr Mann hat Sie in der Minute seines Todes angerufen, Mrs Urquardt. Warum?«

Rosy und Stanton haben ein schmuckes Reihenhaus im Stadtbezirk Tredworth betreten. Mrs Urquardt trägt gelbe Leggins und einen rosafarbenen Pulli. Ihr Haar wird von einem roten Haarreif zusammengehalten. Sie führt die beiden in die Küche. »Darf ich Ihnen etwas zu trinken anbieten?«

»Nein danke. Die Auswertung des Smartphones Ihres Mannes zeigt Ihre Nummer an, Mrs Urquardt. Jetzt verstehe ich auch, warum Sie behauptet haben, Sie hätten Ihr Handy verloren.«

»Ich habe es wirklich verloren.«

»Egal, ob Sie es verloren oder weggeworfen haben, Ihr Mann hat Sie angerufen. Den Tod vor Augen, wollte er Ihnen etwas Wichtiges sagen. Doch um Sie nicht zu belasten, warf der Sterbende sein Telefon danach ins Wasser. Bis zum letzten Augenblick war er um Ihr Wohl besorgt. Weshalb hat Ihr Mann Sie angerufen? Was hat er gesagt?«

Sara Urquardt entfernt sich ein paar Schritte von den Ermittlern. »Kann sein, dass Gordon versucht hat, mich zu erreichen, aber ich habe nicht mit ihm gesprochen.«

»Ich glaube, dass Ihr Mann sich von Ihnen verabschieden wollte. Er wollte Ihre Stimme hören, weil er Sie trotz allem, was Sie ihm angetan haben, liebte. Ich glaube, dass Mr Urquardt eine Ahnung hatte, weshalb Sie an jenem Abend nicht im Pub waren. Ich glaube, dass Sie wussten, dass Ihrem Mann etwas zustoßen würde. Deshalb brauchten Sie ein Alibi und fuhren zu Ihrer Familie. Sie haben seinen Tod vielleicht nicht herbeigeführt, aber Sie haben ihn in Kauf genommen. Möglicherweise haben Sie den Mord an Ihrem Mann sogar in Auftrag gegeben.«

Die Witwe verengt die geschminkten Augen. »Haben Sie Beweise für das, was Sie da sagen?«

»Die werden folgen.«

»Weshalb sollte ich mir den Tod meines Mannes gewünscht haben?«

»Um frei zu sein.«

»Das war ich schon, als Gordon noch lebte.«

Rosy tritt auf die pink-gelbe Witwe zu. »Sie können die Wahrheit nicht aus der Welt schaffen, indem Sie Ihr Handy vernichten, Mrs Urquardt. Ich bin überzeugt, dass Sie inzwischen ein neues haben.«

»Ich habe mir gestern eines besorgt.«

»Haben Sie bereits mit Mr Begley gesprochen?«

Plötzlich verliert Mrs Urquardt die Nerven. »Ich muss mir Ihren Ton nicht gefallen lassen! Wenn Sie etwas gegen mich in der Hand haben, heraus damit.« Wütend stöckelt sie über die cremefarbenen Fliesen. »Ich habe meinen Mann nicht mehr geliebt, das habe ich zugegeben. Aber sein Tod kam für mich völlig überraschend.«

»Mr Sykes vertritt da einen anderen Standpunkt«, kontert Rosy.

»Was haben Sie mit Gordons Notar zu schaffen?« Die Witwe stoppt.

»Er hat mir die Lebensversicherung Ihres Mannes

gezeigt. Die Schadenssumme im Todesfall wurde erst vor wenigen Wochen verdoppelt.«

»Das hat mir Gordon nicht gesagt.«

»Seit Monaten sind Sie fremdgegangen, Mrs Urquardt. Ihr Mann hat verzweifelt versucht, Ihre Liebe zurückzugewinnen. Er war tolerant, er arrangierte sich sogar mit den schrecklichen Verhältnissen, doch er hat Ihnen bestimmt auch etwas angeboten, um Sie wieder an sich zu binden.«

»Ich mache mir nichts aus Geld.«

»Werden Sie das auch Mr Sykes erzählen, wenn er Ihnen morgen die Erbschaftssumme nennt?«

Neugier und Gier spielen in Saras Gesicht. »Welche Summe?« Schon hat sie sich wieder im Griff. »So reich war Gordon nicht. Es dürfte nicht besonders viel sein.«

»Ihr Mann hätte jedes Recht gehabt, Ihnen die Erbschaft zu entziehen.«

»Ich habe mit Gordons Tod nichts zu tun!« Mrs Urquardt schlägt auf die Stuhllehne. Die Ringe an ihren Fingern machen ein metallisches Geräusch.

Rosy wechselt den Ton. »Hat Ihr Liebhaber Ihnen erzählt, wo er den Abend des Mordes verbrachte?«

»Joe ist rumgefahren. Wenn ich nicht bei ihm bin, macht er das gern.«

»Seine Rundfahrt hatte ein besonderes Ziel.«

»Ach ja?« Mrs Urquardt hebt die Schultern.

»Kennen Sie Iris?« Unaufgefordert nimmt die Kommissarin am Küchentisch Platz. »Iris, die Cousine von Joe Begley?«

Wenig später sitzen die Ermittler im Dienstwagen. »Das war aber nicht die feine Tour.« Larry setzt den Blinker.

»Stimmt«, nickt Rosy. »Aber ich sehe nicht ein, warum ich eine unmoralische Frau vor der Unmoral der Welt schützen soll.«

»Was wird Sara unternehmen, nachdem sie weiß, dass ihr Liebster zweigleisig fährt?«

»Sie wird sich mit ihm treffen.« Rosy justiert den Sicherheitsgurt vor ihrem Busen. »Es wird einen Streit geben, und wenn zwei sich streiten, freut sich der Dritte, das bin ich.«

»Du bist ganz schön ausgekocht.« Der Sergeant nimmt die Kurve.

»Ich bin nur schon ziemlich lange bei diesem Job.«

Larry schenkt ihr einen freundlichen Blick. »Schön war das gestern.«

»Sehr schön sogar.« Sie lächelt, ohne ihn anzusehen.

»Ich hatte allerdings eine unruhige Nacht. Hätte nicht so viel essen sollen.«

»Bei mir war's der Whisky.«

»Was hat dein Mann gesagt?«

»Er war überrascht. Dass ich mal mit Schlagseite heimkomme, hat Seltenheitswert.«

»Sag ihm, es tut mir leid, dass ich dich den ganzen Abend mit Beschlag belegt habe.«

»Tut es dir wirklich leid?«

Larry hält an einer Ampel. »Kein bisschen.«

»Mir auch nicht.« Sie sehen einander an.

Die Ampel steht auf Grün. Hinter ihnen hupt einer.

9

Meistens donnerstags

»Miss Byrne, Sie gehen derzeit keiner Beschäftigung nach. Trotzdem können Sie es sich leisten, in einem der besten Hotels von Gloucester zu wohnen. Wie bezahlen Sie das?«

Erin Byrne trägt einen schwarzen Rollkragenpulli. »Gordon hat mich eingeladen.«

»Er bezahlt Ihre Hotelrechnung?«

»Bisher war es so. Deshalb muss ich jetzt auch ausziehen.«

»Weshalb haben Sie nicht im Haus Ihres Onkels gewohnt?«

»Das wollten wir beide nicht. Die Situation zwischen Sara und ihm …«

Vom Fenster aus betrachtet Rosy die Ehrfurcht gebietende Kathedrale. »Sagen Sie mir, Miss Byrne, haben Sie Ihrem Onkel Medikamente verabreicht?« Sie dreht sich um. »Oder möglicherweise Drogen?«

Es ist, als ob die junge Frau geohrfeigt worden wäre. Ihr Ausdruck wird aggressiv, die Augen scheinen in den Höhlen zu versinken. Tiefe Falten bilden sich an den Mundwinkeln. »Wer sagt das?«

»Ihrem Onkel ging es miserabel. Er befand sich in einer ausweglosen Situation, das waren Ihre eigenen Worte. Von Beruf sind Sie Pharmazeutin. Wäre es da nicht naheliegend, dass Sie Psychopharmaka für ihn besorgt haben, ein mental aufhellendes Medikament zum Beispiel?«

Erin zieht sich einen Schritt zum Badezimmer zurück. »Das wäre keine Lösung gewesen. Solche Mittel helfen erst nach mehreren Wochen.«

»Wäre es nicht besser, als gar nichts zu unternehmen?« Rosy beobachtet, wie sich Erin gegen die Wand lehnt. »Haben Sie Ihrem Onkel Psychopharmaka verabreicht?«

»Nein.«

»Haben Sie ihm Drogen gegeben? Sie wurden beobachtet, wie Sie in seiner Gegenwart mit Spritzen hantiert haben. Was waren das für Spritzen?«

»Ich habe ihm nichts gegeben.«

»Miss Byrne, die irische Polizei hat uns informiert, dass Sie im Verdacht stehen, mit Drogen zu handeln.«

»Das ist nicht wahr.«

»Stand Ihr Onkel unter Drogeneinfluss?«

»Das hätten Sie bei der Obduktion doch herausgefunden.«

»Sie haben recht. Es fanden sich keine fremden Substanzen in seinem Blut. Haben Sie ihm zu einem früheren Zeitpunkt Medikamente in den Pub gebracht? Das wäre kein kriminelles Delikt, Miss Byrne.«

Erin schweigt.

»Keine Antwort? Dann müssen wir uns selbst ein Bild machen.«

Wie ein Zauberkünstler bringt der Sergeant unvermittelt ein Blatt Papier zum Vorschein. »Das ist eine Durchsuchungsgenehmigung, Miss Byrne. Unsere Spurensicherung wird sich in Ihrem Zimmer umsehen.«

Den Blick auf das Dokument gerichtet, erstarrt die junge Frau für einen Moment. Larry wendet sich zur Tür, will Onkel und Neffen hereinlassen, doch Erin kommt der Amtshandlung zuvor. Mit einem Sprung ist sie im Bad und wirft die Tür hinter sich zu.

»Scheiße«, sagt Rosy trocken.

»Ich hätte dran denken müssen«, antwortet Stanton. »Kommen Sie heraus, Miss Byrne! Sie verschlimmern Ihre Lage nur.«

Man hört von drinnen hastige Geräusche.

»Treten Sie von der Tür zurück.«

Rosy ahnt, was ihr Sergeant vorhat, und macht die Bahn frei. »Lass das Hotel ganz. Den Schaden müssen wir bezahlen.«

Larry nimmt Anlauf und tritt mit Wucht gegen die Tür. Sie knackt in den Scharnieren, gibt aber nicht nach. Larry schüttelt ungläubig den Kopf, nimmt über die volle Zimmerlänge Anlauf und tritt wieder zu. In diesem Moment hören beide die Klospülung.

»Wir sind zu spät.« Er stoppt im dritten Anlauf.

»Hol sie trotzdem jetzt da raus.«

Diesmal benutzt Larry seine Schulter. Als ob ein Rammbock reinfahren würde, birst die Tür und schlägt nach innen auf. Im Bad steht Erin gegen die Wand gelehnt und beschirmt ihr Gesicht gegen das Splittern. Stanton fällt vor der Klomuschel auf die Knie. Das Wasser schäumt und kräuselt sich.

»Da ist noch ein Rest!«

Rosy hat der Spurensicherung geöffnet.

»Machen Sie Platz«, sagt der Onkel.

»Platz gemacht.« Der Neffe kniet sich neben ihn.

Stanton tritt zu Erin. »Das war sehr unklug von Ihnen, Miss Byrne.«

»Ich weiß.«

»Jetzt sind Sie in ziemlichen Schwierigkeiten.«

»Das war ich immer.« Sie lächelt den Sergeant traurig an. »Mein Leben lang.« Anstandslos lässt sie sich ins Zimmer führen.

»Werden wir Handschellen brauchen?«

»Mir egal.« Erin streckt beide Hände vor sich.

Rosy und der Sergeant führen die junge Frau die Treppe hinunter und an der Rezeption vorbei.

»Werden wir Sie wiedersehen, Miss Byrne?«, fragt der Rezeptionist höflich, doch in seinem Blick zeichnet sich Besorgnis über die offene Rechnung ab.

Während Larry und Rosy wenig später dem Polizeiwagen nachschauen, der Miss Byrne aufs Kommissariat bringt, sagt er: »Ich hätte nicht gedacht, dass die Spur in diese Richtung führt.«

»Noch haben wir keine Spur.« Rosy schließt die Lederjacke. »Erin Byrne hat ihren Onkel nicht umgebracht.«

»Wollen wir sehen, was die Spurensicherung gefunden hat?« Larry macht einen Schritt zum Hotel zurück.

»Ich nicht«, antwortet Rosy mit Blick auf die Armbanduhr. »Ich fahre nach Hause.«

»Es ist gerade drei vorbei.«

Sie sieht Larry lächelnd an. »Nach Johnnys Geburt habe ich mit unserem Commissioner einen Deal ausgehandelt: Einen Nachmittag in der Woche nehme ich mir frei. Meistens ist es Donnerstag.«

»Und was machst du jeden Donnerstag?«

»Ich verbringe ihn mit meinem Sohn. Wichtiger ist aber, dass Arthur am Donnerstag seinen einzigen, wohlverdienten freien Abend genießen darf. Deshalb vertraue ich dir Miss Byrne an, die du nach allen Regeln deiner Kunst verhören wirst. Ich fahre zu meinem Jungen.«

»Bedeutet das, jeden Donnerstag haben die Verbrecher in Gloucestershire Ausgang und können es richtig krachen lassen?«

Rosy knufft ihn gegen die Schulter. »Ich nehme den Wagen. Ein bisschen frische Luft tut dir gut.«

»Weißt du, dass ich dich beneide?«

»Um den freien Nachmittag?«

»Um deinen Jungen, mit dem du heute Abend durch die Schlosshallen tollen wirst.«

»Durch die Ruine würde es besser treffen. Irgendwann erzählst du mir, warum du selbst keinen Jungen hast«, erwidert sie mit herzlichem Blick.

Larry öffnet Rosy die Wagentür.

10

Feuer geben

Dieser Donnerstag ist anders. An diesem Donnerstag verbiete ich mir die Hektik, mit der ich sonst all die Dinge erledige, die in Anwesenheit von Philipp John schwierig, wenn nicht unmöglich wären. Ich mache keinen Supermarkteinkauf, bei dem er sich langweilt und allerlei Unsinn anstellt. Ich gehe nicht zum Friseur, eine der wenigen kosmetischen Wohltaten, die ich mir alle drei Wochen gönne. Ich habe auch keinen Termin beim Denkmalschutzamt, beim Amt für British Heritage, beim Finanzamt, Gänge, die in Philipp Johns Anwesenheit zum Spießrutenlauf würden.

Stattdessen fahre ich den Hügel von Sutherly Castle hinunter, schlängle mich durch die Gassen unseres Städtchens, verlasse es auf der Südseite, öffne das Fenster, genieße die Frühlingsluft und biege nach ein paar Meilen auf den gekiesten Parkplatz von Trevena Cross ein.

Weshalb biege ich auf den Parkplatz von Trevena Cross ein? Habe ich beim letzten Mal etwas vergessen, brauche ich Saatgut oder Düngemittel? Im Gegenteil, der Gartenschuppen im Schloss quillt über von solchen Hilfsmitteln. Brauche ich Beratung beim Beschneiden der Büsche, beim Veredeln der Rosen? Die Zeit zum Beschneiden und Veredeln ist bereits vorbei, die Pflanzen haben längst ausgetrieben. Die Wahrheit ist, ich nutze den einzigen freien Abend meiner Woche, um ein Versprechen einzulösen. Als ich mich letztens von Milly, der Floristin, verabschiedet habe, sprach sie ein ungewöhnliches Thema an.

»Ich war damals noch klein«, sagte Milly, während sie mir half, die Rosenstöcke und den Pfirsichbaum in meinem Kombi zu verstauen. »Trotzdem habe ich Ihren Vater sehr verehrt.«

»Meinen Vater?« Gemeinsam schoben wir den Topf des Bäumchens ins Heck des Wagens, ohne die jungen Triebe zu verletzen. »Wie kommt das?«

»Der Earl war so ein feiner, eleganter Mann, und er hat viel für unsere Stadt getan.«

Ich sah Milly an, sah diese zarte junge Frau überrascht an und bemerkte, dass mir mit einem Mal die Tränen in die Augen schossen.

»Was haben Sie, Lord Escroyne?«

»Ich bin …« Wer vermag zu erklären, warum mich die Erwähnung meines Vaters so aus der Fassung brachte? Es ist ein Schmerz, den ich ewig in mir tragen werde, ein Verlust, der nie überwunden sein wird. »Ich habe meinen Vater über alles geliebt. Ich war … sehr traurig, dass er so früh gestorben ist. Und ich bin es immer noch.«

Milly erschrak davor, was sie durch ihre Frage ausgelöst hatte. »Mein Beileid, Lord Escroyne«, sagte sie förmlich. Doch dann veränderte sich ihr Ausdruck. »Er ist viel zu früh gestorben. Und es kam so plötzlich.«

Ein großes unterdrücktes Gefühl brach sich in jenem Moment in mir Bahn. Die Tränen rannen über mein Gesicht. »Krebs kommt nie plötzlich«, entgegnete ich. »Er ist schon lange da, heimtückisch und gemein verrichtet er lautlos sein Werk. So war es bei meinem Vater.«

Ich wandte mich ab, nicht weil ich mich vor Milly schämte, sondern weil Philipp John, der zu meinen Füßen im Kies spielte, seinen Vater nicht heulen sehen sollte. Für einen kleinen Jungen ist ein weinender Vater ein traumatisches Erlebnis.

»Mister Escroyne …« Einfühlsam beugte Milly sich zu mir, ihre Hand strich über meinen Rücken.

Da stand ich, der 36. Earl, Sohn des 35. Earls. Auf das Heck des Volvo gestützt, weinte ich über den Verlust meines Vaters, und das Mädchen aus der Baumschule streichelte meinen Rücken.

»Entschuldigen Sie.« Ich schaute in die Augen der Frau, die mich Minuten zuvor noch *Your Grace* genannt hatte. So wie ich im Moment dastand, war von *Grace* wohl keine Spur zu sehen.

»Dad hat mir viel bedeutet. Er hat Fußspuren hinterlassen, die zu groß für mich sind. Er war ein außergewöhnlicher Mann. Er war es wert, diesen Titel zu tragen. Ich fürchte, ich bin es nicht.«

»Wie schade, dass ich ihm so selten begegnet bin.« Ihre Hand zog sich von meinem Rücken zurück.

»Würden Sie…?« In diesem Moment machte ich Milly jenes im Grunde unverständliche Angebot, das zu der Verabredung geführt hat, der ich meinen freien Donnerstag widme. »Hätten Sie vielleicht Lust, Fotografien meines Vaters zu sehen?«

Sie ließ ein helles Lachen hören. »Aber natürlich. Es wäre eine große Ehre für mich.«

Ein schaler Zweifel stieg in mir auf, ob mein keusches Angebot, *Fotoalben durchzublättern*, nicht falsch verstanden werden könnte, deshalb fügte ich eine Erklärung hinzu. »Ich habe praktisch niemanden, dem ich diese Bilder zeigen kann. Meine Frau kennt sie schon, und meine Schwester lebt in London.«

»Ich danke Ihnen für Ihr Vertrauen, Lord Escroyne.«

»Bitte nennen Sie mich nicht mehr so. Könnten Sie nicht einfach dazu übergehen, mich Arthur zu nennen?«

»Das würde ich niemals tun, Sir.«

»Solange Sie mich als Kunden bedienen, verstehe ich das. Aber wenn wir uns unter anderen Umständen begegnen sollten, könnten Sie es doch erwägen.«

Der verheulte Earl und die Floristin standen einander gegenüber und verabredeten sich für den darauffolgenden Donnerstag.

Als ich in der Baumschule aussteige, wird mir ein wenig bang. Es könnte an den Nudeln mit Käsesoße liegen, die ich Johnny und mir gekocht habe, es könnte aber auch eine absurde Vorahnung sein, die mich überfällt. Gleich treffe ich mich mit einer Frau, die gut und gern fünfzehn Jahre jünger ist als ich. Ich treffe mich außerhalb ihrer Dienstzeit, unsere Begegnung hat mit Blumen und Sträuchern nichts zu tun. Ich habe ein weißes Hemd angezogen, was ich nur bei Hochzeiten und Begräbnissen tue, dazu mein Tweedsakko, die bessere Cordhose; ich habe sogar meine Schuhe geputzt. Nach einer achtjährigen Beziehung mit Rosy treffe ich mich zum ersten Mal mit einer anderen Frau, von alten Tanten und meiner Schwester einmal abgesehen. Daher rührt mein mulmiges Gefühl wahrscheinlich, darum räuspere ich mich erst, bevor ich den Geschäftsführer von Trevena Cross frage, ob ich Milly sprechen könne.

Der umgängliche Mann beugt sich über ein Mikrofon und schnarrt lautstark, dass man es im gesamten Gartencenter hört: »Milly, kommst du mal bitte?«

Da ist sie schon, da taucht sie auf. Wenn mich meine Vorfreude nicht täuscht, hat auch sie sich hübsch gemacht. Sie trägt ein himmelblaues Frühlingskleid mit Rosenknospen und hohe Schuhe. Ihr Haar weht frisch gewaschen in der Abendbrise, sie hat die Lippen geschminkt.

»Hallo«, sagt sie mit entzückendem Lächeln und wendet sich an den Geschäftsführer. »Wie besprochen, Burt, ich gehe heute früher.«

»Alles klar, viel Spaß.« Burt beugt sich über seine Listen.

Milly hat sich auf unser Treffen vorbereitet, sie hat weibliche Maßnahmen ergriffen. Sie scheint also kein verwirrtes Mauerblümchen zu sein, wie ich ursprünglich annahm. Das Durchblättern von Fotoalben, die ich im Fond des Volvo liegen habe, ist Milly eine Abendverabredung wert. Mich überrascht daran vor allem, wie sehr ich mich selbst darauf freue. So sehr, dass ich Milly mit den Worten begrüße: »Reizend sehen Sie aus.«

»Danke.« Mit schwingendem Rock passiert sie die Schiebetür und läuft zum Volvo.

Obwohl das Mallory schon bessere Tage gesehen hat, ist und bleibt es mein Lieblingscafé in Trench-upon-Water. Milly fand meinen Vorschlag gut, und wir machten es uns bei Tee und Gurkensandwiches gemütlich. Schneller als erwartet ist die Sandwichplatte leer.

»Sie haben einen gesunden Appetit.« Ich drehe mich nach der Kellnerin um, um nachzubestellen.

»Ich sterbe vor Hunger.«

»Hatten Sie denn nichts zum Lunch?«

»Nein, ich meine, ich sterbe immer vor Hunger.« Sie lacht. »Ich könnte ununterbrochen futtern.«

Es bezaubert mich, wie rasch die scheue Milly auftaut, kaum dass sie ihren Arbeitsplatz verlassen hat. Ich schwenke die Zitronenscheibe in meinem Tee. »Haben Sie mir eigentlich Ihren Nachnamen schon verraten?«, frage ich, während ich versuche, die Kellnerin auf mich aufmerksam zu machen.

»Das habe ich tunlichst unterlassen.«

Tunlichst ist ein Wort, das Menschen unter fünfundzwanzig selten benutzen, daher bin ich überrascht. »Warum denn?«

»Weil ich Millicent Ruth Kowalczyk heiße.«

»Kowalczyk? Stammt Ihre Familie denn aus …?«

»Weder aus Polen noch aus Tschechien«, geht sie dazwischen. »Die Kowalczyks leben seit ewigen Zeiten in Gloucestershire. Wir sind waschechte Briten.«

»Der britische Clan der Kowalczyks«, lächle ich. »Jetzt könnte die verdammte Kellnerin aber mal rüberschauen.«

»Diese Gurkensandwiches …«, beginnt Milly.

»Ich bestelle uns gleich neue.«

»Nein, ich meine, könnten wir wohin gehen, wo man …?«

»Wo man etwas Anständiges zu essen kriegt?«

»Sie haben mich durchschaut.«

»Wie wär's, wenn wir ins Toby's fahren?«

»Toll«, antwortet sie schwärmerisch. »Bei Toby's gibt es die besten Beefsteaks.«

Wir lassen die Kellnerin Kellnerin sein, ich lege einen Geldschein auf den Tisch.

Auf der kurzen Fahrt nach Gloucester erzählt Milly von ihrem Vater, dem Statiker, und ihrer Mutter, die halbtags in einer Drogerie arbeitet.

Das Toby's ist um die frühe Uhrzeit praktisch leer, wir erfreuen uns der Aufmerksamkeit von zwei Kellnern, bestellen die größten Beefsteaks, die vorrätig sind, dazu Kartoffelbrei, Zwiebelsoße und Erbsen.

Ich hatte meine Fotoalben schon im Café dabei, nun lege ich sie neben mich auf die Bank. Ich rücke das Steakmesser zurecht, öffne die Serviette und breite sie auf meinem Schoß aus. Ich bin nervös. Ich, eine seriöse Persönlichkeit in den besten Jahren, bin nervös bei der Vorstellung, ein zwangloses Gespräch führen zu müssen. Seit jeher war ich kein großer Plauderer und habe es in den letzten Jahren selten geübt. Ich finde mich unbeholfen in der Kunst, eine lebendige Konversation zu führen, fühle aber das Bedürfnis, so etwas heute Abend zu leisten. Ich habe sogar Lust, ein klein wenig zu flirten.

»Wie sind Sie zu den Pflanzen gekommen?«, beginne ich zaghaft.

»Durch Zufall«, antwortet Milly. »Sie haben mich an der Schauspielschule nicht genommen.«

»Sie wollten Schauspielerin werden?«

»Finden Sie das abwegig?« Wegen meines überraschten Lachens verdüstert sich ihr Gesicht.

»Nein, es ist nur… Ich wäre nie auf die Idee…« Ich breche mein Gestammel ab. Schon der Einstieg in das Gespräch ist mir misslungen.

»Auch auf der Musicalschule wurde ich nicht aufgenommen.«

»Sie singen also auch?« Eine Überraschung jagt die nächste.

»Ich wollte bei einer Castingshow im Fernsehen mitmachen, flog aber schon in der Vorauswahl raus.«

»Milly…« Ich hebe beide Hände. »Sie erstaunen mich.«

»Wenn ich öffentlich auftrete, bin ich einfach zu nervös.« Sie knetet die Serviette, als wollte sie einen Strick daraus drehen. »Zu Hause vor dem Spiegel zwitschere ich wie eine Lerche, aber kaum soll ich vor fremden Leuten singen, zittert das Notenblatt in meiner Hand, und es verschlägt mir alle Töne.«

»Was haben Sie gemacht, nachdem Sie… nicht aufgenommen wurden?«

»Ich habe getrauert. Ein halbes Jahr lang war ich traurig, weil ich niemals auf einer Bühne stehen werde. Dann habe ich Jura studiert.«

»Erst Musical, dann Jura…« Ich lache. »Der Unterschied könnte kaum größer sein!«

»Ich schätze klare Regeln und saubere Verabredungen. Ich mag alles, was dem Chaos im Leben Einhalt gebietet. Darum dachte ich, Jura wäre eine gute Sache. Aber bald bin ich draufgekommen, dass unsere Rechtssprechung ein einziger Beschiss ist, Arthur. All die Verfahrenstricks, die unsere Anwälte anwenden, sind nur dazu da, um das Recht zu beugen und auszuhebeln.«

»Sie haben es geschafft«, erwidere ich.

»Gar nichts habe ich geschafft. Nach zwei Semestern habe ich abgebrochen.«

»Sie haben es geschafft, mich Arthur zu nennen.«

»Tatsächlich? Darauf trinken wir.« Milly gießt uns Rotwein nach, wir lassen die Gläser klingen. »Ich heiße Milly.«

»Was du nicht sagst. Ich bin Arthur.«

»Nach dem abgebrochenen Jurastudium meinte

mein Dad, bevor ich noch mal etwas hinschmeiße, soll ich erst mal in mich gehen. Also habe ich den Job bei Trevena angenommen.«

»Dann bist du also keine Gärtnerin aus Leidenschaft?«

»Anfangs nicht. Aber ich bin es geworden. Es gibt kein Chaos in der Pflanzenwelt. Nirgends sind die Regeln so klar verständlich wie dort.«

»Aber das ist noch nicht alles«, setze ich nach. »Kein Tag könnte so unangenehm sein, dass mich nicht ein tiefes Gefühl der Ruhe erfasst, wenn ich meinen Garten betrete.«

»Mir geht es in Trevena genauso.«

Unser Lobgesang auf die Gärtnerei wird von der Ankunft des Essens unterbrochen. Mit einem Seufzer macht Milly sich über das mühlradgroße Steak her.

Während wir essen, bin ich an der Reihe, aus meinem Leben zu berichten. Da ich fürchte, Geschichten über Renovierungsarbeiten auf Sutherly Castle könnten Milly langweilen, erzähle ich von Philipp John und den lebensbedrohlichen Schwierigkeiten, die er hatte, auf die Welt zu kommen. Ich rede von Rosy und ihrer Unvernunft, neben der Schwangerschaft weiterhin Mordfälle zu lösen, von ihrer Krankheit und den Wochen, als sie zwischen Leben und Tod schwebte. Irgendwann entlang meiner Erzählung taucht in mir die Ahnung auf, dass ich selbst eigentlich gar nichts erlebe, während die wahrhaft spannende Biografie die meiner Frau ist. Rosy ist die

Aufregende von uns beiden, ich bin eine Nebenfigur, eine Randerscheinung.

Zu meiner Überraschung möchte Milly nicht wie viele andere prickelnde Details von der Arbeit einer Mordkommissarin hören, sondern mehr von mir und der Historie der Escroynes. Doch kaum wurden unsere Teller abgeräumt, kaum will ich die Fotoalben auf den Tisch legen, als Milly ihre Hand auf meine legt.

»Wollen wir rausgehen?«

»Raus … wieso?«

»Es ist ein schöner Abend«, antwortet sie mit einer Geste zum Fenster. »Außerdem würde ich gern eine rauchen.«

»Okay, warum nicht?«

»Rauchst du auch? Natürlich nicht, wegen dem Kleinen.«

»An stillen Abenden, wenn Philipp John schläft und Rosy nicht zu Hause ist, steige ich manchmal zu den Zinnen der Burg hoch und genehmige mir eine Zigarre.«

»Das würde ich auch gern mal machen.«

»Zigarre rauchen?«

»Von Sutherlys Zinnen über das Land schauen.« Milly steht auf.

»Das lässt sich vielleicht einrichten.« Ich lege die Serviette auf den Tisch.

»Würde es deine Frau nicht stören, wenn du eine x-Beliebige nach Sutherly einladen würdest?«

»Weshalb sollte Rosy das stören?« Wir durchqueren das Lokal.

»Weil du ein charmanter Mann bist, Arthur. Ich würde an Rosys Stelle scharf aufpassen, was dort auf den Zinnen passiert.«

Ich bin so sprachlos, dass mir die Eingangstür gegen die Nase knallt. In meinem ganzen Leben hat mich noch keine Menschenseele einen charmanten Mann genannt. Nein, ich bin wahrhaftig nicht mit einem scheuen Mauerblümchen verabredet, sondern mit einer selbstbewussten jungen Frau. Ich folge ihr ins Freie, nehme eine Zigarette und lasse mir Feuer geben.

11

Auf Schwingen

Ich war bei Toby's, genau wie du!«, gebe ich stolz bekannt.

»Du hast nicht gesagt, dass du essen gehen wolltest.« Rosy spielt Karten mit Johnny. Ihre geheime Absprache lautet, dass Rosy möglichst oft woanders hinschaut, damit der Kleine schummeln kann.

»Es hat sich so ergeben. Die Frau von Trevena hatte plötzlich Hunger.«

»Die *Frau von Trevena* klingt irgendwie ...« Rosy blickt schmunzelnd auf. »Romantisch.«

Ich hänge das Tweedsakko in den Schrank. »Was du redest. Sie heißt Milly Kowalczyk.«

»Und schon ist es vorbei mit der Romantik.« Rosy spielt aus.

»Wir wollten uns Bilder von meinem Vater ansehen, aber ...« Ich bin im Begriff, mich auch an den Tisch zu setzen, als ich mit der Hand gegen meine Stirn klatsche. »Ich neunmal verblödeter Hornochse!«

»Was ist los?«

»Ich habe meinen Vater vergessen!«

»Du und deinen Vater vergessen?« Während Rosy

sich zu mir wendet, tauscht Johnny heimlich zwei Karten aus.

»Ich habe die Fotoalben bei Toby's liegen lassen. Alle Bilder, die ich von Dad besitze, sind da drin.« Ich springe auf. »Ich muss noch mal los.«

»Es ist fast Mitternacht.«

»Die Alben sind für mich von unschätzbarem Wert. Ich muss sie wiederhaben.«

Es ist anzumerken, dass Philipp John an Rosys freiem Donnerstag verboten spät aufbleiben darf. Mutter und Sohn pfeifen dann auf Konvention und bürgerliche Erziehung und genießen ihre nächtliche Verabredung.

Ich eile zum Schrank und hole das Sakko wieder heraus.

Rosy will mich stoppen. »Was, wenn Toby's schon geschlossen hat? Ruf doch erst mal dort an.«

»Und wenn in der Zwischenzeit jemand die Bilder klaut?«

»Wer sollte alte Schwarz-Weiß-Fotos stehlen?«, entgegnet Rosy unsensibel.

»Das sind Bilder des 35. Earl von Sutherly. Es sind Unikate, zum Teil sehr private Aufnahmen. Wenn die irgendjemand ins Internet stellen würde…«

»Jetzt übertreibst du aber.«

»Ich fahre trotzdem.«

»Du wirst vor verschlossenen Türen stehen.«

Rosys Argumente verhallen ungehört. Ich schlüpfe in die Schuhe und trample die einhundertsechs Stufen in die Tiefe.

Was sagte Milly Kowalczyk vorhin bei unserem Abschied? »Ich schätze klare Regeln und saubere Verabredungen«, sagte sie, und ich bestätigte, dass es mir genauso gehe. Ich hatte Milly nach Hause gefahren und auf diese Weise herausgefunden, dass sie am Stadtrand wohnt, und zwar nicht bei ihren Eltern, sondern zur Untermiete bei einer alten Lady.

»Du bist ein sehr netter Mann, Arthur«, fuhr sie fort. »Du bist ein verheirateter Mann und hast Familie. Darum werde ich dich selbstverständlich nicht auf einen Kaffee zu mir hinaufbitten.«

»Selbstverständlich«, antwortete ich, weil ich absolut nicht damit gerechnet hatte, auf einen Kaffee hinaufgebeten zu werden.

»Aber ich würde dich gern zum Abschied küssen«, sagte Milly Kowalczyk.

Ich muss an dieser Stelle in Erinnerung rufen, dass wir im Vereinigten Königreich leben, jenem Land, in dem die Menschen ihre Gefühle verheimlichen und unterdrücken. Wir leben in einem kühlen Land, unsere Coolness hat uns weltberühmt gemacht. Wir sind Briten und stolz darauf. Wir teilen einander üblicherweise nicht mit, dass wir einander küssen wollen und jemanden unter Umständen in unsere Wohnung mitnehmen würden. Wir tun das erst recht nicht bei einer ersten Verabredung, nach nur einem Beefsteak und zwei Gläsern Rotwein. Üblicherweise lassen wir einige Wochen verstreichen, bevor wir durch eine SMS anregen, dass man sich wiedersehen könnte. Tritt das ein, gehen wir normalerweise miteinander spazieren oder trinken Tee, darauf trennen wir uns wieder. So gehen Monate und Jahre ins Land, bevor es eines Abends tatsächlich zu einem Kuss kommt, vorausgesetzt, das Wetter spielt mit.

»Das ist keine gute Idee«, war das Einzige, was mir nach Millys erstaunlicher Offenbarung in den Sinn kam.

»Ich hab mir schon gedacht, dass du nicht willst.« Warmherzig sah sie mich an. »Das mag ich besonders an dir.«

»Was?«

»Du bist ein Gentleman.« Zuletzt schenkte mir die Gärtnerin aus Leidenschaft einen Blick, der mir durch und durch ging. »Schlaf gut, Arthur. Unser Abend hat Spaß gemacht.«

»Schlaf du auch gut, Milly«, erwiderte ich.

Darauf legte sie ihren Zeigefinger auf meine Nase und gab mir einen zärtlichen Stups. »Du bist ein Besonderer.« Nach diesen Worten lief sie die Außentreppe zu ihrem Zimmer hoch.

Verwirrt und aufgewühlt fuhr ich heim und machte mir während des Aufstiegs zum Schloss Gedanken über Milly Kowalczyks Charakter. Mich beeindruckte ihre Offenheit und Freiheit. Sie kümmerte sich nicht um Konventionen und durchbrach die versteinerten Regeln unserer scheintoten Gesellschaft. Milly sprach aus, wie es ihr ums Herz war. Sie hatte nicht versucht, mich zu küssen, sie hatte lediglich ausgesprochen, dass sie es nett gefunden hätte. Und das – auf der Mitte der Treppe blieb ich stehen –, das war mir in meinem ganzen Leben noch nie passiert.

Als ich die Stufen wieder herunterlaufe, sind es weniger die Fotoalben meines Vaters, die mich treiben, sondern die Gefühle, die mich durchschauern. Natürlich bin ich nicht verliebt in Milly, und selbst wenn ich es wäre, würde ich mir jede Handlungsweise in diese Richtung verbieten. Ich bin ein treuer Ehemann, ich liebe Rosemary von ganzem Herzen. Allerdings bin ich es nicht gewohnt, dass die Versuchung so unverhofft an mein Fenster klopft und sagt: Sei frech, sei abenteuerlich und genieße, was dir widerfährt. Die Versuchung und ich haben bisher äußerst selten miteinander zu tun gehabt; wahrscheinlich bin ich selbst der Versuchung zu langweilig.

Ich weiß, dass Toby's längst geschlossen hat und niemand mir öffnen würde, sollte ich dort klopfen. Unter dieser Voraussicht macht die Fahrt nach Gloucester wenig Sinn. Trotzdem steige ich in den Volvo, verlasse den Parkplatz und lasse mich durch die nächtlichen Straßen von Trench-upon-Water treiben. Ich ahne, wohin mich mein Unterbewusstsein führt.

Am Ausgang der Stadt beginnen die Hügel, die nach einigen Meilen zu den Erhebungen der Cotswoldsberge führen. Eingebettet zwischen zwei solchen Hügeln, liegt das unscheinbare, eher hässliche

Haus der alten Lady, die Milly Kowalczyk Unterschlupf bietet. Dorthin führen mich mein Unterbewusstsein und mein Volvo. Ich verringere das Tempo und gleite an dem Haus vorbei. Bei Milly brennt noch Licht.

Liest sie ein Buch, sieht sie sich einen Film an oder – daran hatte ich noch gar nicht gedacht – telefoniert sie womöglich mit ihrem Freund? Bloß weil sie mir einen Kuss anbot, muss das nicht heißen, dass ich der Einzige bin, dem dieses Privileg zuteilwird. Milly ist in ihren Zwanzigern, sie hat täglich mit vielen Menschen zu tun. Es gibt bei Trevena gut gebaute Gärtner, die sich über einen Kuss der schlanken Schönheit freuen würden.

Versunken in solche Gedanken, will ich wieder umkehren, als sich oben das Fenster öffnet. Millys Kopf erscheint. Was hat sie in der Hand? Eine Zahnbürste. Der Schlafanzug, den sie trägt, ist mit lustigen Ballons bedruckt. In ihrem Gesicht entdecke ich kein Staunen, obwohl man das eigentlich erwarten dürfte, wenn der verheiratete 36. Earl von Sutherly nach Mitternacht unter ihrem Fenster hält.

»Ich habe meine Fotoalben bei Toby's vergessen und bin noch mal losgefahren«, rufe ich im Flüsterton.

»Verstehe.« Sie lächelt. »Ich musste gerade an die Zinnen von Sutherly denken.«

»Was für ein Zufall.«

»Ja, ein merkwürdiger Zufall.«

»Vielleicht wirst du ja mal oben auf den Zinnen stehen.«

»Das wäre schön.«

»Ja.«

»Fein, dass du vorbeigekommen bist.«

»Ja.«

»Und jetzt fahr nach Hause, Arthur.« Sie winkt mir mit der Zahnbürste zu und schließt das Fenster.

Obwohl ich irritiert bin, dass Milly unsere nächtliche Plauderei so brüsk beendet, fühle ich mich erhoben, beflügelt und gleite auf den Schwingen dieses Gefühls nach Sutherly zurück. Die dunklen Fenster des Schlosses zeigen an, dass Rosy und Johnny inzwischen zu Bett gegangen sind.

12

Zweifellos

Larry Stanton liegt auf dem Rücken, ein Grashalm tänzelt über seinem Kopf. Er hält ihn mit den Lippen fest und blinzelt in die Sonne.

»Die Rückstände der Substanz waren im Toilettenwasser kaum noch feststellbar«, murmelt er. »Trotzdem konnte Jock sie als seltene Form eines Barbiturats analysieren.«

»Die meisten Barbiturate sind mittlerweile verboten«, antwortet Rosy. Auch sie schaut in den Himmel. »Sie werden in ihrer Wirkungsweise heutzutage von Benzodiazepinen ersetzt.«

Es ist nicht verboten, dass zwei Beamte der Mordkommission auf einer Wiese liegen, selbst wenn sie im Dienst sind. Es gibt keinerlei Vorschriften, wie Kommissare ihre Mittagspause verbringen müssen. Sie können in der Kantine essen oder woanders, sie brauchen auch nichts zu essen, sie können spazieren gehen, sie können genauso gut im Gras liegen, wenngleich das eine eher unübliche Form der Lunchpause ist.

Da Rosy und Larry keine Decke dabeihaben, liegen sie auf ihren Jacken. Das Wetter ist erstklassig, geradezu erstaunlich für einen Frühling in Gloucestershire. Es ist Mittag, es herrscht Frieden.

»Ärztlich werden Barbiturate manchmal noch gegen extreme Schlafstörungen verschrieben«, fährt Rosy fort.

»Hatte Gordon Urquardt Schlafstörungen?«

»Seine Frau müsste das wissen.« Rosy dreht sich auf die Seite. Ihr Knie stößt gegen die Hüfte des Sergeants. »Und Erin Byrne weiß es bestimmt auch.«

»Sie behauptet aber, ihrem Onkel nie etwas von diesem Barbiturat verabreicht zu haben.«

»Ich begreife nicht, warum.« Rosy richtet sich auf die Ellbogen auf. »Damit könnte sie erklären, weshalb sie ihm Medikamente in den Pub mitbrachte. Sie bräuchte nur zu sagen, dass sie ihm ein Schlafmittel geben wollte. Nichts wäre harmloser.«

»Ich habe sie gefragt, wieso sie das Mittel im Klo runtergespült hat, und bekam nur Ausflüchte zu hören. Deshalb nehme ich an, dass das Barbiturat nicht das Einzige war, was im Orkus verschwunden ist.«

Nachdenklich blinzelt Rosy in die Sonne. »Erin Byrne war so besorgt um ihren gefährdeten Onkel, dass sie ihm aus Irland nachgereist ist. Sie hat Zeit und Energie aufgebracht, um ihm aus seinem Jammertal zu helfen. Doch es war alles umsonst, er ließ sich von der Obsession nicht abbringen. Bis zu seinem Tod hat er sich verzweifelt an eine Frau geklammert, die ihn nicht mehr liebte.« Rosy wendet sich zum Sergeant, der den Halm ins Gras wirft.

»Bleibt die Frage: Warum wurde Gordon Urquardt ein Messer in den Rücken gestoßen?«

»Vielleicht haben wir uns zu sehr in die Amour fou verrannt, in die Urquardt und seine Frau eingesponnen waren. Wie es aussieht, bringt uns diese Spur auf kein vernünftiges Motiv. Wer hat etwas davon, dass Gordon Urquardt starb? Weder Mrs Urquardt noch Joe Begley gewinnen viel dadurch. Sie hatten in ihrer Affäre jede Freiheit, die man sich vorstellen kann und hätten ewig so weitermachen können. Die Erbschaft dürfte auch nicht ausschlaggebend gewesen sein. Sara bekam vom lebenden Urquardt ohnehin alles, was sie wollte. Für Begley ist der Tod des Ehemannes sogar ein Nachteil. Ab jetzt hat er seine Sara rund um die Uhr am Hals.«

Rosy schaut über die Wiese, als ob am anderen Ende gleich die Antwort auftauchen würde. »Da ist ein Mann, der trotz endloser Demütigungen nicht von seiner Frau loskommt. Da ist eine Nichte, die ihm helfen will und ihn mit Medikamenten, vielleicht mit Drogen versorgt. Da sind drei Zeugen, die in den Minuten vor der Tat nichts Ungewöhnliches bemerkt haben. Drei Zeugen, die natürlich lügen könnten. Aber weshalb sollten die zwei Ladys behaupten, nichts gesehen zu haben? Warum sollte der Wirt erzählen, Urquardt sei lebend aus dem Lokal spaziert, wenn das nicht stimmt?« Mit einem Ruck wendet sie sich zum Sergeant. »Wie macht ihr das eigentlich in Cornwall?«

»Machen, was machen?«

»Wenn du mit einem Fall gegen die Wand rennst, was tust du dann?«

»Ich lasse die Akte auf dem Schreibtisch liegen und gehe ein Bier trinken. Dann schlafe ich eine Nacht darüber, und am nächsten Morgen fange ich von vorne an.«

»Das ist also die cornische Methode?« Ein kurzes Lächeln.

»Was machst du denn, wenn du an diesem Punkt angelangt bist?«

»Ich gehe in den Garten.«

»Warum?«

»Ich habe ein kleines schwarzes Schreibheft und einen Füller. Damit laufe ich in unseren Schlossgarten, setze mich auf meine Bank und schreibe alles auf. Ich schreibe hin, was ich weiß und was ich zu wissen glaube. Ich suche Irrtümer, ich schlage Fäden zwischen den mir bekannten Punkten.«

Larry nickt bedächtig. »Wirst du in unserem Fall auch bald in den Garten gehen?«

»Noch nicht. Was wir bis jetzt haben, ist ja erst der erste Akt. Uns fehlen wichtige Versatzstücke, um den nächsten Akt zu beginnen.«

»Was für Versatzstücke?«

»Wir wissen zu wenig über eine entscheidende Person, das Opfer. Ich bin sicher, dass wir in Gordon Urquardts Biografie das Geheimnis entdecken dürften. Wenn wir begreifen, wer Urquardt war, werden wir dahinterkommen, wer ihn getötet hat.«

»Leider kann uns der Mann nichts mehr erzählen.«

»Aber jemand, der ihn so gut kennt wie kein Zweiter, könnte das tun.«

»Aha? Und wer?«

»Urquardts Mutter.«

»Seine Mutter? Die sitzt in Irland.«

»Nicht mehr.« Rosy lächelt überlegen. »Im Augenblick macht Mrs Urquardt es sich in einem Flugzeug bequem, das sie nach Bristol bringt. Von dort wird unser Constable sie nach Gloucester fahren, und hier dürfte sie in …« Ein Blick auf die Uhr. »In anderthalb Stunden eintreffen.« Rosy wischt Gras und Erde von ihrer Hose, bevor sie aufsteht.

Gordons Mutter ist eine kräftige Frau, stark gehandicapt durch ein Hüftleiden. Wäre der Anlass ein anderer, hätte man über ihren besonderen Gang vielleicht schmunzeln können. Bei jedem Schritt des linken Beines hebt sie die Hüfte und den Torso, erst danach setzt sie das Bein nach vorn. Auf diese Weise kommt Mrs Maureen Urquardt auf dem Korridor des Kommissariats nur langsam voran.

»Darf ich meinen Gordon mit nach Hause nehmen?«, fragt sie Rosy, die neben ihr hergeht.

»Tut mir leid, Mrs Urquardt. Solange wir die Tatwaffe nicht gefunden haben, kann ich den Körper Ihres Sohnes nicht freigeben.«

»Ich muss mich um die Formalitäten seiner Überstellung nach Irland kümmern«, erwidert die Mutter.

»Wenn der Zeitpunkt gekommen ist, kümmert sich die englische Polizei darum, dass seine sterblichen Überreste an ihr rechtes Ziel kommen. Sie wollen ihn zu Hause bestatten?«

»Natürlich. In irischer Erde.«

Larry öffnet die Tür zum Konferenzraum. »Kaffee, Mrs Urquardt?«

»Lieber Tee.«

»Milch?«

»Einen Tropfen.«

»Beim Zucker bedienen Sie sich bitte selbst.«

Das Ritual gibt Rosy die Möglichkeit, Maureen Urquardt eingehender zu betrachten. Die Frau wirkt erstaunlich jung für die Mutter eines Sohnes von Mitte vierzig. Ihr gefärbtes Haar hat einen tiefen Mahagoniton. Bis auf das Hüftproblem scheint sie bei guter Gesundheit zu sein.

»Tut mir leid, aber ich werde Ihnen einige sehr persönliche Fragen zu Ihrem Sohn stellen müssen.« Rosy setzt sich mit dem Rücken zur Fensterfront. »Sie leben allein, Mrs Urquardt?«

»Gordons Vater ist vor zehn Jahren gestorben.«

»Sind Sie im Ruhestand?«

»Wo denken Sie hin? Ich arbeite halbtags am Postschalter, der sich in unserem Minimarkt befindet.«

Rosy schraubt eine Flasche Mineralwasser auf. »Was würden Sie als das hervorstechendste Merkmal Ihres Sohnes bezeichnen?«

»Dass er sich vor dem Leben gefürchtet hat.«

Ein erstaunter Blick über so viel Offenheit. »Gefürchtet, in welchem Sinn?«

»In jedem denkbaren Sinn, Detective. Er kam auf

die Welt, und diese Welt war für ihn voller Ängste. Ich habe alles Mögliche versucht, um ihn davon zu befreien. Aber wenn starke Dämonen in einem Menschen wohnen, lassen sie sich nur schwer vertreiben.«

»Kein Kind wird mit Ängsten geboren, Mrs Urquardt.«

»Da bin ich anderer Meinung«, entgegnet die Mutter.

»Was war denn Ihrer Meinung nach der Ursprung von Gordons Dämonen?«

»Er war eine Frühgeburt.«

Rosy hält inne. »Ach ja? Wie viel zu früh kam Gordon zur Welt?«

»In der neunundzwanzigsten Schwangerschaftswoche.«

Rosy nickt, nickt noch einmal und wendet das Gesicht ab. Sie stellt keine weiteren Fragen.

Mit überraschtem Ausdruck übernimmt Stanton die Führung des Gesprächs. »Es könnte dadurch zu einer frühkindlichen Prägung gekommen sein, meinen Sie das, Mrs Urquardt?«

»Frühkindliche Prägung?« Maureen schmunzelt. »Zu meiner Zeit hat man solche Ausdrücke nicht verwendet, Sergeant, wenigstens nicht in Kenmare Neidin. Ich weiß nur, dass Gordon sich drei volle Jahre an mich geklammert hat, und damit meine ich: körperlich festgeklammert. Er brauchte meine Berührung Tag und Nacht. Solange er ein Säugling war, lag er meistens auf meinem Bauch. Er weigerte sich, abgestillt zu werden. Ich habe ihm bis zu seinem zweiten Lebensjahr die Brust gegeben.«

»Konnten die Ärzte irgendwelche Schädigungen als Folge der Frühgeburt bei ihm feststellen?«

»Wir leben auf dem Land. Dort analysiert man nicht viel, man lässt dem Leben einfach seinen Lauf.«

»Aber ich habe Sie richtig verstanden, dass Sie die Ursache für Gordons … Besonderheit in seiner vorzeitigen Geburt sehen?«

Ohne dass Larry es kommen sieht, stößt Rosemary einen tiefen Seufzer aus. Sie entschuldigt sich und verlässt den Konferenzraum Hals über Kopf. Draußen läuft sie ein paar Schritte, bis sie sich gegen die Wand sinken lässt. Rosy ist die Mutter eines behinderten Kindes. Sie und ich haben Hunderte Stunden darüber gesprochen, wir nahmen auch den Rat einer Psychologin in Anspruch. Inzwischen sind wir imstande, mit der Situation umzugehen, und doch gibt es Situationen, da genügt ein einziges Wort oder ein Blick in eine bestimmte Landschaft, um Rosy die Fassung verlieren zu lassen. Dann bricht das Unglück darüber, dass sie wahrscheinlich zu alt war, um Mutter zu werden, mit ganzer Wucht in ihr durch. Rosy läuft auf die Toilette, lässt kaltes Wasser ins Waschbecken ein, taucht ihr Gesicht hinein und hält den Atem an. Danach geht es ihr besser, allerdings ist ihr Haaransatz und Teile ihrer Locken durchtränkt. Sie bringt sich einigermaßen in Ordnung und kehrt in den Konferenzraum zurück.

»Entschuldigen Sie bitte.« Rosy setzt sich neben Larry. »Mrs Urquardt, wie traten die Ängste oder Dämonen, wie Sie es nennen, im Erwachsenenalter Ihres Sohnes zutage? Was ist aus ihm für ein Mann geworden?«

»Gordon war intelligent, wachsam, modern in seinem Denken, geschäftstüchtig, angenehm im Umgang. Ich glaube, es ist ein guter Mann aus ihm geworden.«

»Von seiner kindlichen Überängstlichkeit ist also nichts zurückgeblieben?«

»Das habe ich nicht gesagt.« Maureen mustert die Polizisten. »Obwohl er das Leben äußerlich gemeistert hat, wäre Gordon am liebsten wieder in den Schoß zurückgekrochen.« Sie spricht den Satz so harmlos aus, als sei es eine alltägliche Charakterisierung.

»In Ihren Schoß, Mrs Urquardt?«

»Das habe ich nicht gemeint, so eng war unser Verhältnis gar nicht mehr. Ich meine, in den Schoß des Vergessens, in jene Zeit, als er noch nicht geboren war. Mein Junge liebte das Leben nicht besonders, Detective. Er sehnte sich woandershin, an einen idealen Ort außerhalb unserer Welt, ohne zu wissen, wo dieser Ort sein könnte. Gordon kam als Fremder auf diesen Planeten und ist ein Fremder auf ihm geblieben. Bis zu seinem Tod. Ich fürchte, ich kann es nicht besser ausdrücken.«

»Sie haben es exzellent ausgedrückt«, meint Rosy. »Blieb Ihr Sohn auch weiterhin so… tja, so weltabgewandt, nachdem er seine Frau kennengelernt hatte?«, hakt Larry nach.

Mrs Urquardts Ausdruck wird ernst, aber nicht feindselig. »Anfangs dachte ich, Sara sei die Richtige für ihn. Ich habe mich für Gordon gefreut. Ich glaubte, Sara täte ihm gut, weil sie mit beiden Beinen auf der Erde steht.«

»Nur anfangs?«

»Diese Frau hat nicht besonders viel Herz, müssen Sie wissen. Sie kam mir immer ziemlich leer vor. Sara ist ein *Nehmer*, wenn Sie verstehen, was ich meine. Da sie selbst wenig empfindet und so gut wie keine Fantasie besitzt, holt sie sich alles, was sie in ihrer inneren Welt benötigt, von anderen Menschen. Sie saugt ihre Umwelt sozusagen aus. Sie ist ein leeres Gefäß und erwartet, dass es von anderen ständig aufgefüllt wird. Weil Sara eine schöne Frau ist, haben sich die Männer stets bemüht, etwas in dieses Gefäß hineinzugießen.«

Rosy und der Sergeant sind von der scharfsichtigen Darstellung sichtlich beeindruckt.

»Haben Sie immer schon bei der Post gearbeitet, Mrs Urquardt?«

»Natürlich nicht. Ich war Gastdozentin für Philosophie an der Universität von Cork. Aber wie es häufig geschieht, wurden der Hochschule die Mittel gekürzt. Es werden keine Gastdozenten mehr eingestellt.«

»Waren Sie damit einverstanden, als Ihr Sohn mit Sara nach England zog?«

»Natürlich habe ich ihn vermisst, aber ich hoffte damals von ganzem Herzen, dass es das Beste für ihn sein würde.«

»Haben Sie von der späteren Entwicklung seiner Ehe erfahren?«

Mrs Urquardt dreht einen schmalen Ring an ihrem Finger. Ein kleiner Brillant blitzt auf. »Dass Sara ihn betrogen hat, war nur ein weiterer Beweis für mich, dass Gordon ihr nicht geben konnte, was diese Frau vom Leben erwartet.«

»Ihr Sohn hat Ihnen seine Lage also mitgeteilt?«

»Er hat mir manchmal geschrieben.«

»Haben Sie ihn nicht davon zu überzeugen versucht, dass er sich von dieser Frau trennen sollte?«

Mrs Urquardt nimmt sich für die Antwort Zeit. »Er wäre auch ohne Sara und den Schmerz, den sie ihm zufügte, nicht glücklich geworden. Mein Gordon war einfach nicht für das Glück geschaffen.«

»Mrs Urquardt, ich muss Ihnen noch eine besonders heikle Frage stellen: Halten Sie Ihren Sohn für imstande, sich selbst das Leben zu nehmen?«

»O ja, das tue ich«, antwortet seine Mutter, ohne einen Augenblick zu zögern. »Ja, zweifellos.«

13

Hundert Zuschauer und ein Brief

»Gordon Urquardt hat sich aber nicht das Leben genommen«, ruft Larry über den Lärm hinweg. »Er starb an einem Messerstich in den Rücken, den er sich unmöglich selbst beibringen konnte.«

Die Polizeikantine ist laut, die Polizeikantine ist voll. Ratlos stehen Rosy und der Sergeant mit ihren Tabletts vor dem Szenario futternder, plaudernder Polizisten.

»Wird dort hinten was frei?« Rosy zeigt in die Ecke.

»Fehlanzeige. Ich fürchte, wir müssen im Stehen essen.«

»Keine Lust.« Rosy steuert mit ihrem Tablett zum Ausgang. »Dann gehen wir eben an die frische Luft.«

»Es wird gleich ein Gewitter geben«, erwidert der Sergeant mit Blick zur Fensterfront.

»Das zieht vorbei.« Rosy marschiert voran, beim Ausgang winkt sie dem Pförtner zu.

»Machen Sie ein Picknick, Detective?«, fragt Honk, der dienstälteste Beamte im Dezernat. Er hätte vor Jahren schon in Rente gehen können, hielt der Polizei aber als Pförtner die Treue. »Mit so einem gut aussehenden Sergeant würde ich auch gern mal picknicken«, ruft er Rosy nach.

»Halt deinen frechen Mund«, sagt sie und tritt ins Freie. Zu Larry gewandt sagt sie: »Ich weiß nicht, wie Honk auf solche Ideen kommt. Seine Augen haben wahrscheinlich nachgelassen.«

»Ich bin ein gut aussehender Sergeant«, entgegnet Stanton selbstbewusst.

»Ein Angeber bist du. Du hast Übergewicht, dein Hals sprengt jeden Hemdkragen, und über deine Frisur schweigen wir lieber.« Rosy zeigt auf die Betonbarriere, die das Polizeirevier vom Parkplatz abgrenzt. »Wie wär's dort?«

»Wahnsinnig gemütlich.« Er nimmt neben seiner Chefin auf dem steinernen Poller Platz. »Ich bin ein maskuliner Athlet, habe Witz, bin einfühlsam und im Bett eine Kanone«, zählt er auf, während er seinen Kartoffelbrei mit dunkler Soße vermanscht.

»Wieso glaubst du, dass es mich interessieren könnte, wie gut du im Bett bist?«

»Ich erwähne das nur für den Fall, dass dir eine hübsche Kollegin über den Weg läuft, die so einen wie mich sucht.«

Rosy grinst. »Keine Chance. Du bist mein Sergeant, und ich teile dich mit keiner anderen.«

Nach diesem verräterischen Satz tritt eine atemlose Stille ein. Rosys Unterbewusstsein hat gesprochen, und ihr Unterbewusstsein ist eine kapriziöse Person. Sie hält sich gern im Hintergrund auf und lässt Rosys brillanten Verstand die Tagesgeschäfte erledigen. Trotzdem muss ihr Unterbewusstsein als die heimliche Herrscherin in Rosemarys Nervensystem angesehen werden. Die Herrscherin hat gerade entschieden, dass Rosy kapieren soll, wie ihr der neue Assistent ans Herz zu wachsen beginnt. Sie sieht in Larry nicht nur den verlässlichen Kollegen, sondern erkennt ihn mehr und mehr als das Modell Mann, das er darstellt.

Rosemary ist einen feinfühligen, zarten Mann an ihrer Seite gewohnt. Das bin ich. Nie im Leben würde ihr Bewusstsein zugeben, dass sie sich für den Rest ihres Lebens etwas anderes wünschen könnte als dieses Modell. Aber die launische Person, die in Rosy gerade das Sagen hat, weitet ihren Blick dafür, dass entlang des Lebensweges noch andere Gewächse zu finden sind: kräftige, zähe Gewächse wie dieser Larry. Rosys Kopf sagt ihr, dass sie gerade einen voreiligen Satz von sich gegeben hat, ihr Gefühl wartet ängstlich darauf, wie Larry darauf reagieren wird.

»Und du bist mein Lieblingsdetective«, antwortet er leise und forschend im Ton. »Wenn es nach mir ginge, würde ich dich auch mit keinem anderen Mann teilen, aber leider bin ich nun mal dazu gezwungen.«

Damit hat auch Larry einen entlarvenden Satz von sich gegeben. Die Polizisten sehen einander an. Das ist kein Blick zwischen Kollegen mehr, das ist ein gefährlicher, verlockender Schwertlilienblick. Außerhalb unserer Ehe versendet Rosy praktisch nie erotische Blicke, in diesem Augenblick tut sie es. Und Larry, den man für keinen Zauderer halten darf, legt als Antwort seine große, warme Hand auf ihre. Rosy zuckt nicht zurück, sie weist den Sergeant nicht in seine Schranken. Rosy hebt langsam den Kopf und blickt zu dem hässlichen Gebäude der Polizeizentrale empor.

»Vor uns liegen ungefähr hundert Fenster, aus denen man uns beobachten kann.«

Seine Hand streicht zart über ihre. »Stört dich das?«

»Es sollte mich stören«, antwortet sie verwundert. »Aber es gefällt mir.«

»Dass uns hundert Kollegen zusehen?«

»Dass deine Hand da liegt, Larry.«

»Wahrscheinlich das schönste Kompliment, das mir je ein Vorgesetzter gemacht hat.«

»Nimm deine Hand jetzt bitte da weg«, sagt sie zärtlich, »und lass uns weiteressen.«

Er tut es ohne Aufwand. »Wollen wir nach Dienstschluss noch ein Bier trinken gehen?«

»Mal sehen«, antwortet sie. Die Kommissarin und ihr Sergeant stochern im Kartoffelbrei.

Warum regt mich die Tatsache, dass Rosy mit ihrem Untergebenen Händchen hält, nicht auf? Weil ich nichts davon weiß. Außerdem ist meine Aufmerksamkeit durch einen besonderen Vorgang absorbiert: Ich schreibe einen Brief. Er ist Ausdruck meines Wunsches, Milly Kowalczyk nahe zu sein. Ich meine das nicht im körperlichen, sondern in einem gänzlich geistigen Sinn. Ich möchte an sie denken und mich mit ihr beschäftigen dürfen, ohne dabei zu sündigen. Ich habe nicht vergessen, dass ich ein Gemahl und Familienvater bin, aber ich fühle mich zugleich beseelt und durchschauert von den Schmetterlingen, die sich in meinem Bauch eingenistet haben, seit Milly Kowalczyk meinen Weg kreuzte. Ich schreibe ihr einen Brief, der exakt das Gegenteil von dem ausdrückt, was ich empfinde.

Liebe Milly,
unser gemeinsamer Abend hat mich froh gemacht, mir aber auch gezeigt, dass es vielleicht besser ist, wenn wir einander außerhalb der Baumschule nicht mehr sehen. Es fällt mir nicht leicht, Dir das zu schreiben, denn Du hast mir zu erkennen gegeben, dass ich Dir nicht gleichgültig bin. Dein Angebot, mich zu küssen, will mir nicht aus dem Sinn, das muss es aber. Ich habe Pflichten, ich bin ein Vater und Ehemann. Ich darf nicht…

An diesem Punkt halte ich inne. Hätte ich den Brief auf dem Computer getippt, wäre es leicht, diesen Anfang zu löschen und neu zu beginnen, doch ich habe mich für die Methode entschieden, die einem Earl entspricht: Ich schreibe mit dem Füllhalter meines Vaters, mit schwarzer Tinte auf offiziellem Briefpapier, dem rechts oben unser Familienwappen aufgeprägt wurde. Ich fülle vier Seiten mit meiner schräg gelegten, unsicheren Schrift, die mehr über meinen Charakter verrät, als mir lieb ist. Schließlich überlese ich mein Opus, unterschreibe es, stecke den Brief in einen Umschlag, frankiere ihn und klebe ihn zu, bevor ich es mir anders überlegen kann.

Eine Besonderheit von Sutherly Castle ist, dass die Royal Mail vor einhundertfünfzig Jahren einen gusseisernen Briefkasten aufgestellt hat, der ausschließlich den Schlossbewohnern zur Verfügung steht. Er wurde nicht an den Mauern der Burg angebracht, da kein Briefträger bereit wäre, einhundertsechs Stufen hochzukeuchen, um eine Postkarte zuzustellen. Der Kasten befindet sich am Fuße des Schlosses, neben meinem Parkplatz.

In Hemd und Hausschuhen verlasse ich meinen Falkenhorst, renne die Treppe hinunter und schiebe den Brief hastig in den Schlitz, um zu verhindern, dass mir meine Vernunft noch einen Strich durch die Rechnung macht. Denn heute will ich nicht vernünftig, nicht einmal erwachsen will ich sein. Ich habe mich in diese junge Frau *verguckt*, einen stärkeren Ausdruck möchte ich dafür nicht verwenden und verbanne das Wort *verliebt* vorläufig.

Nun bin ich erleichtert, da ich mich von der Unruhe befreit habe, zu oft an die Gärtnerin zu denken. Gelassen kann ich darauf warten, ob Milly mein Gebot respektieren oder meinen Wunsch ignorieren wird. Während ich die Stufen langsam wieder hochsteige, erhebt die Hoffnung in mir das Haupt, dass

Milly Kowalczyk auf meine Forderung nicht eingehen möge. Das versetzt mich in einen derartig unruhigen Zustand, dass mein Brief bereits, Minuten nachdem ich ihn aufgegeben habe, seine erhoffte Wirkung schon wieder verliert.

14

Der doppelte Thorwald

Ich habe keine Ahnung, von wem du sprichst.«

»Thorwald Masterson.«

»Nie gehört.«

»Besser bekannt als Constable Masterson«, erläutert Jock, der alte Polizeimediziner.

»Sprich nicht in Rätseln.« Rosy wirft sich in den Drehsessel in ihrem Büro.

»Ich bin eher durch Zufall dahintergekommen.« Jock legt eine Personalakte auf den Schreibtisch. »Im Januar fand die turnusmäßige Überprüfung der Persönlichkeitsprofile sämtlicher Dezernatsmitarbeiter statt.«

»Alle drei Jahre wieder dieser Psychoquatsch, der meine Constables tagelang außer Gefecht setzt.«

»Es ist weniger Quatsch, als du glaubst. Die Prozedur gibt uns die Möglichkeit, Veränderungen und Unregelmäßigkeiten beim Personal festzustellen, die uns im Alltag verborgen bleiben.«

Ohne sonderliches Interesse schlägt Rosy die Akte auf. »Masterson? Ist das der Constable, der …« Sie hebt den Blick.

»Der den Tod von Gordon Urquardt beobachtet und gemeldet hat«, nickt Jock.

»Der Mann heißt Thorwald mit Vornamen?« Rosy vertieft sich in die Akte. »Was, der Bursche hatte ein Disziplinarverfahren?«

»Vor zwei Jahren. Da jedoch mehrere Kollegen zugunsten Thorwalds ausgesagt haben, wurde die Sache eingestellt.«

Rosys Finger tippt auf einen Fachausdruck. »*Ludomanie?* Was ist das?«

»Es bestand der Verdacht, dass Mastersons Spielsucht zwanghaft ausgeprägt war. Er hatte damals permanent Geldschwierigkeiten und war hoch verschuldet. Seine Kollegen hielten während des Verfahrens zu ihm. Thorwald entschloss sich, einen Entzug zu machen, und seine Eltern nahmen eine Hypothek auf ihr Haus auf.«

»Sie haben Thorwalds Schulden bezahlt?«

»Offenbar wollten alle dem sympathischen Kerl auf die Beine helfen.«

Rosys Gesicht kriegt einen füchsischen Ausdruck. »Das ist aber noch nicht alles, nicht wahr, Jock?«

Der alte Mann mit dem perfekt sitzenden Dreiteiler rutscht auf seinem Stuhl nach vorn. »Es ist mir ein wenig unangenehm, es zu erwähnen.«

»Raus mit der Sprache.«

»Wir haben für die letzten Lebensminuten von Gordon Urquardt nur einen einzigen Zeugen.«

»Constable Masterson, ich weiß.«

Jock faltet die Hände. »Es ist bekannt, dass Menschen meines Alters nicht mehr viel Schlaf brauchen. Weil das so ist, bin ich nachts manchmal in der Stadt unterwegs. Ich mache einen Spaziergang, und danach lege ich mich noch einmal hin.«

»Ich kombiniere, dass du auf so einem Spaziergang an den Docks vorbeigekommen bist.«

»Ich kam zu der Stelle, von wo aus Masterson beobachtet haben will, wie Urquardt auf der anderen Hafenseite zusammenbrach, telefonierte, sein Handy ins Wasser warf und auf dem Pflaster starb.«

»Irgendetwas an Thorwalds Story stimmt nicht, ist es so?« Rosy steht auf.

Jock dreht den Ehering am Finger. »Constable Masterson konnte das von seinem Beobachtungsposten aus gar nicht gesehen haben.« Er schüttelt den Kopf. »Kaum zu glauben, dass das bisher niemand überprüft hat: Die Straßenlaterne, in deren Licht Masterson die Szene gesehen haben will, flackert. Mal geht das Licht an, mal ist es dort drüben stockdunkel.«

Mit zusammengezogenen Brauen tritt Rosy vor den Polizeiarzt. »Und nach dieser nächtlichen Erkenntnis hast du dir Mastersons Akte kommen lassen?«

»Ich habe mehr als das getan. Ich habe meine Befugnisse überschritten.«

»Aha?«

»Nach so vielen Dienstjahren, wie ich sie auf dem Buckel habe, kenne ich jeden, und jeder kennt mich. Darum habe ich mir eine Auskunft erteilen lassen, die eigentlich nur du einholen kannst.«

»Du hast dir die aktuellen Bewegungen auf Mastersons Gehaltskonto angesehen.«

Jock nickt betrübt. »Die Sache ist ziemlich brisant. Drei Tage nach dem Mord ging auf Mastersons Konto die Summe von zwanzigtausend Pfund ein, wurde aber noch am selben Tag wieder abgehoben.«

»Ach, du lieber Himmel. So eine Scheiße!« Die Schwertlilie verwendet Kraftausdrücke nur dann, wenn ihr etwas an die Nieren geht. Die Tatsache, dass ein Polizist an der Verschleierung eines Mordfalls beteiligt sein könnte, geht Rosy an die Nieren. »Könnte Thorwald wissen, dass du ihn überprüft hast?«

»Unwahrscheinlich.«

»Das sieht ganz so aus…« Rosy läuft im Büro auf und ab. »Ich meine, sieht das nicht so aus, als ob…?«

»Als ob der Constable etwas anderes gesehen hat, als er zu Protokoll gab.«

»Thorwald könnte nicht nur den einsam sterbenden Urquardt beobachtet haben, sondern möglicherweise auch dessen Mörder.«

»Hältst du es für denkbar, dass ein Polizist einen Mörder deckt?«, fragt Jock nach einer Pause.

»Bei einem Polizisten in Geldschwierigkeiten halte ich viel für möglich. Hat Thorwald inzwischen wieder zu spielen begonnen?«

»Das weiß ich nicht.«

»Die verschwundenen Zwanzigtausend deuten jedenfalls darauf hin. Konntest du feststellen, wer das Geld an Thorwald überwiesen hat?«

»Es kam von einem Unterkonto … Nein, nicht Unterkonto, wie nennt man das?«

»Ein *Notaranderkonto*?«

»Genau, so heißt das.«

»Das bedeutet, jemand schiebt einen Notar vor, um für die Überweisung nicht selbst in Erscheinung treten zu müssen.« Rosy schlägt so unvermittelt auf die Tischplatte, dass Jock zusammenfährt. »Herrgott, wie ich so etwas hasse! Ich muss mir den Jungen heute noch vornehmen.« Rosys Wangen sind gerötet, ihr Haar umspielt den Kopf in wilden Kapriolen.

Constable Thorwald Masterson muss sich darauf gefasst machen, eine entschlossene und mit allen Wassern gewaschene Kriminalistin zur Gegnerin bekommen zu haben. Um diese Tatsache ist der junge Officer nicht zu beneiden.

15

Stürmische Höhe

Während ich die Wendeltreppe zum höchsten Turm meines Schlosses hochsteige, gestehe ich mir ein, dass mein *Abschieds*-Brief wirkungslos war, zumindest in dem von mir verfassten Sinn. Einen Tag später traf Millys Antwort ein. Sie schrieb, dass meine Zeilen sie traurig gemacht hätten. Sie schrieb, nur weil gewisse Dinge zwischen uns unmöglich seien, müsse doch nicht alles unmöglich sein. Milly Kowalczyk schrieb das nicht mit der Feder, nicht auf Büttenpapier, sie offenbarte sich auf einem der Dinger, die jedermann mittlerweile bei sich trägt, Milly verlegte unsere Korrespondenz auf die Ebene der flinken Daumen. Da ich solche Nachrichten selten verfasse, beherrsche ich die Doppelhand-Methode nicht und tippe akribisch mit dem rechten Zeigefinger.

Ich begann mit einer vorsichtig erfreuten WhatsApp, dass sich meine Proklamation, einander nicht wiederzusehen, mit harmlosen gemeinsamen Aktivitäten vielleicht aufweichen ließe, und deutete an, dass ich bald wieder bei Trevena einkaufen wolle.

Sekunden später antwortete Milly, das sei ihr nicht recht, an ihrem Arbeitsplatz fühle sie sich gehemmt. Obwohl ich finde, dass unserer Bekanntschaft ein gesundes Maß an *Hemmung* guttäte, fragte ich, was sie im Sinn hätte.

Ich muss Millys Vorschlag als forsch bezeichnen. Sie textete, dass ich ihr einen Schlossbesuch in Aussicht gestellt hätte, darum wolle sie die Zinnen von Sutherly nun auch zu sehen bekommen. Danach gingen noch einige Nachrichten hin und her, mit dem Ergebnis, dass ich an diesem sonnigen Montagnachmittag die Turmstufen hochlaufe und mich mit der Schulter gegen die verrostete Tür werfe, die den Ausstieg auf die Dachbewehrung ermöglicht.

Das marode Ding gibt nach, und ich taumle auf die höchste Erhebung meines Schlosses. Wenn man an diese Brüstung tritt, sollte man schwindelfrei sein. Von diesem Punkt aus haben Krieger in dunkler Zeit Pfeile abgeschossen, von hier wurde heißes Pech auf Eindringlinge hinabgegossen, von hier schoss man in vorindustrieller Zeit aus Kanonen schwere Kugeln in die Tiefe und kartätschte die Angreifer nieder.

»Wow, Arthur«, staunt Milly in der Sprache ihrer Generation. »Hier kann man ja praktisch bis nach Irland schauen.« Mit großen Augen gibt sie sich dem Panoramablick hin.

»Bis nach Irland wohl nicht.« Amüsiert beobachte ich, wie sich Milly in ihrem malvenfarbenen Sommerkleid um die eigene Achse dreht. »An klaren Tagen siehst du allerdings bis in die Cotswolds hinein. Hätten wir ein Fernglas, könnte ich dir sogar das Cottage deiner Vermieterin zeigen.«

Ich schäme mich, weil ich Milly den Schlossbesuch an einem Montag angeboten habe. Jeden Montag hat Rosy ihren allwöchentlichen Sitzungsmarathon, bei dem die Abteilungen ihres Dezernats den Stand aktueller Ermittlungen austauschen. Montagnachmittag ist es daher äußerst unwahrscheinlich, dass Rosy hier auftauchen und verwundert fragen könnte, wer das junge Ding sei, dem ich die Aussicht zeige. Der Montagnachmittag – man muss es deutlich sagen – ist für eine Verabredung todsicher.

Ich trete hinter Milly. Ihr Haar duftet nach einer Blüte, die in meiner Vorstellung wunderschön und Unheil verheißend zugleich ist. Ich setze den Rundgang entlang der Zinnen fort, benenne Landschaftserhebungen, weise auf Sehenswürdigkeiten hin und deute an, bis wohin sich vor langer Zeit die Besitzungen der Escroynes erstreckten. Ich tue alles, um Millys Besuch einen harmlosen Anstrich zu geben, was natürlich Täuschung ist. Während ich rede und deute und weiterrede, schlägt mein Herz ungehörig rasch. Die Schweißperlen auf meiner Oberlippe rühren nicht von der Wärme her. Mein Lachen ist zu laut, und meine Handflächen sind definitiv zu feucht.

»Und was ist das da drüben?« Sie beugt sich über die Brüstung und zeigt ins Blaue. »Der Turm mitten im Wald.«

»Da muss ich dich enttäuschen. Das ist nur eine elektronische Anlage für militärische Zwecke, die erst vor Kurzem errichtet wurde.«

Milly tut einen Blick in die Tiefe. »Wenn man sich mal umbringen möchte, wäre das der ideale Platz dafür.«

»Vorsicht.« Ehe ich michs versehe, fasse ich sie an den Schultern. »Das Schloss ist aus Kalkstein errichtet, und der kann brüchig sein.«

Da stehe ich, beide Hände auf die Schultern der Gärtnerin gelegt. Sie dreht sich um und setzt einen Blick auf, wie man ihn in gefühlvollen Filmen sieht, wenn eine Situation eindeutig ist, eine Frau sich jedoch den Anschein gibt, als ob es die natürlichste Situation von der Welt wäre.

»Danke«, sagt Milly Kowalczyk und küsst mich auf die Wange.

Nichts Frivoles oder Zweideutiges ist in dieser Geste. Sie stellt lediglich die Verdeutlichung eines Gefühls dar, das sich nicht länger verheimlichen lässt. Wir leben im einundzwanzigsten Jahrhundert, sogar einem Adelsspross wie mir ist das klar. Daher könnte ich Milly nach diesem angedeuteten Kuss zwanglos vorschlagen, im Garten Tee zu trinken, und ihr zeigen, wo ich die gekauften Rosensträucher gepflanzt habe. Für mich war das allerdings kein hingehauchter Kuss, er ähnelt in seiner Wirkung einem Trompetensignal. Regungslos stehe ich da, meine Hände auf Millys Schultern zittern. Ich gebe ein Bild höchster Ratlosigkeit ab. Ein anderer als ich, ein wahrer Schlossherr, Fürst dieser Ritterburg, der ich nach Rang und Titel bin, würde die freche Maid um die Mitte fassen, sie über die Kalksteinzinne beugen und ihr einen Kuss aufdrücken, der sich gewaschen hat. Ich bin dieser Fürst nicht, ich bin ein Feigling, der das Leben nicht beim Schopf packt, sondern sich lieber einredet, Rosy treu zu sein. Ich schlucke überschüssigen Speichel und reiße meine Hände so abrupt zurück, als ob Milly mir keinen Kuss, sondern einen Stromschlag verpasst hätte.

Sie, die Coolere von uns beiden, sagt: »Was hältst du davon, wenn wir zusammen Tee trinken?«

Milly Kowalczyk scheint mit Situationen wie dieser vertraut zu sein. Wie Schuppen fällt es mir von den Augen, dass sie womöglich eine Verführerin ist, die das Spiel der leichten, heiteren Versuchung brillant beherrscht. Ich bewundere sie dafür und fürchte mich zugleich vor ihren Fähigkeiten. Ich bin ihr dankbar, dass sie den harmlosen Vorschlag mit dem Tee gemacht hat, der mir die Möglichkeit gibt, die Zinne, zu der wir uns verstiegen haben, zu verlassen und wieder sicheren Grund unter den Füßen zu finden.

»Schön hast du es hier«, sagt sie mit einem letzten Blick in die Weite. »Hier könnte ich es aushalten.«

Ihr dahingesagter Satz klingt in meinen Ohren Unheil verkündend. Gleich einem trojanischen Pferd hat Milly sich in meine Burg geschlichen, und ich ahne, dass sie weder mit Pech noch Speerspitzen so schnell wieder zu vertreiben sein wird. Ihre Absätze hallen auf den Stufen, als sie vor mir vom Turm hinabsteigt.

16

Stramm

Sag mir, was passiert ist, Thorwald. Sag mir alles, und sag es mir jetzt. Dann kann ich dich vor einer unehrenhaften Entlassung und einer Anklage vielleicht noch bewahren.«

Rosy nennt ihre Untergebenen nur dann beim Vornamen, wenn sie entweder tiefes Vertrauen zu demjenigen hat oder ihn wie einen schlimmen Buben behandelt. Thorwald Masterson ist ein schlimmer, ein im Augenblick verwirrter Bube, der sich den Anschein gibt, als sei ihm schleierhaft, was die Leiterin der Mordkommission von ihm will.

»Ich hatte Schulden, Detective. Ich habe sie inzwischen beglichen. Und seit meinem Disziplinarverfahren habe ich nie wieder gespielt, das müssen Sie mir glauben.«

»Ob du derzeit zockst oder nicht, ist mir egal. Ich will wissen, ob du im Urquardt-Fall eine Falschaussage gemacht hast.«

Rosy hat Masterson nicht in ihr Büro beordert, sondern in die sterile Stille des Verhörraums. Der Constable weiß, dass die Spiegelwand ihm gegenüber durchsichtig ist und er von der anderen Seite beobachtet wird. Er weiß, dass die Kameras in den Ecken jedes Wort und jede seiner Regungen aufzeichnen.

»Falschaussage?«, erwidert er äußerlich überrascht.

»Ich will wissen, was du in der Nacht, als Gordon Urquardt starb, wirklich gesehen hast.«

»Das habe ich alles zu Protokoll gegeben.«

Rosy schlägt mit der rechten Faust in ihre linke Hand. »Ich warne dich, Thorwald. Noch eine Lüge, und du spazierst von diesem Zimmer direkt in Untersuchungshaft. Du bist der einzige Augenzeuge, der den Tod von Urquardt beobachtet hat. Drei Tage nach dessen Ende gehen auf deinem Konto zwanzigtausend Pfund ein, die du sofort abhebst, um damit angeblich Schulden zu bezahlen.«

»Das ist die Wahrheit.«

»Die Wahrheit ist, dass mit diesem Geld dein Schweigen erkauft wurde.«

»Mein Schweigen? Von wem denn?«

»Das will ich von dir erfahren. Wer hat das Geld überwiesen?«

»Das möchte ich nicht sagen.«

»Das solltest du mir aber augenblicklich sagen.«

»Es war ein Freund, der mir unter die Arme gegriffen hat.«

»Sein Name.«

»Der tut hier nichts zur Sache.«

»Sein Name!«

»Weshalb wollen Sie den wissen?«

»Weil es der Name des Mörders von Gordon Urquardt sein könnte. Und du hast ihn in jener Nacht gesehen!«

»Nein.«

»Von deinem Beobachtungspunkt am Pier hättest du Urquardts Tod nicht sehen können. Schweig«, setzt Rosy nach, als Masterson widersprechen will. »Du musst woanders gestanden haben, an einem Punkt, von wo du die Vorgänge präzise beobachtet hast. Du hast gesehen, dass Urquardt nicht allein war. Du hast gesehen, wie ihm jemand das Messer in den Rücken gestoßen hat.«

»Nein!«

»Es muss aber so gewesen sein. Im Pub war es praktisch unmöglich, ihn niederzustechen, ohne dass die alten Ladys Zeuge geworden wären. Die Tat ist auf der Straße geschehen, auf der kurzen Strecke zwischen dem Dragon und dem Ort, wo Urquardt starb. Du hast es gesehen. Du warst dabei. Ich verlange, dass du mir die Wahrheit sagst.«

Masterson atmet tief durch. Seine Stimme klingt mit einem Mal ruhig, beinahe überlegen. »Ich weiß von alledem nichts, Detective, und Sie können mir nicht das Gegenteil beweisen.«

Einen Augenblick lang ist Rosy sprachlos. »Ich kann dir beweisen, dass du Schweigegeld erhalten hast. Ich kann die Bank dazu bringen, denjenigen preiszugeben, der dich geschmiert hat.«

»Dann werden Sie das wohl tun müssen.« Der Constable scheint sich wieder im Griff zu haben. Er zieht den Uniformrock gerade und richtet die Krawatte.

»Ach, willst du es so haben?«, fragt Rosy ungläubig. »Willst du es wirklich auf die harte Tour?« Sie kann ihre Enttäuschung und Wut nur schwer verbergen.

»Ich habe meiner Aussage nichts hinzuzufügen.«

»Constable Masterson, ich suspendiere Sie mit sofortiger Wirkung vom Dienst und nehme Sie vorläufig fest. Sie werden ins Untersuchungsgefängnis Gloucester überstellt.«

Constable Thorwald Masterson steht vor Rosemary stramm.

»Wieso tut Thorwald das?« Rosy und Larry erreichen den Parkplatz, beide bereit für die Heimfahrt, doch beide wollen sich noch nicht voneinander trennen. »Thorwald kann seine Lage durch dieses Verhalten nur verschlimmern.«

»Wenn er weiterhin schweigt, wird er auch weitere Zahlungen von dem anonymen Geldgeber erwarten dürfen. Was hast du über die ominöse Überweisung herausgekriegt?« Neben Rosy schlendert Larry zum VW-Bus. Er hat sein Hab und Gut mittlerweile ausgeräumt, doch heute thront ein neues Ungetüm auf dem Dach des Wagens, ein riesiger, mit Plastikfolie umwickelter Kühlschrank.

»Die Notariatskanzlei Guinness & Clark will den Absender des Geldes nicht preisgeben.«

»Hast du keine Handhabe, sie dazu zu zwingen?«

»Der richterliche Beschluss lässt leider auf sich warten. Ich ahne, was der Grund sein könnte. Guinness & Clark ist die größte Sozietät in der Grafschaft. Die Anwälte kennen dort jede Möglichkeit, so eine Offenlegung zu verzögern.« Rosy zeigt auf den VW-Bus. »Was hast du mit dem Ding da vor?«

»Ich brauche einen Kühlschrank in meiner Bude. Dort steht nur so ein kleines Modell, wo nichts reinpasst.«

»Aber muss es gleich ein Kühlschrank für eine achtköpfige Familie sein?«

»Er war billig.«

Larry ist im Begriff einzusteigen, Rosy könnte zu ihrem Wagen gehen, beide könnten heimfahren und den Feierabend genießen. Doch es fällt ihnen schwer, sich zu trennen.

»Wer soll das riesige Ding denn zu dir hochschleppen?«, fragt Rosy, während Larry sich hinter das Steuer schwingt.

»Runterschleppen, willst du wohl sagen. Meine Bude liegt unter der Erde.«

»Du wohnst im Keller?«

»Es ist so ein Apartment, wo man ein paar Stufen runtergehen muss.«

»Souterrain?«

»Genau, so heißt das.«

»Stört dich das nicht? Mir wäre das Gefühl, unter der Erde zu wohnen, unerträglich.«

Larry schmunzelt. »Du wohnst wohl gerne hoch in den Wolken deiner Ritterburg.«

»Es ist windig, aber herrlich frei dort oben.« Sie legt den Unterarm an die Wagentür. »Wer hilft dir nun, das Monster in den Keller zu schaffen?«

»Das schaff ich schon.«

»Diesen Kühlschrank kannst du unmöglich allein tragen.«

»Wenn du es sagst.« Larry drückt auf die Hupe, die stumm bleibt, da die Zündung noch aus ist.

»Könnte dir dein Vermieter helfen?«

»Meine Vermieterin feiert nächste Woche ihren achtzigsten Geburtstag.«

Darauf ist es eine Weile still. Die Vögel zwitschern, weil das so ihre Art ist. Der Verkehr braust, weil das Polizeidezernat an einer lauten Straße liegt. Irgendwo spielt Musik aus dem Radio.

Rosy schlägt ein anderes Thema an. »Es geschehen übrigens noch Zeichen und Wunder. Heute früh hat mich Arthur gefragt, ob es nicht nett wäre, *meinen neuen Sklaven* zum Abendessen einzuladen.«

»Das bin wohl ich.«

»Du darfst das als Kompliment ansehen. Mein Earl ist mit Einladungen sparsam.«

Larry fasst den Zündschlüssel. »Ich fühle mich geehrt.«

Rosy hat meine Worte nicht ganz präzise wiedergegeben. Als wir uns heute früh verabschiedeten, also lange bevor Milly Kowalczyk auf meine Zinne stieg, befiel mich ein Gefühl, das sich schwer beschreiben lässt: Der Ausdruck *vorauseilendes schlechtes Gewissen* trifft es am besten. Ich wusste, dass Milly mich nachmittags besuchen würde. Nun hätte ich Rosy natürlich ankündigen können, dass ich Besuch bekomme, aber sie war in Eile. Es erschien mir zu kompliziert, ihr mit wenigen Worten zu erklären, wieso die Gärtnerin von Trevena aufs Schloss kommen würde. Während Rosy ihre Schuhe schnürte, fiel mir unser nächtliches Gespräch ein, wonach sie Sergeant Stanton gern einmal zum Essen einladen würde. So war mir das Angebot über die Lippen gekommen, ihren Assistenten zu bewirten. Rosy schenkte mir einen Schwertlilienblick und sprang mit unerklärlich guter Laune die einhundertsechs Stufen hinunter.

»Ich komme gern«, lautet die Antwort aus dem VW-Bus.

»Okay.« Rosy wendet sich zu ihrem Fahrzeug. »Und jetzt helfe ich dir mit dem Kühlschrank.«

»Das ist nicht nötig.« Überraschung schwingt in seiner Stimme mit.

»Natürlich ist das nicht nötig.« Ohne Eile steigt sie ein. »Ich tue es aus egoistischen Gründen. Ein Sergeant mit Bandscheibenvorfall nützt mir nichts.«

»Wie du willst. Dann fahr mir einfach nach«, ruft Larry.

17

Der Grizzly

Rosy steht der Schweiß auf der Stirn. Es war ein hartes Stück Arbeit, den Klotz so zu verkanten, dass er über die schmalen Stufen in Stantons Apartment passte. An seinem neuen Bestimmungsort nimmt sich der Kühlschrank wie ein überdimensionaler Monolith aus.

Rosys Blick geht in die Runde, eine kleine Runde, denn das Apartment ist winzig. »Dass du es hier aushältst.«

Larry hat den Sweater ausgezogen und verschränkt die Arme, seine Oberarmmuskeln wölben sich. »Ist doch nur vorübergehend.«

»Nur vorübergehend.« Rosy kann eine kleine Traurigkeit nicht verbergen.

»Wie geht es Ralph?«, fragt Larry, dem Rosys Stimmungsumschwung nicht entgeht.

»Besser, glaube ich. Ich habe seit Tagen nichts von ihm gehört.« Sie sucht einen Platz, wo sie sich setzen kann. »Wahrscheinlich wirst du ausgerechnet dann wieder fortmüssen, wenn du dich gerade eingearbeitet hast.«

»Ja, das ist schade.« Larry räumt Rosy einen Stuhl frei.

»Gutes Personal ist heutzutage so selten.« Sie lächelt. Beide wissen, dass das ein Scherz sein sollte, beide können nicht darüber lachen.

»Danke, dass du mir beim Schleppen geholfen hast.«

»Gern geschehen.«

»Willst du etwas trinken?«

»Warum nicht?«

Larry schlägt sich gegen die Stirn. »Verdammt, ich habe ja gar nichts zu trinken da.«

»Natürlich, wir haben den Kühlschrank ja gerade erst reingebracht.«

»Ein Glas Wasser vielleicht?« Larry macht einen Schritt zur Kochnische und damit einen Schritt auf Rosy zu. Sie tritt zur Seite. Er tritt zur Seite. Sie stehen voreinander. Und im nächsten Augenblick liegen sie sich in den Armen. Der kräftige Sergeant und die erhitzte Kommissarin halten einander umfangen – eine Sekunde, noch eine und etliche Sekunden danach. Larry versucht, sie zu küssen.

»Nicht.«

»Doch. Es muss sein«, knurrt er wie ein Grizzly.

»Natürlich muss es sein.« Rosy presst ihre Lippen auf seinen Mund.

In Rosemarys Familie tut man derlei Dinge nicht. Ihre Eltern sind seit vierzig Jahren in Treue verheiratet. Auch ihre übrige Verwandtschaft hält sich an die Regeln von Anstand und Verlässlichkeit. Im Daybell-

Clan gab es nur einmal eine Tante, die ihren Gatten nach dreißig Ehejahren verlassen hatte, ein nie da gewesener Skandal. Bei den Daybells arbeitet man ein Leben lang hart, man wählt Labour und feiert alljährlich den Geburtstag der Queen. Man knutscht nicht mit bärenstarken Männern in unterirdischen Apartments und schließt dabei wollüstig die Augen.

Rosy spürt den Dreitagesbart ihres Sergeants, sie genießt seine vollen Lippen, fühlt den starken Körper, der sie umfängt. Rosemary Escroyne, verehelichte Countess of Sutherly, Gattin des 36. und Mutter des designierten 37. Earl unseres neunhundert Jahre alten Adelsgeschlechts küsst einen Polizeioffizier aus Cornwall, küsst einen ihrer Untergebenen. Das ist ein Affront gegen geltendes Recht. Es ist vor allem ein Affront gegen mich.

Auch diesmal gilt der Grundsatz: Was ich nicht weiß, kann mich gegen mein untreues Weib, diese Bathseba in der Cordhose, gegen die Verführerin mit dem Schwertlilienblick, nicht aufbringen. Selbst wenn ich wüsste, dass Lady Escroyne mit derselben Hand, an der ihr Ehering prangt, den Hintern des Sergeants umfasst, täte ich schlecht daran, den ersten Stein zu werfen, denn ich bin meiner Countess vor wenigen Minuten mit schlechtem Beispiel vorangegangen. Ich habe eine verführerische Frau auf meiner Burg empfangen und bin ihrem Charme fast erlegen. Ich habe Millys Kuss genauso wenig zurückgewiesen, wie Rosy dem Kuss des Sergeants widerstand. Zwar habe ich mir versagt, Millys Pobacken zu massieren, doch lediglich aus Unerfahrenheit und Feigheit. Ich fürchtete die Zurückweisung der Gärtnerin, obwohl ich mittlerweile weiß, dass Milly weitergegangen wäre, hätte uns der Schauplatz der Begegnung nicht ein Mindestmaß an Keuschheit auferlegt.

Doch nicht von meiner Keuschheit soll die Rede sein, sondern davon, wie meine Frau mit der unerhörten Situation umgeht. Das Bett des Sergeants ist nur drei Schritte entfernt, eine winzige Anstrengung des bärenstarken Mannes und die Kommissarin würde auf der durchgelegenen Matratze landen. Larry Stanton unternimmt diese Anstrengung nicht. Der Mann mag ein ungehobelter Corne sein, doch er ist ein Gentleman. Zärtlich fasst er Rosy an beiden Schultern und tritt vor ihr zurück.

»Das wird mir jetzt ein bisschen zu heiß.«

Rosy ist von sich, also von der nüchtern agierenden Kriminalistin so weit entfernt, dass sie einen Moment braucht, der Wirklichkeit wieder ins Auge zu schauen. »Heiß?«

Mit wildem Haar und halb geöffneter Bluse sieht sie ihren Unteroffizier an. Nicht sie, die verheiratete Frau, sondern der ledige Mann hat gerade die Notbremse gezogen. Rosy will etwas sagen, sie will Stellung beziehen, doch sie kommt nicht mehr dazu, da sich an ihrem Hinterteil nicht mehr Larrys Hand, sondern das Vibrieren ihres Smartphones bemerkbar macht. Insgeheim ist die Kommissarin froh, dass ihr diese Störung Gelegenheit zu einer Unterbrechung gibt. Sie holt das Handy aus der Tasche.

»Detective Escroyne«, sagt sie mit bemüht nüchterner Stimme. »Verstehe.... Und das heißt?... Wie ernsthaft ist die Verletzung?... Das schaffe ich in... zwanzig Minuten.« Sie hebt den Blick zum Grizzlybären. »Nein, Sie brauchen Sergeant Stanton nicht anzurufen. Ich kontaktiere ihn persönlich.«

Rosy steckt das Ding wieder weg.

»Und?« Er fährt sich durchs Haar.

»Es gab ein Eifersuchtsdrama. Sara Urquardt ist in Streit mit Joe Begley geraten. Es kam zu Handgreiflichkeiten. Dabei hat sie ihm...« Rosy nimmt Larrys Geste zum Anlass, ihr eigenes Haar aus der Stirn zu schieben. »Sie hat ihm ein Küchenmesser in die Seite gerammt.«

»Ein Messer?«

»Mrs Urquardt hat Begleys Milz getroffen. Er ist im Krankenhaus und wird gerade operiert.«

»Ein Messer«, wiederholt Larry, weil ihm nicht einfallen will, was man im Moment Vordringliches tun müsste.

»Hast du einen Spiegel?«, fragt Rosy.

»Das Bad ist hier drüben.«

Ihre Blicke treffen sich. Da ist Zuneigung, Scham, da ist unverkennbar auch Verliebtheit.

»Danke.« Sie geht hinüber und schließt die Tür. Rosy starrt in das rotfleckige Gesicht einer verwirrten Frau. »Du bist verrückt«, sagt sie zu ihrem Spiegelbild. »Ich hoffe, du weißt das.«

18

Wollust

Sara Urquardt ist eine Ehebrecherin. Sie hat ihre Ehe jede Nacht gebrochen und es darüber hinaus mit dem Wissen ihres Mannes getan und im Bewusstsein, dass er sich im gleichen Gebäude aufhielt, während sie und ihr Liebhaber miteinander schliefen. Sara Urquardts Mann ist inzwischen tot. Vielleicht starb er durch ihre Schuld, vielleicht auch nicht. Doch mittlerweile ist seine Witwe zur betrogenen Betrügerin geworden. Sie hat die Ehe mit einem Mann gebrochen, der keinen Grund sah, ihr, der Ungetreuen, treu zu sein. Joe Begley ging häufig mit seiner *Cousine* ins Bett.

Nun war es Sara, die vor Eifersucht verging. Sie stellte Joe zur Rede. Er fand keine Reue, sondern gab sich schnodderig und gönnerhaft. Vielleicht hatte er nur deshalb so gern mit Sara geschlafen, weil ihre gemeinsame Lust eine Mahlzeit war, die er als Snack genießen konnte. Doch nach dem Tod ihres Mannes stellte sich die Geliebte plötzlich als Fünf-Gänge-Menü dar. Dieser Umstand hatte Joe den Appetit verdorben. Während sie in der Küche gellend miteinander stritten, ergriff die Witwe in der Hitze der Schuldzuweisungen ein langes Messer, stürzte sich auf Joe und rammte ihm die Klinge in den Torso. Er stieß eine ächzende Verwünschung aus und stürzte auf die Fliesen, die sich mit seinem Blut färbten. Sara erwachte aus ihrer Raserei und erkannte, dass sie Hilfe holen musste, sollte ihr Liebhaber nicht verbluten. Joe wurde mit Blaulicht und Sirene ins Gloucestershire Royal Hospital gebracht.

Als Rosy und Larry dort eintreffen, ist die Operation bereits beendet.

Der Sergeant lässt Rosy an der Automatiktür den Vortritt. »Gehen wir davon aus, dass der blutige Streit in Zusammenhang mit unserem Mord steht?«

»Wir können davon ausgehen, dass Sara und Joe ab jetzt nicht mehr wie Pech und Schwefel zusammenhalten. Das gibt uns die Möglichkeit, einem der beiden etwas über die Tat zu entlocken.«

»Du glaubst, einer von ihnen weiß, wie es passierte?«

»Beide wissen es, oder ich müsste mich sehr täuschen.«

»Aber wer hat Constable Masterson dann zwanzigtausend Pfund gezahlt und warum? Wie passt die eine Geschichte zur anderen?«

»Sie passen zusammen, da bin ich sicher.« Während sie nebeneinander herlaufen, zieht Rosy ein rot gelocktes Haar von Larrys Schulter. »Wie kommt ein Frauenhaar dahin?«

»Keine Ahnung.« Ein heimlicher Blick unerlaubter Vertrautheit.

Sie betreten das Untersuchungszimmer. Der Officer, der davor postiert wurde, verdeutlicht, dass hier jemand in Gewahrsam gehalten wird.

»Guten Tag, Mrs Urquardt«, sagt Rosy beim Eintreten.

»Detective«, antwortet die blonde Frau. Von ihrer sonst so frechen Attitüde ist nichts übrig geblieben. »Komme ich jetzt ins Gefängnis?«

»Tja, Sie haben Mr Begley ein vier Inch langes Küchenmesser in den Bauch gestoßen.«

»Es war Notwehr.«

Dieses Argument bringt nicht Sara ins Gespräch, sondern jemand, der in der Ecke hinter der Tür saß und von den Polizisten erst jetzt bemerkt wird.

»Mr Sykes?« Rosy erkennt den Notar, der sie vor Kurzem über den Inhalt von Gordon Urquardts Testament informiert hat.

Sykes ist ein Mann, an dem alles rötlich zu sein scheint, sein krauses Haar, seine schweinchenhafte Haut, sogar das Weiß seiner Augen. Mr Sykes ist das Prachtexemplar eines Albinos. »Ich bin der Rechtsvertreter von Mrs Urquardt.« Damit hebt er, als sei das ein Beweis, seinen Aktenkoffer auf den Schoß.

»Sie sind Mr Urquardts Testamentsvollstrecker«, erwidert Rosy überrascht. »Also dürfen Sie nicht zugleich als Anwalt seiner Frau auftreten.«

»Ich wurde erst vor Kurzem Gordon Urquardts Notar«, entgegnet Sykes, »erst seit ich mich selbstständig gemacht habe. Inzwischen habe ich die Testamentsvollstreckung in die Hände einer Kanzlei gelegt und kann die Verteidigung von Mrs Urquardt bedenkenlos übernehmen. Ich tue das aus Respekt gegenüber dem Verstorbenen.« Sykes steht auf. Sein Anzug ist maßgeschneidert, nicht unbedingt vorteilhaft, da der Jurist fette Oberschenkel hat. »Mrs Urquardt wird von nun an keine Aussage machen.«

»Ich habe Mrs Urquardt ja noch gar nichts gefragt«, stellt Rosy klar.

»Mrs Urquardt wartet hier im Krankenhaus auf den Ausgang von Mr Begleys Operation«, fährt Sykes fort, »und zwar mit großer Anteilnahme.«

»War ihre Anteilnahme auch so groß, als sie ihm das Messer ins Fleisch gerammt hat?«

»Es war Notwehr. Joseph Begley ist ein unberechenbarer Choleriker. Mrs Urquardt fühlte sich bedroht und kämpfte um ihr Leben.«

»Wann können wir Mr Begleys Version des Hergangs erfahren?«, geht Stanton dazwischen. »Was sagt der Arzt?«

»Joe ist bereits im Aufwachraum«, antwortet Sara. »Die Operation verlief erfolgreich. Eigentlich ist ihm gar nicht viel passiert.« Ein hilfloses Lächeln, das sofort erstirbt.

»Wir werden uns selbst davon überzeugen.« Rosy öffnet die Tür. »Mrs Urquardt, Sie dürfen die Grafschaft nicht verlassen und haben sich im Übrigen zu unserer Verfügung zu halten. Guten Tag, Mr Sykes.«

»Detective.« Der rötliche Mann schiebt seine Krawatte in die Weste.

»Sie können abrücken«, befiehlt Rosy dem Officer, bevor sie den lavendelfarbenen Korridor hinunterläuft.

»Keine Bewachung für Mrs Urquardt?«, fragt Larry.

Plötzlich bleibt Rosy stehen, als ob sie ihn gar nicht gehört hätte. »Sykes? Sykes ... Irgendetwas war mit einem gewissen Sykes.«

»Hast du nicht von ihm erfahren, dass Urquardt seine Lebensversicherung aufgestockt hat, so als ob er gewusst hätte, dass er sterben würde.«

»Ich weiß.« Rosy läuft langsam weiter. »Und weißt du, was ich noch weiß? Dass ich dich wahnsinnig gern küssen würde. Und das macht mir zu schaffen.«

»Mir auch.«

»Was für eine idiotische Situation«, flüstert Rosy.

»Irgendwie auch schön.« Für einen Augenblick berührt er ihren Handrücken.

»Nein, nur idiotisch. Wie soll ich denn von nun an mit dir zusammenarbeiten?«

»Es wird schon gehen. Es muss ja.«

»Detective?« Eine Erscheinung im grünen Operationskittel erwartet die Polizisten am Ende des Korridors. »Hier entlang, bitte.«

»Wir kommen.« Ohne Larry noch einmal anzusehen, läuft Rosy dem Arzt entgegen.

19

Guinness & Clark

Ein Mann schleppt schwere Einkaufstüten einhundertundsechs Stufen empor. Der Mann ist verwirrt, zerrissen, zugleich hat er die besten Absichten, ein guter Gastgeber zu sein, der gemeinsam mit seiner Frau Besuch empfängt. Der Schlossherr ist nervös wie ein Sechzehnjähriger im Irrsinn erster Liebe. Seine Gedanken sind bei einer Gärtnerin. Dabei ahnt er nicht, dass seine Ehefrau heute einen Mann zum Dinner mitbringt, der nur vordergründig ihr Assistent ist, in Wirklichkeit versetzt er Rosys Blut ähnlich in Wallung wie Milly das meine. Drei Menschen, die im Geiste bereits gesündigt haben, werden sich heute um einen Tisch versammeln, der seit elisabethanischer Zeit auf Sutherly Castle als Dinner-Table dient.

Es hilft mir, noch eine Weile mit meinen irrlichternden Gedanken allein zu sein. Rosy hat mir Philipp John für ein paar Stunden abgenommen und ist mit ihm auf den Spielplatz gegangen. Durch die konzentrierte Vorbereitung des Dinners will ich mir innerlich die nötige Ruhe verschaffen, um den

Abend, wenn schon nicht angenehm, so doch stilvoll zu gestalten.

Mit Jakobsmuscheln auf Salatbett soll es beginnen. Mein Sinn umkreist allerdings weniger die Zubereitung der glitschigen Meeresfrüchte, die vor Frische orangefarben schimmern, sondern die schmale Frau mit der durchscheinenden Haut, den feinen Fingern, deren Bewegungen schmetterlingshaft anmuten. Weshalb lassen mich ihre Augen, die heimlichen Träger ihrer Sehnsucht, nicht mehr los?

»Lieber Gott, lass mich nicht verliebt sein«, sage ich mit erhobenem Kopf, als ob Gott dort in der Küchenecke sitzen würde, wo wir unlängst den Wasserschaden hatten. Gleichzeitig halten meine Finger die Salatblätter unter fließendes Wasser. »Das wäre das Schlimmste, was passieren könnte.« Ich senke den Blick auf den Salat. »Deshalb darf es nicht passieren. Reiß dich zusammen. Du bist ein Mann in deiner Lebensmitte. Reiß dir diese verrückte Sache aus dem Herzen.«

Ist Liebe eine verrückte Sache? Ist Liebe etwas, das man ausschalten kann wie den Mixer, mit dem ich die Soße anrühre? Ist Liebe nicht der Ruf des Lebens, jedes Mal neu, immer unvorhersehbar, grauenhaft, traurig und wundervoll? Ist Liebe das, was Rosy und ich uns in fünf großartigen Jahren erarbeitet haben?

»Verwechsle Liebe nicht mit Verliebtsein«, sage ich zu der braun gefleckten Stelle über mir. »Niemand hat es geplant, keiner hat es böse gemeint. Es ist einfach passiert.«

Unter dem eisigen Wasserstrahl sind meine Finger kurz vor dem Erfrieren.

Geschah es etwa, weil ich mit meiner Lebenssituation nicht zufrieden bin? Hoch oben, allein gelassen auf meinem Schloss, mit unserem Kind und seinem Handicap, so habe ich mir das Familienleben nicht vorgestellt. Rosy dagegen findet ihre Befriedigung mittlerweile wieder dort, wo sie sie vor unserer Ehe fand: im Aufspüren der Wahrheit. Soll ich Geduld und Ausdauer an den Tag legen, während sie von Abenteuer zu Abenteuer eilt?

Ich drehe das Wasser ab und lasse den Salat im Plastiksieb abtropfen.

»Nur weil ich mich zurzeit so fühle, war es möglich, dass Milly Kowalczyk mir aufgefallen ist. Sie fiel mir auf, weil ich unglücklich bin. Sie fiel mir auf, weil ich allein bin.«

Impulsiv saust meine Faust auf das Schneidebrett nieder, dass der gehäckselte Koriander in alle Richtungen stiebt. »Sie hätte mir aber nicht auffallen dürfen! Ich bin glücklich mit Rosy, verdammt noch mal, glücklich, glücklich«, wiederhole ich trotzig. »Sie ist mein Lebensmensch, mein Schicksal, das werde ich wegen einer unbedeutenden Gärtnerin nicht aufs Spiel setzen.«

Ich atme tief durch. »Milly ist nicht unbedeutend. Sie bedeutet mir viel. Sie ist die Aufforderung, etwas in meinem Leben zu verändern. Wenn ich nur wüsste, was.«

Einen Gast einzuladen ist doch eine Veränderung.

Jede Aktivität, die mich aus meinem Laufrad des Babybetreuers herausholt, soll mir recht sein. Fort mit amourösen Grübeleien, denke ich. Fokussiere deine Gedanken lieber auf die Zubereitung von drei Pfund erstklassigem Roastbeef.

Ich nehme das Fleisch aus der Verpackung, salze und pfeffere es, spicke es mit Knoblauch und reibe das Ganze mit Senf ein. Bei den Escroynes wird Roastbeef seit Jahrhunderten so zubereitet. Angespornt von der Tradition meiner Familie, hellt sich meine Laune auf, meine Gedanken umkreisen das Kochen, nach und nach gewinne ich Freude daran.

»Ist das Fleisch auch weich genug?« Ich halte im Schneiden der nächsten Tranche inne.

»Es ist exquisit, Arthur. Du hast dich selbst übertroffen.«

Rosys Lächeln ist ehrlich, trotzdem entgeht mir das Sauggeräusch nicht, mit dem sie Fleischfasern zwischen ihren Zähnen hervorholt.

»Nur zwei Leute können Urquardt innerhalb des Pubs erstochen haben.« Das Thema unseres Tischgespräches ist natürlich der Mord an Gordon Urquardt. »Entweder Erin Byrne war es oder Alec Henderson, der Wirt.« Rosy legt ein sehniges Fettstück an den Tellerrand.

»Was ist mit dem Liebhaber von Mrs Urquardt, diesem Joe Begley?« Ich tue dem Sergeant zum dritten Mal auf. Er ist ein Mann, der einiges an Fleisch verträgt.

»Begley hat ein Alibi«, antwortet Stanton. »Er war in jener Nacht bei seiner Cousine, die beiden sind zusammen gesehen worden.«

»Wieso könnte es nicht jemand anderes gewesen sein als die Nichte oder der Wirt?«, frage ich mit dem bluttriefenden Tranchiermesser in der Hand. »Jemand, den ihr noch nicht aufgespürt habt.«

»Weil derjenige von den alten Ladys im Pub gesehen hätte werden müssen. Sie behaupten, niemand außer Urquardt, seiner Nichte und dem Wirt sei dort gewesen.«

»Also scheint der Mord tatsächlich begangen worden zu sein, nachdem Urquardt den Pub verlassen hatte.« Ich will Stanton Kartoffeln und Fenchel auftun.

Er hält die Hände über seinen Teller. »Danke. Ich platze gleich, Lord Escroyne.«

Ich könnte dem Sergeant anbieten, mich Arthur zu nennen, doch irgendein inneres Relais blockiert die freundliche Geste. Wortlos halte ich ihm die Schale mit den Preiselbeeren hin. Er kleckert die rote Köstlichkeit auf sein Fleisch.

»Hier haben wir den Knackpunkt.« Rosy kaut. »Hat Constable Masterson die letzten Lebensminuten von Urquardt tatsächlich so beobachtet, wie es im Protokoll steht? Oder hat er etwas anderes gesehen?«

»Den Mörder zum Beispiel?«

»Möglich.«

»Aber weshalb sollte der Constable behaupten,

Urquardts Tod gesehen zu haben, wenn er lediglich jemanden decken will?« Ich setze mich. »Wieso hat er dann nicht einfach geschwiegen?«

»Das ist die Frage.«

Eine Zeit lang essen wir schweigend. Das Klappern des Geschirrs ist alles, was man vernimmt.

»Ihr nehmt demnach an, der Constable wurde bestochen«, beginne ich von Neuem, weil ich die Stille irritierend finde.

Irritierend ist das Wort, das den Abend am trefflichsten beschreibt. Bei ihrer Heimkehr mit Philipp John erschien mir Rosy aufgekratzt und fröhlich. Normalerweise kommt sie genervt vom Spielplatz zurück, weil sie mit Müttern, die über zu viel Zeit verfügen, nichts anfangen kann. Rosys Gehirn ist brillant und deshalb unerbittlich gegenüber banalen Gedankengängen. Sie hasst es, über TV-Serien, Kosmetik oder Partnerschaft zu diskutieren, darum ist der Kinderspielplatz eine Tortur für sie, die sie nur Philipp John zuliebe auf sich nimmt, damit das einsame Schlosskind mit anderen Kindern spielen kann.

Diesmal kam Rosy nicht missmutig, sondern quietschvergnügt zurück. Sie alberte mit dem Jungen, bevor sie duschte und in ihr mitternachtsblaues Kleid schlüpfte. Dass Rosy etwas anderes trägt als erdfarbene Cordhosen, kommt seltener vor als Weihnachten. Rosy mit frisch geföntem Haar, in einem Kleid, mit Lidschatten und Lippenstift, das stellt eine Kombination dar, die als Revolution bezeichnet werden muss.

»Der scheint es dir ja angetan zu haben, dein Sergeant, wenn du dich für ihn so in Schale wirfst«, scherzte ich, während ich die Mousse aus Waldbeeren kalt stellte.

»Ich habe so selten Gelegenheit, mich schick zu machen, Arthur«, trällerte sie aus dem Bad. »Lass mir doch das bisschen Spaß.«

Ich dachte, dass sich Rosy etwas häufiger für mich schick machen könnte, aber ich hütete mich, mir die Zunge zu verbrennen. Rosys unerschütterlich blendende Laune machte den Abend besonders.

Philipp John aß zu Abend, hundemüde, wie er von dem Nachmittag im Freien war, ließ er sich danach widerstandslos zu Bett bringen. Kaum hatte Rosy die Schlafzimmertür geschlossen, goss sie sich ein Glas Rotwein ein und stand mir in der Küche im Weg.

»Warum deckst du nicht den Tisch?«, schlug ich vor.

Grundlos küsste sie mich auf die Wange. »Weißt du was? Ich mache den Kamin an.«

»Der qualmt«, entgegnete ich verblüfft.

»Nur bei Tiefdruck.«

Der Kamin im Salon ist vor einiger Zeit feuerpolizeilich als nicht mehr funktionstüchtig eingestuft worden und müsste zugemauert werden. Aber sowohl die Beamten vom Office for British Heritage als auch ich haben es stets aufgeschoben. Von Zeit zu Zeit macht es Rosy Freude, in die prasselnden Flammen zu schauen. Die Feuerstelle ist mannshoch, und man braucht armdicke Eichenscheite, um ein gutes Feuer darin zustande zu bringen. Bevor ich widersprechen konnte, war sie schon hinübergelaufen, ich hörte sie mit Brennholz hantieren.

Mittlerweile sitzen Stanton und ich in Hemdsärmeln bei Tisch, denn wenn der Kamin erst einmal brennt, wird es im Salon bullig heiß. Stanton steht der Schweiß auf der Stirn. Rosys Gesicht hat sich gerötet, doch im Ganzen wirkt sie jugendfrisch und unverändert aufgekratzt.

Ich nehme den Faden wieder auf. »Wieso könnt ihr eigentlich nicht herauskriegen, wer die zwanzigtausend Pfund an Masterson überwiesen hat? Ihr seid die Staatsmacht, und es geht um Mord.«

Rosy betrachtet den letzten Schluck Rotwein in ihrem Glas. »Wer immer Masterson bestochen hat, er war klug genug, auf das Notariatsgeheimnis zu setzen.«

»Und bei Guinness & Clark legt man großen Wert auf die Wahrung dieses Geheimnisses.« Stanton legt sein Besteck zusammen. Der Beefeater scheint satt zu sein. Sein Bauch wölbt sich unter dem weißen Hemd.

»Guinness & Clark?« Ich picke eine Preiselbeere auf die Gabel. »Kam über die nicht vor einiger Zeit etwas in den Nachrichten?«

Rosys Augen haben sich durch den Weingenuss sanft verschleiert. »Nachrichten?«

»Das ist schon länger her. Wie war das? Lass mich überlegen. Es gab Anschuldigungen, dass Guinness & Clark neben ihren offiziellen Geschäften auch für

Verbrechersyndikate tätig geworden seien. Obwohl den Anschuldigungen widersprochen wurde, hat man die schwarzen Schafe der Firma ausgesondert. Guinness & Clark sprach allerdings keine Kündigungen aus, sondern verlautbarte, dass einige ihrer Vertragsanwälte sich selbstständig machen würden. Danach verlor sich die Sache im Juristendickicht.«

»Sekunde mal!« Als ob sie ein Geräusch hören würde, hebt Rosy beide Zeigefinger. »Was sagte Mrs Urquardts Anwalt, was hat Sykes zu uns gesagt?«

Stanton unterdrückt ein Aufstoßen. »Wann?«

»Vorhin im Krankenhaus. Er sagte: *Ich wurde erst seit Kurzem Gordon Urquardts Notar, erst seit ich mich selbstständig gemacht habe. Inzwischen habe ich die Testamentsvollstreckung in die Hände einer Kanzlei gelegt und kann die Verteidigung von Mrs Urquardt bedenkenlos übernehmen.*« Sie sieht den Sergeant an. »Das waren Sykes Worte.«

»Denkst du ...?« Stanton beugt sich zu ihr, ein Blick zwischen den beiden. »Du glaubst, Sykes könnte früher einmal für Guinness & Clark gearbeitet haben? Rosy, das wär ja ein Ding.«

Das ist der Moment.

Das ist der Moment, in dem mir der Blick zwischen Stanton und Rosemary auffällt. Es beschäftigt mich daher nicht weiter, ob ich gerade etwas zur Lösung des Falles beigetragen habe, mein Innerstes fragt sich stattdessen, ob Rosy ein Mann wie Larry Stanton gefallen könnte. Es ist überhaupt das allererste Mal, dass ich mir eine derartige Frage stelle.

Rosy und ich, das bedeutete stets ein unausgesprochenes Alles oder Nichts. Sie und ich, wir gehören zusammen wie der Apfel und die Schwerkraft, der November und die Erkältung, wie Buckingham Palace und die Queen.

Zwar sprach meine innere Stimme nicht so eindringlich zu mir, dass sie mich in Zweifel oder Eifersucht stürzen konnte, aber der Ton, der Blick, die Geste, die ganze Art, wie Stanton meine Rosy *Rosy* nannte, leuchteten blitzartig für mich auf – so wie das gelbe Licht an einer Ampel. Man sieht es nur für einen Moment, danach wird es grün oder rot. Doch das Gelb ist von entscheidender Bedeutung, es schafft Aufmerksamkeit.

Rosys Aufmerksamkeit gilt dem verrückten Verdacht, den ich ihr gerade offenbart habe. »Wenn Sykes die zwanzigtausend Pfund überwiesen hat, würde einiges in diesem Fall mehr Sinn ergeben.« Sie springt auf. »Das lässt sich leicht herausfinden.«

Als ob wir nicht gesittet beim Dinner säßen, als ob nicht schon bald die Beerenmousse auf den Tisch kommen sollte, verlässt die Gastgeberin den Tisch und läuft in mein Arbeitszimmer. Als ob er hier zu Hause wäre, schließt sich der Sergeant ihr an und betritt mein Allerheiligstes ohne Scheu. Die beiden lassen mich allein zurück.

Mein Allerheiligstes ist ein winziges Büro, das ich mir mangels anderer bewohnbarer Räume in einem Alkoven des Schlosses eingerichtet habe. Darin befinden sich ein Zeichentisch, einige Regalbretter, die sich durch das Gewicht schwerer Fotobände durchbiegen, und mein Computer. Rosy wirft sich in meinen Sessel und geht online.

Kaum eine Minute später tippt ihr Finger auf meine Bildschirmoberfläche. »Ich wusste es.«

Vor uns steht ein vergrößertes Foto, das die Belegschaft von Guinness & Clark vor drei Jahren zeigt, zu jener Zeit also, als sich die Sozietät noch nicht gesundgeschrumpft hatte. Unter den grinsenden und schmunzelnden Damen und Herren Anwälten ist ohne Zweifel der rothaarige, rotgesichtige Mr Sykes zu erkennen.

»Das bedeutet ...«, sagt Rosy.

»Es könnte bedeuten ...«, schließt sich Larry an.

Unterm Strich bedeutet es Folgendes: Mr Rodney Sykes war jahrelang bei dem international agierenden Konsortium Guinness & Clark angestellt. Im Zuge der sogenannten Umstrukturierung schied Sykes aus der Firma aus und ließ sich mit eigener Notariatskanzlei in Gloucester nieder. Bis zu Gordon Urquardts Tod vertrat Sykes ihn in juristischen Angelegenheiten. Für Sykes wäre es daher möglich gewesen, einen Geldbetrag über ein Notaranderkonto von Guinness & Clark zu transferieren und seinen Namen hinter dem Notariatsgeheimnis zu verstecken.

Aber warum sollte Mr Sykes einem einfachen Constable zwanzigtausend Pfund überweisen?, lautet die Frage, die sich die Ermittler stellen. Ergäbe das nicht nur dann Sinn, wenn Constable Masterson etwas über Sykes wüsste, was den Anwalt angreifbar machen würde, mit anderen Worten, wenn der Notar des Ermordeten mit dessen Ermordung in Zusammenhang stünde?

Nachdem die Schlussfolgerungen sich so weit aufgeschaukelt haben, denkt keiner mehr an die Fortsetzung des Dinners. Mein zaghafter Hinweis, dass es noch Nachtisch gebe, verhallt ungehört. Rosy greift zur Lederjacke, Stanton zu seinem Überzieher, beide sind entschlossen, der Sache sofort auf den Grund zu gehen, noch in dieser Nacht.

»Es war sehr lecker, Arthur.« Rosy zückt das Diensttelefon. Ihre Bemerkung fühlt sich an, als ob sie einem Hund, der ein Kunststück vorgeführt hat, einen Leckerbissen zuwerfen würde.

»Herzlichen Dank, Lord Escroyne, es war ausgezeichnet.« Der Sergeant schüttelt mir die Hand.

Bevor ich auch nur die Hälfte der Abschiedsfloskeln loswerde, die in solchen Fällen üblich sind, galoppieren die beiden die Stufen zum Parkplatz hinunter. Selten bin ich mir so überflüssig vorgekommen wie jetzt gerade am Tor von Sutherly Castle. In die Burg zurückgekehrt, ekelt mich vor den Essensresten. Während ich sie entsorge, stelle ich mir vor, wie der bedauernswerte Thorwald Masterson in diesen Minuten aus dem Bett geholt wird. Um die Stunden, die vor ihm liegen, ist der Constable nicht zu beneiden.

In meiner merkwürdigen Verfassung suche ich den einzigen Ort auf, wo ich Ruhe und Frieden weiß: Ich setze mich zu dem kleinen Menschen, dem meine Liebe gehört, und lausche den leisen Atemzügen von Philipp John.

20

Das Labyrinth

Thorwald ist ungewaschen, unrasiert, er trägt nicht einmal Uniform. In demütigendem Zivil hat man ihn auf das Revier gebracht, das normalerweise sein Arbeitsplatz ist. Weniger als eine Stunde hält der Constable dem Maschinengewehrfeuer von Rosys Fragen stand. Es ist halb zwei Uhr früh, als er den Namen endlich bestätigt. »Ja, es war Rodney Sykes«, bekennt Thorwald leise, doch laut genug, dass die Mikrofone des Verhörraumes es aufzeichnen.

»Demnach hat der Anwalt Rodney Sykes zwanzigtausend Pfund auf Ihr Konto überwiesen, Constable Masterson?«, fragt Rosy protokollarisch korrekt. Nach wie vor trägt sie das blaue Kleid, das zu einem nächtlichen Verhör nicht recht passen will.

Thorwald nickt kraftlos.

»Antworten Sie bitte mit Ja oder Nein.«

»Ja.«

»Die zwanzigtausend Pfund stellten eine Bezahlung dar. Für welche Gegenleistung wurden Sie bezahlt? Was mussten Sie im Gegenzug für Mr Sykes tun?«

»Ich sollte seine Anwesenheit am Tatort verschweigen«, antwortet Thorwald.

»Nur die Anwesenheit am Tatort? Sollten Sie nicht auch seine Beteiligung am Mord an Gordon Urquardt für sich behalten?«

»Nein«, entgegnet Thorwald. »An dem Mord war Mr Sykes nicht beteiligt.«

»Woher wissen Sie das?«

»Er hat es mir gesagt.«

»Oh, wie praktisch – und wie zuverlässig«, lässt Rosy sich zu einer höhnischen Bemerkung verleiten. »Dieser Anwalt bezahlt einem verschuldeten Spieler zwanzigtausend Pfund, damit er den Mund halten soll über etwas, das auf der Hand liegt: Sie haben Sykes in der Mordnacht am Pier beobachtet. Sie haben ihn genau in den Minuten in Gordon Urquardts Nähe gesehen, als Urquardt starb. Doch als der honorige Mr Sykes Ihnen erklärt, dass er die Tat nicht begangen hat, glaubten Sie ihm das natürlich.«

»Er kann es nicht getan haben.«

»Wieso nicht?«

»Er hatte kein Messer. Als er sich über Urquardt beugte, hatte er kein Messer in der Hand.«

»Und wissen Sie, warum? Weil das Messer wahrscheinlich bereits in Urquardts Rücken steckte.« Rosy lehnt sich gegen die nackte Betonwand. »Noch einmal von vorn. Wann sind Sie am Pier eingetroffen? Wo genau war Ihr Standort? Wann und wie ist Sykes mit Urquardt zusammengetroffen? Was geschah, bevor Urquardt starb?« Bevor Rosy Thorwald die Möglichkeit gibt, ihren Fragenkatalog abzuarbeiten, wendet sie sich an Stanton. »Wann erwarten wir Mr Sykes?«

»Die Kollegen haben ihn gerade aus dem Bett geholt«, antwortet Larry. »Er müsste jeden Moment hier sein.«

Rosy nickt. »Okay, Thorwald, wenn ich von dir ab jetzt irgendetwas anderes höre als die Wahrheit, dann kann ich wirklich nichts mehr für dich tun.«

Kurz darauf wird ein weiterer übernächtigter Mann der Kommissarin im mitternachtsblauen Kleid vorgeführt. Auch Mr Sykes ist unrasiert, eine Wolke aus rötlichem Flaum umspielt sein Kinn. Der Notar hat gegen die Vorgehensweise der Polizei protestiert und wollte einen Anwalt beiziehen. Wegen der nächtlichen Stunde konnte er niemanden erreichen. Um zwei Uhr morgens sieht sich Mr Sykes ungeschützt mit Rosys Fragen, Schlussfolgerungen, Anschuldigungen und mit ihrem trotz der ungewöhnlichen Uhrzeit analytischen Verstand konfrontiert.

All diese Vorgänge, könnte man meinen, gleiten an mir, dem Schlafenden, vorüber. Sie gleiten tatsächlich an mir vorüber, aber nicht, weil ich schlafe. Ich habe nach dem jäh abgebrochenen Dinner den Abwasch gemacht, den Salon in seinen normalen Zustand zurückversetzt, habe die Ascheflocken, die aus dem offenen Kamin gesprüht waren, aufgefegt und das Feuer ausgehen lassen. Nach einem weiteren Kuss für meinen Sohn war ich im Begriff, mich schlafen zu legen. Da hörte ich, halb ausgezogen und die Zahnbürste im Mund, das Telefon klingeln. Ich nahm an, es sei Rosy.

»Unmöglich von mir, eigentlich eine Frechheit«, sagt Milly Kowalczyk am anderen Ende. »Ich dachte, wenn du schon schläfst oder nicht drangehst, dann meldet sich deine Mailbox.«

»Mailbox … Milly … Nein, ich schlafe noch nicht«, stammle ich, unfähig, ihren Anruf ins richtige Verhältnis zu setzen.

Es ist tatsächlich ein Übergriff auf meine Privatsphäre, den ich keinesfalls dulden würde, käme die Frechheit nicht von der hellhäutigen Gärtnerin, die gewiss einen triftigen Grund hat, mich um halb zwei Uhr morgens anzurufen.

»Ich habe keinen triftigen Grund, dich anzurufen«, sagt sie. »Mir war einfach danach, mit dir zu reden.«

»Aber … es ist schon ziemlich spät.«

»Ich schlafe nicht besonders in den letzten Wochen«, erwidert sie, als ginge es vorrangig um die Frage, weshalb *sie* um diese Zeit noch wach sei, statt zu erörtern, weshalb ich, ein verheirateter Mann, mitten in der Nacht mit einer Frau zu telefonieren in der Lage bin, die mich vor kaum achtundvierzig Stunden geküsst hat. Muss Milly nicht annehmen, dass Rosy neben mir im Bett liegt und von dem Klingelton aufwacht? Könnte der Anruf nicht auch meinen kleinen Sohn geweckt haben?

»Was kann ich für dich tun?«, frage ich, nun doch ein wenig distanziert.

»Entschuldige. Es war eine blöde Idee. Gute Nacht, Arthur.«

Millys Antwort ist die beste Methode, mich dazu zu bringen, das Telefonat zu verlängern. »Wenn du schon mal dran bist, können wir genauso gut plaudern.«

»Störe ich denn niemanden?«, fragt sie und meint natürlich die Countess von Sutherly.

»Philipp John hat einen tiefen Schlaf«, antworte ich, um die Countess nicht erwähnen zu müssen.

»Ich habe überlegt, einen Spaziergang zu machen.«

»Um diese Stunde?«

»Glaubst du, Trench-upon-Water wäre ein zu gefährlicher Ort für eine einsam spazierende Lady?«

»Ich dachte bloß, wo soll man denn hingehen zu nachtschlafender Zeit.«

In dieser Sekunde – Rosy und alle guten Geister der Moral, der Loyalität und der Treue mögen es mir verzeihen – zieht mein nächtlicher Geist eine feine rote Linie zwischen Sutherly Castle und der Vorortstraße, wo Milly Kowalczyk wohnt. Diese Linie veranschaulicht mir, dass es nicht besonders weit von Punkt A, dem Schloss, zu Punkt B ist. Mit dem Auto wäre es ein Katzensprung.

»Das habe ich auch überlegt«, sagt Milly nach einer Pause. »Und weißt du, worauf ich gekommen bin?«

»Sag's mir.«

»Das Labyrinth.«

»Lady Carolines Labyrinth?«

»Kennst du es denn?«

»Natürlich kenne ich es. Allerdings aufgrund einer traurigen Begebenheit.«

»Erzähl mir davon.«

»Nicht am Telefon.«

Was habe ich da gerade gesagt? Habe ich tatsächlich »nicht am Telefon« gesagt? Was meine ich damit? Was könnte ich um Himmels willen damit gemeint haben? Gibt es überhaupt irgendeinen anderen tieferen Sinn meiner Worte als den, dass ich Milly von Angesicht zu Angesicht sehen möchte, um ihr Aug in Aug von der traurigen Begebenheit zu erzählen? Habe ich den Verstand verloren? Bin ich in den wenigen Tagen, seit ich Milly kenne, zum erotischen Pyromanen geworden, der nicht aufhören kann, mit dem Feuer zu spielen?

»Wo willst du es mir denn erzählen?«, erwidert Milly nicht besonders überrascht. Hat sie mit meiner Replik gerechnet, ist ihr angeblich spontaner Anruf ein geplanter Überfall auf meinen Seelenfrieden?

»In Lady Carolines Labyrinth«, antworte ich, als wäre ich nicht ein Mann mit Zahnbürste und Schaum vor dem Mund, sondern ein geschniegelter Don Juan, der eine rote Rose aus dem Knopfloch zaubert.

»Einverstanden«, antwortet sie, ohne eine Sekunde zu überlegen. »Sagen wir, in einer halben Stunde?«

»In einer…? Wovon redest du?« Meine Verblüffung ist so groß, dass ich die Schamlosigkeit, die hinter ihrem Vorschlag steckt, fast übersehe. »Ich kann hier nicht weg.«

»Wieso nicht?«

»Weil ich den Kleinen nicht allein lassen kann.«

»Wo ist denn deine Frau?«

»Rosy musste zu einem Verhör.«

»Ach so, verstehe.«

Milly klingt enttäuscht. Hat sie auch nur das geringste Recht dazu? Doch wenn ich ehrlich bin, packt auch mich gerade eine gewisse Enttäuschung.

»Wie schade«, setzt sie nach. »Wäre das nicht romantisch?«

»Zu romantisch«, ist die einzig mögliche Antwort.

»Hättest du denn morgen Zeit?«

Ich überlege. »Ich könnte Mrs Dench bitten, auf Philipp John aufzupassen. Das mache ich manchmal, wenn ich ungestört arbeiten will«, erkläre ich hastig, um nicht den Anschein zu erwecken, ich würde mein Kind häufiger für ein Rendezvous abschieben.

»Okay.« Ihre Stimme ist hell, ihr Ton gleißend. Sie schlägt eine Uhrzeit vor, ich willige ein, wir verabschieden uns und legen auf.

In den kommenden Minuten bin ich derart enttäuscht von mir, dass ich beim Mundausspülen nicht mehr in den Spiegel sehen kann. Ich habe das Vertrauen gebrochen. Das Vertrauen, das Rosy in mich hegt, das Vertrauen meines Sohnes gegenüber seinem Vater und mein eigenes Vertrauen in mich selbst. Was sich bisher zwischen mir und Milly ereignete, stand unter dem Vorzeichen des freundlichen Einverständnisses, dass nichts, aber auch nicht das Geringste zwischen uns möglich sei. Ein Mann jedoch, der sich in Trench-upon-Water mit einer jungen Frau in Lady Carolines Labyrinth verabredet, führt Übles im Sinn.

Das Labyrinth ist ein historischer Formgarten aus vier Meter hohen, uralten Buchsbaumhecken. Man hat die Anlage Lady Caroline gewidmet, die vor zweihundert Jahren dort enthauptet wurde. Caroline war eine verheiratete Dame des 17. Jahrhunderts, die sich in dem Irrgarten mit einem jungen Mann zum Stelldichein verabredet hatte, von ihrem Ehegatten dabei überrascht und prompt einen Kopf kürzer gemacht wurde. Carolines Labyrinth gehört zu unseren Sehenswürdigkeiten. Auch wenn Teile des Irrgartens mit den Jahrhunderten der wachsenden Bevölkerung geopfert und bebaut wurden, kann man sich auch heute noch darin verlaufen. Darum ist es ein beliebter Treffpunkt für Liebespaare.

Mit gesenktem Blick vollende ich meine Abendtoilette, schlüpfe ins Bett, lösche das Licht und denke in der Finsternis darüber nach, was ich doch für ein schlechter Kerl bin.

21

Der Magen des Notars

Rodney Sykes übergibt sich zum zweiten Mal. Beim ersten Mal nahm Rosy an, dass der Mann simulieren würde. Sein Wunsch, auf die Toilette zu dürfen, sah danach aus, als ob er sich Zeit zum Überlegen verschaffen wollte. Doch Mr Sykes geht es wirklich schlecht. Ihm ist hundeübel, er kotzt sich im wahrsten Sinn des Wortes aus. Eine Rolle Küchenpapier in der Hand, kehrt er nach dem zweiten Klogang ins Verhörzimmer zurück.

»Besser?«, erkundigt sich Larry, der für sich Kaffee geholt hat und einen zweiten Pappbecher vor Sykes abstellt.

»Ich sollte keinen Kaffee …«, wehrt der Notar ab.

»Das ist Kamillentee.« Larry schwenkt den Teebeutel und erntet von Rosy ein anerkennendes Nicken.

»Mr Sykes, was Sie mir über die Ereignisse während der letzten Lebensminuten von Gordon Urquardt erzählen, klingt, als ob Sie Ihre Haut retten wollten, aber nicht nach der Wahrheit.«

Trotz seiner elenden Verfassung versucht Sykes,

die Fassung zu wahren. »Es ist die Wahrheit. Und es ist an Ihnen, mir das Gegenteil zu beweisen.«

»Sie sind am Tatort gesehen worden. Sie wurden neben Gordon Urquardt beobachtet, während er starb.«

»Deshalb muss ich ihn aber keineswegs getötet haben. Sie haben die Tatwaffe nicht gefunden.«

»Die Sie nach dem Mord mühelos ins Wasser werfen konnten.«

»Was ich bestreite.«

»Sie haben dem Constable, der Sie beobachtete, Schweigegeld bezahlt. Weshalb sollten Sie das tun, wenn Sie nichts zu verbergen hatten?«

»Das sagte ich bereits: Ich wollte nicht in die Sache hineingezogen werden.«

»Wenn Sie nicht der Mörder sind, weshalb haben Sie den Constable nicht um Hilfe gebeten, um Urquardts Leben zu retten?«

Sykes beginnt von Neuem zu würgen. »Dafür war es bedauerlicherweise zu spät. Gordon war ja schon tot.«

Rosy schenkt dem Zustand des Notars keine Beachtung. »Zwanzigtausend Pfund sind eine stolze Summe, wenn man sich lediglich Unannehmlichkeiten vom Hals schaffen möchte. Ich fände zwanzigtausend Pfund andererseits eine berechtigte Summe, wenn man einen Mord vertuschen will.«

Sykes hält die Hand vor den Mund, sein Körper wird von Krämpfen geschüttelt.

»Beherrschen Sie sich Mr Sykes. Weshalb haben

Sie Ihrem Erpresser eine derart hohe Summe bezahlt?«

»Die Höhe ist relativ.« Sykes reißt ein Blatt von der Papierrolle ab. »Bei meinem Einkommen spielen zwanzigtausend Pfund… keine besondere Rolle.« Er springt auf und will erneut aus dem Raum laufen.

Stanton bewaffnet sich mit dem blauen Mülleimer, der in erster Linie deshalb im Verhörraum steht, falls weinende Delinquentinnen ihre Taschentücher loswerden wollen. »Sie bleiben hier.« Larry hält Sykes den Mülleimer vor die Brust. »Erleichtern Sie sich da hinein, wenn nötig.«

Verblüfft schaut der Rothaarige zu dem mächtigen Sergeant empor. »Danke.«

»Viel kann in Ihrem Magen ohnehin nicht mehr drin sein«, sagt Larry begütigend. »Setzen Sie sich.«

Sykes gehorcht.

»Reden wir von den Ereignissen in den Stunden, bevor Urquardt starb«, setzt Rosy das Verhör fort. »Trinken Sie Ihren Tee, Mr Sykes.«

»Ich habe Gordon mehrmals telefonisch zu erreichen versucht, aber er ist nicht drangegangen.«

»Wie spät war es da?«

»Neun Uhr abends.«

»Weshalb wollten Sie Ihren Klienten außerhalb der Bürostunden sprechen?«

»Gordon war mehr als ein Klient. Zwischen uns ging es nicht so förmlich zu.«

»Beantworten Sie meine Frage. Sie riefen Urquardt zu einer ungewöhnlichen Uhrzeit an. Er ging nicht ans Telefon. Doch statt eine Nachricht zu hinterlassen oder bis zum nächsten Morgen zu warten, sind Sie persönlich an den Ort gefahren, von dem Sie wussten, dass Urquardt sich häufig dort aufhielt. Warum?«

»Weil ich ihn dringend sprechen musste.«

»Was war so dringend, Mr Sykes?«

Seufzend greift der Notar zum Pappbecher und pustet in den Tee. »Gordon ist am Nachmittag desselben Tages bei mir gewesen. Er wollte Dokumente und Verfügungen mit mir durchgehen.«

»War das üblich? Fanden solche Besprechungen regelmäßig statt?«

»Sofern es sich um Dokumente handelte, die seine Firma betrafen, wäre es ein übliches Treffen gewesen. Gordon hatte eine Menge Unterlagen bei mir deponiert.«

»Aber diesmal wollte er etwas anderes mit Ihnen besprechen?«

Sykes reißt ein weiteres Blatt ab und wischt sich über die Stirn, die von einem klebrigen Film bedeckt ist. »Ja.«

»Ging es um sein Testament?«

Sykes nickt.

»Wollte er es ändern?«

Sykes nickt.

»Zu wessen Gunsten?«

Sykes schweigt.

»Wie sollte die Abänderung von Mr Urquardts Testament aussehen?«

Sykes tut einen tiefen Atemzug. »Als Gordon an jenem Abend zu mir kam, war er in einem Zustand, in dem ich ihn noch nie erlebt habe. Er wollte Sara enterben. Er wollte ihr alles wegnehmen. Gordon war der sanfteste Mensch. Er geriet praktisch nie außer sich. Wut und Zorn hatte ich noch nie an ihm erlebt – bis zu jenem Nachmittag.« Sykes nippt. »Gordon polterte förmlich in mein Büro. Er wollte sich nicht setzen, lief auf und ab und sprach mit erhobener Stimme. Er beschimpfte die abwesende Sara, nannte sie eine Hure und sich selbst einen Idioten, weil er sich zehn Jahre lang von ihr habe ausnützen lassen. Er sagte, damit sei es von nun an vorbei, er wolle sie enterben. Wozu eine Enterbung, antwortete ich, er brauche sich ja nur von ihr scheiden zu lassen. So wie sie die Ehe seit Jahren gebrochen hätte, wäre das eine simple Formalität gewesen, und seiner geschiedenen Frau hätte er überhaupt nichts zu vererben brauchen. Was Gordon mir darauf antwortete, fand ich erstaunlich.«

Rosy und der Sergeant warten schweigend ab.

»Er sagte: ›Für eine Scheidung ist es zu spät. Aber ich werde verhindern, dass die Schlampe alles erbt‹.«

»Alles erbt?«, wiederholt Larry. »So etwas sagt man üblicherweise, wenn man erwartet, nicht mehr lange zu leben.«

»Das war auch mein Eindruck«, erwidert Sykes. »Und das sagte ich Gordon. Er ging überhaupt nicht darauf ein, sondern drängte mich, ein neues Testament aufzusetzen.«

»Haben Sie das getan?«

Der Tee scheint Sykes Magen gutzutun, er trinkt ihn in größeren Schlucken. »Wir haben den ganzen Nachmittag über dem Papier gesessen.«

Rosy schiebt ihren leeren Kaffeebecher beiseite. »Eines verstehe ich noch nicht: Wenige Tage nach Urquardts Tod haben Sie mir den Inhalt seines Testaments mitgeteilt. Darin ist Sara Urquardt nach wie vor die Alleinerbin.«

»Genau aus diesem Grund wollte ich ihn am selben Abend unter allen Umständen noch sprechen.«

»Aus welchem Grund?«

»Gordon hatte vergessen zu unterschreiben.«

»Was?« Larry steht auf. »Urquardt hat ein neues Testament gemacht, es aber nicht unterschrieben? Das hätte Ihnen doch schon im Büro auffallen müssen. Weshalb haben Sie ihn nicht auf die fehlende Unterschrift hingewiesen?«

Sykes lehnt sich zurück, der blaue Mülleimer scheint vergessen zu sein. »Das war seltsam. Nachdem wir am Computer die letzten Änderungen vorgenommen hatten, fand bei Gordon ein Stimmungsumschwung statt. Er wurde ... tja, wie soll ich sagen? Er wurde sanft und sehr emotional. Er schien sich mit allem versöhnt zu haben.«

»Womit *versöhnt*?«

»Mit der Welt«, antwortet Sykes unsicher. »Aller Zorn und dieser ungewohnte Hass waren von ihm abgefallen. Er sagte, nun sei alles gut. Es sei schon richtig, wie es gekommen war.«

»Wie lange kannten Sie Gordon Urquardt eigentlich?«, fragt Stanton, da Sykes nicht weiterspricht.

»Seit er aus Irland hierhergezogen ist.«

»Könnte man Sie als Gordons Freund bezeichnen?«

»Ja. Durchaus.«

»Wie gut kannten Sie Mrs Urquardt?«

»Ich sah sie manchmal in seiner Begleitung.«

»Wussten Sie, dass die Ehe nicht glücklich war?«

»Gordon hat es mir nicht verschwiegen.«

»Haben Sie ihn in dieser Angelegenheit beraten?«

»So weit ging unsere Freundschaft nicht. Er war sehr diskret im Umgang mit persönlichen Informationen.«

»Sie wussten aber, dass Sara ihn betrogen hat.«

Sykes hebt den Blick. »Ich möchte feststellen, dass Gordon nie ein schlechtes Wort über seine Frau verloren hat.«

»Seine Frau Sara, die Sie nun nach Mr Urquardts Tod juristisch vertreten.« Rosy wechselt einen Blick mit Larry. »Sie haben uns noch nicht gesagt, wer der Nutznießer des geänderten Testaments sein sollte.«

Sykes sieht Rosemary fest in die Augen. »Ich.«

»Sie?«

»Gordon hat mir die Verfügungsgewalt über seinen gesamten Besitz überschrieben. Im Falle seines Todes sollte ich das Vermögen in eine gemeinnützige Stiftung überführen.«

Rosy ist die Verblüffung anzusehen. »Sie meinen, Sie hätten mit dem Geld dieses Mannes nach eigenem Gutdünken schalten und walten können?«

»So ist es.« Sykes betrachtet den blauen Mülleimer. »Deshalb hätte ich ihn bestimmt nicht umgebracht, *bevor* er unterschrieben hatte. Sehen Sie das ein?«

»Und um diese Unterschrift zu kriegen, haben Sie Urquardt am Abend seines Todes aufgesucht?«

»Nicht nur«, entgegnet Sykes. »Ich wollte ihn ermuntern, sich scheiden zu lassen. Ich konnte ja nicht wissen, dass er noch am selben Tag …«

»Sie wollten ihn von einer Scheidung überzeugen? Aber unmittelbar nach Urquardts Tod vertreten Sie seine Witwe, die nun gegen den Willen ihres Mannes alles kriegen soll?«

»Das mag Ihnen sonderbar vorkommen, aber es schien der beste Weg zu sein, um Mrs Urquardt von der Nützlichkeit der Stiftung zu überzeugen, die Gordon vorschwebte. Sara würde immer noch genügend bleiben, um ein sorgloses Leben zu führen.«

Rosy setzt sich Sykes gegenüber. »Sie haben Mr Urquardt in der Mordnacht im Dragon angetroffen, in jenem Pub, in dem er praktisch jeden Abend war.«

»Nicht im Pub selbst. Ich traf ihn auf der Straße. Er hatte das Lokal gerade verlassen.«

»In welchem Zustand war Mr Urquardt?«

»Er hielt sich nur mit Mühe aufrecht.«

»Konnten Sie Verletzungen bei ihm feststellen?«

»Nein.«

»War sonst noch jemand in der Nähe?«

»Die Straße war menschenleer.«

»Haben Sie jemanden am Fenster des Dragon

bemerkt? Stand dort jemand und hat Urquardt nachgesehen?«

»Darauf habe ich nicht geachtet.«

»Was geschah dann?«

»Gordon taumelte an mir vorbei, als ob er mich nicht erkannt hätte.«

»Haben Sie ihn nicht gefragt, was mit ihm los war?«

»Nein.«

»Wieso nicht?«

»Weil ich dachte, es sei das Übliche?«

»Das Übliche?«

»Dass er betrunken war, selbstverständlich.«

»Wollten Sie ihn in diesem Zustand dazu bringen, das Testament zu unterschreiben?«

»Nein.«

»Wieso nicht?«

»Weil die Situation nicht danach war, die Angelegenheit anzusprechen. Der Mann konnte sich kaum auf den Beinen halten.«

»Wie viel Zeit verging, nachdem Sie Urquardt getroffen haben, bis zu seinem Zusammenbruch am Pier?«

»Drei Minuten vielleicht.«

»Und in diesen drei Minuten kamen Sie nicht auf die Idee, sich zu erkundigen, was mit ihm los war?«

»Äußerlich war ja nichts Ungewöhnliches an ihm zu bemerken.«

»Hat Urquardt etwas zu Ihnen gesagt?«

»Nein. Er setzte einfach Schritt vor Schritt.«

»Sie müssen doch irgendetwas geredet haben.«

»Stimmt, etwas sagte er: ›Gut, dass du da bist, Rod. Gut, dass ich nicht allein bin‹.«

Stanton baut sich vor Mr Sykes auf. »Ich glaube, dass die Sache anders abgelaufen ist. Ich glaube, dass Sie versucht haben, das Testament von Urquardt unterschreiben zu lassen, ein Testament, das Ihnen Zugriff zu seinem Vermögen verschafft hätte.«

»Das ist unrichtig. Ich habe abgewartet, ob es ihm an der frischen Luft besser gehen würde.«

»Weil Sie annahmen, dass er betrunken war?«

»Natürlich. Wenn Gordon das Dragon spätnachts verließ, war er jedes Mal sternhagelvoll.«

»Sie sind losgefahren, um das Testament, das Ihnen weitreichende Vollmachten verliehen hätte, rechtskräftig werden zu lassen. Sie wussten, dass Ihr Klient sich selbstquälerisch dort betrinken würde, wo seine Frau im ersten Stock Sex mit einem anderen Mann hatte. Sie trafen Urquardt nicht im Pub an, sondern auf der Straße. Sie glaubten, dass er betrunken sei. Sie brachten ihn dazu, das Testament zu unterschreiben. Nachdem das geschehen war, haben Sie ihn ermordet.«

Sykes schüttelt den Kopf. »Mir ist bewusst, dass das Testament ein Mordmotiv wäre, *falls* Gordon es unterschrieben hätte. Aber er hat es nicht unterschrieben. Und ich habe ihn nicht ermordet. Als ich ihn vor dem Pub antraf, war er bereits tödlich verwundet.«

»Das wussten Sie da aber noch nicht. Sie nahmen an, er sei betrunken.«

»Nur so lange, bis er zusammengebrochen ist. Als er am Pier zu Boden sank, bemerkte ich das Blut an seinem Rücken.«

»War es nicht zu dunkel auf der Straße?«

»Gordon ist direkt unter einer Straßenlaterne zusammengesunken.«

»Eine Laterne, die nicht funktioniert hat.«

»Sie flackerte, soweit ich mich erinnere.«

»Weshalb haben Sie nicht sofort Hilfe geholt, als Sie bemerkten, dass Urquardt verletzt war? Vielleicht wäre Ihr Klient, Ihr Freund, dann noch zu retten gewesen.«

»Ich habe keine Hilfe geholt, weil Gordon …« Sykes rutscht auf dem Stuhl nach vorn.

»Weil er was?«

»Weil er noch einmal mit Sara telefonieren wollte.«

»Unsinn.« Stanton geht vor Sykes in die Hocke. »Urquardt musste doch annehmen, dass seine Frau sich im Oberstock des Dragon befand. Man hätte sie einfach holen können.«

»Er wollte sie aber unbedingt anrufen. Allerdings war er zu schwach, um sein Handy zu bedienen.«

»Haben Sie ihm geholfen?«

»Ja.«

»Hat er seine Frau erreicht?«

»Ja.«

»Was sagte er zu ihr?«

»Das weiß ich nicht. Gordon hat nur noch geflüstert. Es waren nur ein paar Sätze.«

»Und dann?«

»Er legte auf und versuchte, das Handy über den Rand des Piers zu schieben. Auch dazu war er schon zu schwach. Er bat mich flüsternd, sein Telefon ins Wasser zu werfen.«

»Haben Sie das getan?«

»Ich tat, was Gordon von mir verlangte. Ich warf das Ding weit hinaus. Als ich mich wieder über ihn beugte, war er tot.«

»Sie sind kein Arzt. Wie konnten Sie das beurteilen?«

»Ich weiß es nicht. So etwas spürt man wahrscheinlich«, antwortet Sykes schlicht.

»Mr Sykes, Sie sind ein Mann des Rechts. Es war offensichtlich, dass Urquardt keines natürlichen Todes gestorben war. Weshalb haben Sie nicht sofort die Polizei verständigt?«

Sykes kaut auf der Unterlippe. »Das war ein Fehler, ich weiß. Ich wollte einfach keine Unannehmlichkeiten.«

»Wenn Sie nicht der Mörder sind, hätten Sie auch keine bekommen«, erwidert Larry. »Ich will Ihnen sagen, was in den entscheidenden drei Minuten wirklich passiert ist. Gordon Urquardt kam aus dem Pub und war sternhagelvoll. In diesem Zustand brachten Sie ihn dazu, sein geändertes Testament zu unterschreiben. Sie steckten das Dokument ein und haben ihn hinterrücks erstochen. Das war der Moment, in dem Constable Masterson Sie beobachtet hat. Da Sie das nicht wussten, ließen Sie die Leiche einfach am Quai zurück und fuhren, das unterschriebene Testament in der Tasche, nach Hause. Jetzt brauchten Sie nur noch abzuwarten, bis man Ihnen die Nachricht von Urquardts Tod mitteilen würde. Nach der üblichen Frist wollten Sie das neue Testament eröffnen und Gordon Urquardts Vermögen in Empfang nehmen. Nur leider hatten Sie nicht mit den Beobachtungen des charakterschwachen, hoch verschuldeten Constable Masterson gerechnet, der sich bald nach dem Mord bei Ihnen meldete. Masterson hat Sie erpresst. Sie bekamen es mit der Angst zu tun. Sie bezahlten den Erpresser und sahen sich mit großem Bedauern gezwungen, das verhängnisvolle Testament, das Ihnen nunmehr gefährlich werden konnte, zu vernichten. Sie haben alles geschreddert und gelöscht, was Sie belasten konnte. Niemand durfte erfahren, dass es dieses Testament jemals gab. Und als sich Detective Escroyne nach Urquardts Testament erkundigte, legten Sie ihr jenes Dokument vor, das Sara Urquardt als Haupterbin auswies und damit als Hauptnutznießerin der Ermordung ihres Mannes. So war es doch, nicht wahr?«

»Wissen Sie, warum es so nicht gewesen sein kann?«, antwortet der Notar erstaunlich ruhig. »Weil ich Ihnen von der Testamentsänderung gar nichts hätte erzählen müssen. Denn von selbst wären Sie nie daraufgekommen. Ich habe es getan, um Ihnen die Umstände wahrheitsgemäß zu schildern. Ich bin kein Jack the Ripper, Sergeant. Wie stellen Sie sich das denn vor, ich hätte Gordon im Freien, bei schlechter Beleuchtung sein Testament unter die

Nase halten sollen, und er hätte es bereitwillig unterschrieben, und noch bevor die Tinte trocken war, hätte ich ihm ein Messer in den Rücken gerammt? Im Grunde glauben Sie selbst nicht an diese Lösung, Sergeant. Auch Sie nicht, Detective.« Sykes trinkt seinen Tee aus. »Mein Vergehen liegt einzig und allein darin, die Aufklärung des Mordes verschleiert zu haben. Das ist kein schwerwiegender Tatbestand, daher sehe ich den Konsequenzen gelassen entgegen.«

»Sie sind vorläufig festgenommen, Mr Sykes«, stellt Rosy ebenso ruhig klar.

»Damit habe ich gerechnet und bereits ein paar Sachen eingepackt.« Sykes lässt das benutzte Küchenpapier in den Mülleimer fallen. »Entschuldigen Sie meine Unpässlichkeit.«

»Sie haben einen ziemlich nervösen Magen, Mr Sykes.« Rosy steht auf.

»Den hatte ich schon immer.«

22

Unanständig verlockend

Sie liegen im Bett, es ist ein Einmannbett. Sie liegen unter einer Decke. Beide starren in die Richtung, wo der Kühlschrank sich in diesem Moment einschaltet. Sie betrachten den Kühlschrank, um einander nicht in die Augen sehen zu müssen.

»Dass du bei dem Lärm schlafen kannst.«

»Lärm?«

»Na ja, wenn dieses Ding nachts ständig an- und ausgeht.«

»Ich habe einen verlässlichen Schlaf.«

Darauf wird es in Sergeant Stantons Zimmer wieder still. Rosemary Escroyne, Countess von Sutherly, liegt in Stantons Bett. Rosy und Larry waren außerstande, die Sache länger aufzuschieben. Es wäre zwecklos gewesen, sie weiterhin zu verleugnen. Denn es gibt nur ein Indiz, das noch deutlicher spricht, als wenn zwei Menschen einander ständig anschauen: wenn sie es nicht tun. Wenn sie sich zwanghaft bemühen, dem Blick des anderen auszuweichen.

Rosy und Larry haben einander den ganzen Abend über kaum angesehen, zugleich wurde ihr Begehren immer größer. Sie begehrten einander, während sie auf Sutherly Castle Roastbeef aßen, sie begehrten den anderen, während sie Constable Masterson verhörten, auch während des Verhörs von Mr Sykes war das Begehren zwischen ihnen stark.

Später, als im Fall Urquardt fürs Erste nichts mehr zu tun war, fuhr Rosy ihren Sergeant nach Hause. Er bat sie auf einen Gutenachttrunk herein. Sie sagte, es sei wohl besser, wenn sie nicht aussteige. Er bestätigte, dass es gewiss besser sei. Gemeinsam stiegen sie aus und gingen hinein. Zu einem Gutenachttrunk kam es nicht mehr. Kaum hatte sich die Tür hinter den beiden geschlossen, war es mit ihrer Beherrschung vorbei. Rosy und Larry fielen einander in die Arme, küssten einander leidenschaftlich und gaben sich kurz darauf ihrem Begehren hin. Es war die Erfüllung dessen, wonach sie sich gesehnt hatten, es war großartig, es war überwältigend. Doch nun, da die Nacht dem Morgengrauen weicht, fühlen beide die Beklemmung und die Schuld. Jene tausend Fragen tauchen auf, die sich im Schlepptau jeden großen Glücks einstellen. Darum drängen sie sich noch dichter aneinander, versuchen noch verzweifelter, die Welt da draußen, in die sie bald zurückkehren werden, von sich fernzuhalten.

Rosy hat grauenhafte Gewissensbisse. Ununterbrochen schreit ihr Gewissen sie an, wie sie nach dem Vorgefallenen bloß zu ihrem Mann zurückkehren soll, zu ihrem Kind, in ihre Ehe. Larrys Gewissensbisse sind vergleichsweise harmlos, sind Ausdruck seiner Anteilnahme, weil der sensible Sergeant Rosys Qualen spürt, sie aber nicht lindern kann. Er hat sich in seine Chefin verliebt. Er hat es nicht mit Absicht getan, es ist eben passiert. Auch wenn er ahnt, dass ihre gemeinsamen Stunden ein einmaliger Rausch bleiben müssen, wünscht er sich ihre Leidenschaft noch viele Male, er wünscht sich Rosy von nun an jede Nacht in seinem Bett und weiß zugleich, dass sie bald aufstehen, in ihr mitternachtsblaues Kleid schlüpfen, nach Sutherly fahren und als Ehebrecherin zu ihrem Mann unter die Decke schlüpfen wird.

Larry bedauert Rosy für die Lügen, die sie Arthur beim Frühstück wird auftischen müssen, jenem Arthur, der erst vor Stunden für Rosy und Larry gekocht hat, jenem Arthur, der möglicherweise nur deshalb nichts von der Sehnsucht der beiden spürte, weil er seinerseits die Fühler nach einer verbotenen Frucht ausgestreckt hat. Larry bedauert Rosy für die harmlose Miene, die sie am Frühstückstisch wird aufsetzen müssen, während sie sich fragt, wie in aller Welt sie sich so weit vergessen konnte. Rosy stehen harte Stunden bevor, Larry weiß das. Er selbst ahnt die Schwierigkeiten, wie sie einander von nun an während der Arbeit begegnen sollen. Gelassen, engagiert und ergebnisorientiert arbeiteten sie zusammen. Ist das nach den Stunden im Souterrain noch möglich?

Rosys Gehirn, mit der großartigste Körperteil von ihr, sieht sich gleichsam ausgeknockt von den schwirrenden, irrenden, verwirrenden Gefühlen, die sich der Kommissarin bemächtigen. Um dem entgegenzuwirken, will sie ihrem Gehirn seinen angestammten Platz zurückerobern, sie will klar denken um jeden Preis.

»Ich frage mich, warum Sykes uns die Sache mit dem neuen Testament erzählt hat«, beginnt sie so ansatzlos, dass der neben ihr dahindämmernde Larry zusammenzuckt.

»Wie meinst du?«, murmelt er.

»Fällt dir das nicht auf?« Rosy streckt die Füße unter der Decke hervor. »Es gab einen Testamentsentwurf, der nicht unterschrieben wurde, als Letzter Wille also nie rechtskräftig geworden wäre. Der Inhalt dieses Testaments hätte Mr Sykes ein starkes Mordmotiv gegeben, deshalb musste er es auf Nimmerwiedersehen verschwinden lassen. Er schredderte den Vordruck, löschte die Datei, und keine Menschenseele hätte je erfahren, dass Gordon Urquardt vorhatte, seine Frau zu enterben. Gleichzeitig hat Sykes sich angreifbar gemacht, indem er sich von einem Polizisten erpressen ließ. Doch als die Erpressung aufflog und er in unser Visier geriet, erzählte Sykes uns ausgerechnet von diesem Testament, das ihn noch tiefer in die Sache hineinreißt. Wie erklärst du dir das?«

»Das will ich mir erst dann erklären, wenn ich zwei, drei Tassen Kaffee getrunken habe«, versucht Larry die Sache ins Gemütliche zu ziehen.

Rosy ist an kuscheliger Gemütlichkeit nicht länger interessiert. Ihr Gehirn hat die Oberhand gewonnen, ihr Gehirn will Futter. Es will arbeiten und die

Gefühle, die Rosy auf das Schrecklichste bedrängen, tief unter sich begraben.

Larry legt seinen behaarten Arm um ihren nackten Körper. »Lass uns später reden«, macht er einen letzten Versuch, seine Verwandlung vom Liebhaber zum Assistenten hinauszuzögern.

Ohne Erfolg. Rosy küsst ihn auf die Nase, schwingt die Beine aus dem Bett und steht auf. Als ob ein dringender Notruf sie an einen Tatort beordern würde, greift sie versiert zur Unterwäsche und steht kaum eine Minute später angezogen vor dem nackten Sergeant.

»Vielleicht ist Sykes der Mörder, vielleicht auch nicht«, stellt sie fest. »In jedem Fall weiß er etwas, und ich will wissen, was Sykes weiß. Ich will wissen, was der wahre Grund ist, warum er Sara Urquardt juristisch vertritt, obwohl er ihre Enterbung durchzusetzen versuchte.«

»Und küssen willst du mich gar nicht mehr?«, kontert Larry ein wenig traurig, weil er spürt, dass der gemeinsame Rausch endgültig verklungen und die Nacht für Rosy vorbei ist.

»Ich will schon, aber ich verbiete es mir«, antwortet sie. »Ich weiß noch nicht, was das alles hier bedeutet, aber ich muss jetzt nach Hause fahren und sehen, wie ich den kommenden Tag überstehe. Deshalb ist es besser, wenn ich dich nicht küsse.«

Mit diesem unwiderlegbaren Statement tritt Rosy an die Tür. »Ich erwarte dich später zum Dienst.«

Schon ist sie draußen und lässt den glücklich unglücklichen Sergeant allein zurück.

Bin ich etwa voll der Ahnung? Ich, der übel hintergangene Arthur, der gehörnte Gatte, der lächerlich gemachte Kindesvater, spüre ich, dass das Sommerglück meiner Ehe sich einem kühlen Herbst entgegenneigt? Sind meine Sensoren auf Alarm geschaltet, als Rosy wenig später heimkommt, ausgiebig duscht, mit unserem Söhnchen herumflachst und beim Frühstück die Morgenzeitung liest, statt mir in die Augen zu sehen? Bin ich etwa vorgewarnt, als sie auf meine Frage, wo sie bis zum Morgengrauen gewesen sei, barsch antwortet: »Ich hab diese Nachtschichten genauso satt wie du, Arthur, das kannst du mir glauben.«

Ich bin weder alarmiert noch vorgewarnt, noch komme ich mir auch nur im Mindesten minderwertig vor. Großartig komme ich mir vor, verwegen fühle ich mich, ein Dauerlächeln spielt um meine Züge, die ich angesichts des Spiegels nicht anders als smart und erfahren bezeichnen kann. Der schamlose Dämon, den ich als mein Ego identifiziere, erhebt wohlgenährt und gut gelaunt den Kopf. Er hat Besseres zu tun, als in Rosys Verhalten Indizien für irgendetwas zu suchen, was außerhalb meiner eigenen Interessenssphäre liegt. Denn meine Interessenssphäre verlagert sich, je weiter der Tag voranschreitet, immer mehr in Richtung eines bestimmten Punktes, der im Herzen unserer Stadt liegt: Lady Carolines Labyrinth.

Ich denke an Milly und an mein Rendezvous mit ihr und wie es sein könnte, und wie ich mich verhalten werde, verhalten soll, wie sie sich möglicherweise verhalten wird, Milly, die scheinbar sanfte, in Wirklichkeit freche Gärtnerin, die mich mitten in der Nacht anruft und sich mit mir treffen will.

Habe ich Gewissensbisse? Jede Menge, ohne Unterlass, quälend, fordernd: Ich möge mein dummes, unerwachsenes Verhalten einstellen und zur Würde eines 36. Earls zurückfinden. Das erweist sich als unmöglich. Ich finde nirgendwohin außer ins Labyrinth der Lady Caroline. Somit wird jener Irrgarten zu einem Sinnbild meines derzeitigen Zustands.

Ach, könnte ich nur fühlen, wittern, vermuten, was zur gleichen Zeit in Rosys Herz und Seele stattfindet, ich würde mich zum Retter meiner Ehe, zur Bereinigung des vergifteten Zustandes aufschwingen, den die Verlockung in meinem Fall, genauso wie in dem von Rosy, darstellt. Aber genau wie Rosy errichte ich eine sphinxische Fassade: Ich spiele ihr und mir vor, dass unser häuslicher Frieden in allerschönster Ordnung sei, und rufe, kaum dass Rosy nach einem flüchtigen Abschiedskuss zum Dienst gefahren ist, Mrs Dench an, eine Rentnerin, die am Fuße von Sutherly Castle wohnt, und frage, ob sie heute Nachmittag auf Philipp John aufpassen könne. Mrs Dench empfindet es als Ehre, Kindermädchen auf dem Schloss zu spielen, und sagt praktisch jedes Mal zu, auch heute. Damit fällt die letzte

Barriere, damit überspringe ich die letzte Hürde, die noch zwischen mir und Milly gestanden hätte.

Rosy jagt den Mörder, Mrs Dench wird den kleinen Lord umsorgen, und ich widme mich meiner äußeren Erscheinung mit besonderer Sorgfalt. Ich rasiere mich gründlich, verwende eine Spur zu viel Aftershave, packe geruchsstoppende Wässerchen unter meine Achseln und wähle das freche, das rot karierte Hemd und die figurbetont sitzende Cordhose, die ich selten trage, weil sie im Schritt etwas spannt.

Ich bin nervös, o mein Gott, bin ich nervös. Ein Mann, der die vierzig überschritten hat, wird von der Aufregung eines Siebzehnjährigen gepackt. Ich rufe mir in Erinnerung, dass Milly an mir vor allem deshalb Interesse fand, weil ich würdig, gelassen und von Geburt an alteingesessen bin. Also sollte ich nicht an den Nägeln kauen und im Minutentakt die Zeitanzeige aufleuchten lassen. Noch eine Stunde bis zu unserem Treffen. Die Zeit will nicht verrinnen. Um ihr zu entfliehen, eile ich in den Garten, weil sich dort die Zeit meistens verflüchtigt.

Ich stutze an den Hyazinthen herum, untersuche die Lorbeerhecke nach Schädlingen, streue Dünger in die Rosenbeete und erkenne erleichtert, dass sich die Zeit tatsächlich davongemacht hat. Fast ist es nun schon wieder zu spät, um die Burg zu verlassen. Es lockt das Abenteuer, es lockt das Labyrinth.

In unwürdiger Hast klappere ich die einhundertsechs Stufen zum Parkplatz hinunter, lasse den

Wagen stehen und versuche, auf dem Fußweg ins Stadtzentrum meine Gelassenheit wiederzugewinnen. Es hilft nichts: Ich bin ein Earl auf Abwegen, und das ist das Schlimmste an meiner Lage – dass sie so unanständig verlockend ist.

23

Iris, die Langstielige

Rosy und Larry sitzen im Besprechungszimmer, jeder an einer Längsseite des Konferenztisches. Sie sind zu zweit im Raum, zwischen ihnen befindet sich ein schwarzes Ding in Form einer Spinne, mit dessen Hilfe eine Konferenzschaltung zum Commissioner aufgebaut wurde. Rosys Vorgesetzter hält sich in London auf, daher muss Rosy auf diesem Wege Bericht erstatten.

Rosy neigt sich zur Spinne vor. »Stimmt schon, Sir, aber vielleicht hat Sykes das Testament gar nicht gelöscht.«

»Nicht gelöscht?«, fragt die elektronische Stimme des Commissioners. »Und was schließen Sie daraus?«

»Dass die Lösung des Falles voraussichtlich bei Sara Urquardt zu finden ist.«

Es hört sich an, als ob der Commissioner am anderen Ende eine Mineralwasserflasche öffnen würde. »Die Witwe kann die Tat aber nicht begangen haben.«

»Richtig, aber ich finde es verwunderlich, Sir, dass Sara Urquardt sich ausgerechnet durch Mr Sykes juristisch vertreten lässt.«

»Eine Komplizenschaft, oder was meinen Sie damit, Rosy?« Das Geräusch, wenn Wasser in ein Glas läuft. »Sagten Sie nicht, dass Sykes erpresst wurde?«

»Ich halte es allerdings für denkbar, dass der Erpresste inzwischen zum Erpresser geworden ist.«

»Zum Erpresser von Sara Urquardt?«

»So ist es, Sir.«

»Sie denken, dass Sykes das neue, von Urquardt inzwischen unterschriebene Testament möglicherweise nicht vernichtet hat, sondern…« Das Sprechtempo des Commissioners verlangsamt sich, er gibt seinen Gedanken Zeit zu reifen. »Sie glauben, dass er das Testament vielmehr als Druckmittel gegen Sara Urquardt benutzt, die durch das Dokument fürchten muss, ihrer Erbschaft beraubt zu werden. Sie glauben, dass Sykes also doch zum Nutznießer von Urquardts Letztem Willen werden könnte, indem er sich von der Witwe für die Unterschlagung dieses neuen, rechtskräftigen Testaments bezahlen lässt. Sie nehmen an, dass Sara Urquardt sich nur deshalb von Mr Sykes juristisch vertreten lässt, weil er es so wollte, und nicht sie.«

»Exzellent kombiniert, Sir.« Rosy und Larry tauschen einen beeindruckten Blick aus.

Während der Konferenz haben die beiden mehrmals Blicke ausgetauscht. Es waren kollegiale, nüchterne Blicke, die sie davor schützen sollten, etwas anderes in den Augen ihres Gegenübers zu lesen als das Erlaubte, das Folgerichtige, das Professionelle. Die Kommissarin und ihr Sergeant benehmen sich vorbildlich in ihrer neuen Lage. Nur sie beide wissen, wie schwer es ihnen fällt.

»Halten Sie Mr Sykes für den Mörder?«, kommt es aus der Spinne.

»Das wäre denkbar«, antwortet Larry anstelle seiner Chefin.

Er erntet ein Stirnrunzeln von ihr. »So weit bin ich noch nicht«, korrigiert ihn Rosy. »Für mich bleibt die Frage, weshalb Sykes uns, also der Polizei, von diesem anderen Testament erzählt hat, das ihn derart belasten würde.«

»Da kann ich Ihnen auf die Sprünge helfen, Rosy.« Die Stimme des Abwesenden klingt plötzlich gönnerhaft. »Sykes hätte gegen Sara Urquardt kein Druckmittel in der Hand, wenn die Existenz des neuen Testaments unbekannt bleiben würde. Nur wenn Sykes der Witwe damit drohen kann, das Testament öffentlich vorzulegen, kann er sie erpressen.« Obwohl die Spinne schweigt, kann man den Stolz des Commissioners förmlich aus dem Lautsprecher kriechen spüren.

»Das ist eine interessante Sichtweise, Sir«, lobt Rosy ihren Vorgesetzten.

»Wie gehen Sie weiter vor?«

»Joe Begley ist mittlerweile vernehmungsfähig. Er ist das schwächste Glied in der Reihe der Beteiligten.«

»Dann knacken Sie dieses Glied mal, Rosemary.«

»Ich bin praktisch schon unterwegs, Sir.«

»Sind Sie übrigens zufrieden mit Sergeant Stanton?«, fragt der Commissioner so unverblümt, als ob sich der Sergeant nicht im Raum befände.

»Wir sind … Wir bilden …« Rosy ist froh, dass der Vorgesetzte nicht per Videoschaltung an der Unterredung teilnimmt, weil er sonst beobachten könnte, wie sie vom Brustansatz bis zu den Haarwurzeln errötet. »Mr Stanton leistet effektive Arbeit, Sir«, erwidert sie in dem Bewusstsein, dass selten eine Antwort die Wirklichkeit so krass verschleiert hat.

»Dann mal weiter so, Stanton«, lässt sich der Chef sonnig vernehmen. Das Knacken in der Spinne zeigt, dass er die Leitung unterbrochen hat.

»Effektive Arbeit?«, wiederholt Larry.

»Was sollte ich denn sonst sagen? Dass ich Kühlschränke in deine Wohnung transportiere und die Situation danach schamlos ausnütze?« Rosy schaltet die Spinne sicherheitshalber vollständig ab.

»Du hast gar nichts ausgenützt«, antwortet er ein wenig beklommen.

»Du auch nicht. Keiner von uns.« Quer über den Tisch ergreift sie Larrys Hand. »Wollen wir so tun, als sei das alles in einer anderen Welt passiert, in einer anderen Zeit?«

»Das kann ich nicht«, antwortet er in vollkommener Ehrlichkeit. »Dafür tut es zu weh.« In diesem Moment ist Larry nicht der bärenstarke Corne mit dem wetterfesten Lächeln, sondern eine ziemlich hilflose Erscheinung.

»Hör bitte auf.« Sie zieht die Hand zurück.

»Keine Sorge, ich bin ein großer Junge.«

»Du bist vor allem mein Sergeant.«

»Ich bin dein Sergeant, was denn sonst?«

Der Moment zwischen ihnen ist innig, mutlos und mutig zugleich. Es ist die Einsicht, dass die Realität ihnen immerhin die Möglichkeit gibt, weiterhin täglich zusammen zu sein.

»Fahren wir zu Begley ins Krankenhaus?«

»Später. Ich muss noch …« Sie zögert. »Ich habe ein paar Erledigungen zu machen.«

»Erledigungen?«

Sie seufzt. »Ich darf Arthur einfach nicht länger die ganze Arbeit mit dem Kind aufbürden. Er wirkt in letzter Zeit so unzufrieden mit der Situation bei uns. Außerdem hat er sich viel Mühe mit dem Dinner gegeben, und wir beide sind sang- und klanglos aufgebrochen, ohne seine Kochkünste zu würdigen. Ich möchte …« Rosy schüttelt den Kopf über ihren umständlichen Erklärungsversuch. »Ich fahre jetzt zum Supermarkt und mache einen Wocheneinkauf. Und den bringe ich dann aufs Schloss.«

»Während der Dienstzeit willst du Zucchini, Brot und Windeln kaufen? Kann Arthur das nicht machen?«

Konfrontiert mit dem schneidenden Schwertlilienblick der Kommissarin, begreift Larry, dass er zu weit gegangen ist.

»Ich nehme mir jetzt diese Stunde, um meinen Mann bei der Hausarbeit zu entlasten. Das sind die Vorteile, wenn man die Chefin ist. Und ich bin nun mal die Chefin dieser Abteilung.« Rosy will ihren

Geliebten nicht verletzen oder brüskieren, aber nach der Nacht des vollzogenen Ehebruchs ist sie äußerst dünnhäutig.

Und plötzlich ist er da, der unvermeidliche Zwist, der jeder Liebe nachfolgt, die sich unerlaubt herbeigeschlichen hat. Liebe auf Abwegen ist brüchig, gründet auf nichts Gewachsenem, sie führt ihr Dasein im Dunkeln und traut sich selten ans Licht.

»Dann gehe ich so lange eine Kleinigkeit essen.« Der Sergeant versucht, sich seine Verstimmung nicht anmerken zu lassen. »Wann treffen wir uns im Krankenhaus?«

»In anderthalb Stunden.«

Sie verlassen den Konferenzraum als Detective und Sergeant. Beiden geht es nicht besonders gut dabei.

Während Rosy in den Dienstwagen steigt, befinde ich mich in unmittelbarer Nähe von Lady Carolines Labyrinth. Ich bin zu früh dran, weil ich zu jeder Verabredung zu früh komme. Diesmal ist meine vorauseilende Unpünktlichkeit jedoch geradezu lächerlich. Ich könnte mich nun bereits in den Irrgarten hineinbewegen, durch verwirrende Mäander bis zur marmornen Statue der Namensgeberin laufen, mich auf die Steinbank setzen und Milly dort erwarten. Aber ich bin zu sehr getrieben von den Ameisen in meinem Hintern, die ich mir als Schmetterlinge im Bauch erkläre. Ich kann nicht still sitzen und will in den verbleibenden Minuten lieber etwas unternehmen.

Mein Blick fällt auf Doorman's Flowers, das älteste Blumengeschäft in Trench-upon-Water. Der Großvater von Mr Doorman eröffnete es im Jahr 1934, sein Vater führte es bis in die Regierungszeit von Maggie Thatcher, der aktuelle Mr Doorman ist bereits in seinen Siebzigern. Der Mann ist kinderlos, lange dürfte es Doorman's Flowers also nicht mehr geben.

Will ich eine Blume kaufen? Reiße ich damit nicht auch noch die allerletzte Barriere nieder, die Milly verheimlichen könnte, dass ich in sie vernarrt bin? Sie hat mich längst durchschaut, zerstreue ich meine Skrupel, betrete Doorman's, sehe mich unter den Astern und Orchideen, den Nelken und Rosen um und kaufe eine langstielige Lilie, weil sie als Liebesbote eher harmlos wirkt. Mit der Blume in der Hand kehre ich auf die dicht befahrene Straße zurück, die den Blumenladen vom Labyrinth trennt. Es ist auf den Schlag genau der Zeitpunkt unserer Verabredung. Mit etwas Glück müsste ich Milly schon entdecken. Mein Herz beginnt zu pochen. Ein blau-gelbes Polizeiauto verlangsamt und bleibt stehen. Habe ich in Erwartung Millys etwa eine Ampel übersehen? Weshalb sollte sich die Polizei sonst für mich interessieren? Irritiert drehe ich mich um.

»Was machst du denn hier?«

In meinem ganzen Leben bin ich noch nie so sehr erschrocken. Ich zucke zusammen, weil ich die Stimme meiner Frau erkenne, weil ihr rotbraunes Haar hinter der heruntergelassenen Scheibe sichtbar wird, weil Rosy aus dem Auto zu mir aufblickt. Selten hatte ein Satz etwas derart Existenzbedrohliches: *Was machst du denn hier?*

Was ich hier mache? Ich spiele den Verführer, übe mich als Don Juan, ich balanciere eine langstielige Blume in der Hand, während ich auf den Schauplatz meines Rendezvous zutänzle. Milly müsste jede Sekunde auftauchen. Sie wird mir zuwinken, auf mich zukommen, sie kann schließlich nicht ahnen, dass mir die Polizei gerade in Person meiner eigenen Frau auflauert.

»Eine Blume?«, setzt Rosy lächelnd fort, da ich in meiner Schockstarre nicht reagiere. »Für wen ist die?«

Die einzig mögliche, die einzig denkbare und zugleich vollkommen erlogene Antwort lautet: »Für dich natürlich.«

Rosys Lächeln wird sonniger, doch ihre Frage klingt stählern: »Wegen einer Blume steigst du den weiten Weg vom Schloss herunter?«

»Warum nicht?«, erwidere ich arglos.

»Weil in deinem Garten viel schönere Lilien blühen.«

Damit hat mich die Kriminalistin kalt erwischt. In den Beeten des Schlossgartens drängen sich Lilien dicht an dicht, und zwar in den Sorten Guernsey, Hakenlilie und Flore Pleno. Jede Woche ernte ich einen Lilienstrauß und stelle ihn auf die Anrichte im Salon. Rosy ist es gewohnt, mit Blumen verwöhnt zu werden, ich jedoch versuche ihr gerade weiszumachen, dass ich wegen einer einzelnen Lilie von Sutherly Castle aufgebrochen bin.

Alles zu beichten kommt mir in den Sinn, die ganze Wahrheit: Ich habe eine andere Frau kennengelernt und treffe sie dort im Labyrinth, wo wir ein Stelldichein haben werden. Das müsste über meine Lippen kommen, aber es ist mir unmöglich, den ganzen Kontinent meiner geistigen Untreue vor Rosy aufzudecken.

»Du hast recht. Im Garten habe ich schönere Lilien«, erwidere ich stattdessen. »Aber ich hatte gerade ein zärtliches Gefühl für dich und wollte dich damit überraschen.«

Die Lüge ist nichts weiter als die bucklige Schwester der Wahrheit. Meine Gefühle für Rosy sind zärtlich, ich liebe es, sie mit Blumen zu überraschen, aber nicht jetzt, nicht hier, nicht in dieser Situation. In meinem Dilemma nähere ich mich einem Herzstillstand.

Rosy legt den Kopf ein wenig schief. »Du hättest doch gar nicht gewusst, wo du mich finden solltest.«

»Stimmt. Ja, das stimmt. Stimmt genau.« Am toten Punkt meiner Lügen angekommen, hasple und stammle ich, es ist aussichtslos, weiter die Unwahrheit zu sagen.

Und dann geschieht ein Wunder.

»Ich fahre zu Tesco«, sagt die Schwertlilie heiter.

»Tesco?«, murmle ich ungläubig.

»Ich will den Einkauf für die nächste Woche machen.«

»Aber du bist im Dienst.«

»Na und? Diese Stunde nehme ich mir einfach.« Als wäre es das Selbstverständlichste, grapscht Rosy die Blume aus meiner Hand. Ihre Skepsis ist verschwunden, meine Lilien-Lüge wurde übersehen.

»Da wir uns schon zufällig treffen, warum begleitest du mich nicht einfach?« Sie schnuppert an den Blüten. »Gemeinsam einkaufen, das haben wir schon lange nicht mehr gemacht.«

Hinter der rosafarbenen Blume lächelt die Kommissarin. Ihre Logik hätte mich im nächsten Augenblick überführt, doch das tiefe Vertrauen in ihren Mann hat nicht die Energie dafür aufgebracht. Meine Frau glaubt, dass ich ihr stets die Wahrheit sage. Sie ist es gewohnt, denn ich habe ihr Vertrauen noch nie enttäuscht. Und so trifft bei mir der Spruch – *Wer einmal lügt, dem glaubt man nicht* – auf wundersam umgekehrte Weise zu: *Wer immer die Wahrheit sagt, dem glaubt man auch, selbst wenn er einmal lügt.*

»Fein, dann machen wir das doch.« Mit einem wehmütigen Blick zu Lady Carolines Labyrinth steige ich in den Dienstwagen.

Schneidig fährt Rosy los. Die Autos dahinter überlassen der Polizei die Vorfahrt. Sie nimmt den Weg zum Gewerbegebiet, wo die großen Supermärkte liegen.

24

Ein freier Mann

Der Mann war fertig. Er war am Ende seines Weges. Dieser Mann wollte einfach nicht mehr.«

Joe Begley strahlt nicht mehr den Schmelz eines Liebhabers der billigen Sorte aus, er ist inzwischen ein gewöhnlicher Krankenkassenpatient in einem Dreibettzimmer. Der unleugbare Geruch von Männern, die ihre Lebensmitte überschritten haben, hängt im Raum, Weintrauben und Schokolade findet sich auf den Nachttischen, lautlos läuft der Fernseher. Sergeant Stanton hat die anderen Patienten gebeten, während Begleys Verhör das Zimmer zu verlassen.

Rosy stieß erst vor wenigen Minuten dazu. Sie hatte rote Wangen und einen zufriedenen Gesichtsausdruck. Rosy, die Hausfrau, die im Supermarkt gerade hundert Pfund ausgegeben hat, überlässt das Verhör ihrem Sergeant.

»Schon möglich, Mr Begley, aber Gordon Urquardt hat definitiv nicht Selbstmord begangen. Er wurde erstochen.«

»Nicht von mir.« Begleys sonst durch Brillantine gebändigtes Haar steht steif in alle Richtungen ab. »Ich hab selbst gerade einen Messerstich in den Bauch abgekriegt.« Als ob er es beweisen müsste, öffnet er seine Schlafanzugjacke und legt den Verband frei.

»Wie geht es Ihnen?«, erkundigt sich Rosy.

»Ganz okay. Ich hatte Glück, dass außer der Milz keine inneren Organe getroffen wurden.«

»Ich meinte eigentlich, wie es Ihnen emotional damit geht, dass Mrs Urquardt das getan hat?«

»Sara?« Ein gekeuchtes Lachen. »Ach, Sara ist doch nur ein armes Luder.«

»Ein armes Luder?«, fragt Rosy überrascht nach.

»Sie hat es nicht absichtlich getan, sondern im Dings… na, wie sagt man?«

»Im Affekt?«

»Affekt, genau. Sie wurde so wild, wie ich sie noch nie gesehen habe.« Er will sich aufrichten, ein Schmerz lässt ihn zusammenfahren. »Sara ist eben eine leidenschaftliche Frau.«

»Weshalb wurde sie denn wild?«, übernimmt Stanton wieder.

Begley schenkt dem Geschlechtsgenossen einen vertraulichen Blick. »Was glauben Sie, weshalb?«

»Wegen Ihrer Affäre mit einer anderen Frau?«

»So ist das nun mal bei den Damen.« Vorsichtig korrigiert sich Begley: »Also, vor allen Dingen war es das.«

»Gab es noch einen anderen Grund?«

»Könnte man sagen.«

»Was ist im Haus der Urquardts vorgefallen?«

»Sara hat mir so ein… tja, ein Angebot gemacht, wissen Sie, so eins, das man nicht alle Tage kriegt.«

»Etwas präziser bitte.«

»Sie wollte… Gott, wie sag ich das? Sara wollte mich heiraten.«

Da ist sie wieder, die Überheblichkeit eines kleinen Geistes, der sich rühmen darf, Erfolg bei Frauen zu haben.

»Mrs Urquardt hat Ihnen einen Heiratsantrag gemacht?«

»So kann man's nennen.«

»Wie haben Sie darauf reagiert?«

»Meine Antwort fiel wohl nicht ganz so aus, wie sie sich das vorgestellt hat.«

»Sie haben abgelehnt?« Rosy kann eine gewisse Heiterkeit nicht ganz verbergen.

»Ich sagte, es wäre noch ein bisschen früh dafür, da ihr Mann doch erst vor ein paar Tagen gestorben ist.«

Stanton lässt sich auf das Krankenbett daneben sinken. »Sie haben Mrs Urquardt einen Korb gegeben, obwohl Sie wussten, dass sie eine anständige Erbschaft machen wird und Sie sich also ins gemachte Nest setzen würden?«

Begley zuckt die Schultern, als wollte er sagen: *Ein Mann muss tun, was ein Mann tun muss.*

»Sie sind arbeitslos, Mr Begley, und Sie wären obdachlos, würde Ihr Bruder Ihnen nicht Unterschlupf geben«, hakt Larry nach. »Trotzdem haben Sie das

Angebot einer wohlhabenden und attraktiven Frau ausgeschlagen?«

»Meine Freiheit ist mir heilig«, antwortet der Patient. »Ich bin nicht auf Rosen gebettet, das stimmt, aber ich kann tun und lassen, was ich will. Würde ich Sara heiraten, wäre es damit vorbei. Die Frau hat eine Menge Power, und mit dieser Power hat sie bereits einen Mann zugrunde gerichtet. Mir soll es nicht so ergehen. Ich will meine Ruhe haben und will vögeln, wen ich will. Ich mag nicht der Schoßhund einer reichen, eifersüchtigen Frau sein.« Er nickt seinem Satz hinterher. »Und das habe ich Sara – etwas höflicher natürlich – auch so gesagt.«

»Und da hat Mrs Urquardt durchgedreht.«

»Nicht gleich. Zuerst hat sie mit allen möglichen Tricks versucht, mir die Sache schmackhaft zu machen. Doch dann habe ich wohl einen falschen Satz rausgelassen.«

»Welchen?«

»Das ist mir ein bisschen peinlich vor einer Dame.« Mit einem Seitenblick weist er auf Rosy.

»Keine Sorge, Mr Begley, in puncto *Männergespräch* kann ich was aushalten«, beruhigt ihn die Kommissarin. »Was haben Sie zu Sara Urquardt gesagt?«

»Dass ich, falls wir verheiratet wären, bald keinen mehr hochkriegen würde, genau wie ihr seliger Gordon.«

»Das war alles?«

»Nicht ganz. Ich sagte …« Er räuspert sich. »Muss ich das wirklich …? Kurz und gut, ich sagte, Sara sei die beste Muschi, in die ich mein Ding je reingesteckt hätte, und das sollten wir uns durch eine Heirat nicht kaputt machen.«

Weder Larry noch Rosy lassen erkennen, wie sie zu Begleys Philosophie der sexuellen Gewöhnung stehen.

»Was geschah dann?«, fährt der Sergeant fort.

»Wir saßen am Küchentisch und hatten gerade gefrühstückt. Das Brotmesser lag noch da. Sara hat es gepackt und geschrien, dann wäre ja alles umsonst gewesen, und dann hat sie zugestoßen.«

»Alles umsonst?«, entgegnet Larry hellwach. »Was wäre *umsonst* gewesen?«

»Kann ich doch nicht wissen. Ich hatte im nächsten Moment andere Sorgen, als mir die Bedeutung von Saras Sätzen klarzumachen. Wissen Sie, wie sich das anfühlt, wenn man so ein Ding in den Unterleib gerammt kriegt?«

Sergeant Stanton ist an Begleys Schmerzensgeschichte nicht interessiert. »Könnte es sein, dass Sara Urquardt die Vergeblichkeit gemeint hat, mit der sie ihren Ehemann beiseitegeschafft hat?«

»Sara? Nee«, antwortet Begley überrascht.

»Es spricht aber doch einiges dafür. Sara Urquardt machte Ihnen einen Heiratsantrag. Sie wollte Sie ganz für sich haben. Das konnte sie jedoch nur erreichen, wenn ihr Mann ihr nicht mehr im Weg stand. Da Gordon Urquardt trotz endloser Demütigungen keinesfalls von Sara lassen wollte und wie eine Klette an seiner Frau hing, sah sie nur eine Möglichkeit: ihn aus dem Weg zu schaffen.«

»Das ist aber ziemlich weit hergeholt, was Sie da sagen«, meint Begley wenig beeindruckt. »Sara hätte Gordon doch einfach verlassen können. Dazu brauchte sie ihn nicht gleich zu killen.«

»Ihn verlassen und als mittellose Frau zu ihrem arbeitslosen Geliebten ziehen? Das wäre keine Option für eine verwöhnte Frau wie Sara Urquardt.« Hoch wie ein Turm baut sich Larry über dem Patienten auf. »Vielleicht hat Mrs Urquardt Ihnen die Absicht, ihren Mann umzubringen, sogar mitgeteilt. Sie kannte schließlich Ihre Freiheitsliebe, Mr Begley, hoffte aber, Sie mit dem geerbten Vermögen in ihr Netz zu locken.«

»Bullshit.« Dem Schmerz zum Trotz setzt Begley sich auf. »Sara soll es getan haben, und ich wäre demnach ihr Komplize? Bullshit. Bullshit! Sie kann es doch gar nicht gewesen sein. Sie war bei ihrer Familie.«

»Kommt Ihnen dieser besondere Zufall nicht auch verdächtig vor, Begley: Jede Nacht treffen Sie sich mit Urquardts Frau im Dragon. Jede Nacht haben Sie Sex im Zimmer über der Kneipe. Aber ausgerechnet am Abend seines Todes sind Sie beide weit weg und können ein makelloses Alibi vorweisen. Sie haben die Tat nicht begangen, das steht fest. Aber vielleicht tat der Mörder es in Sara Urquardts Auftrag. Sara Urquardt, die verrückt nach Ihnen ist und Sie ganz für sich haben will.«

»Hören Sie auf, mir wird ganz schwindlig von dem, was Sie da sagen. Ich war es nicht, und Sara war es auch nicht. Alles andere ist erfundenes Zeug, das Sie erst mal beweisen müssen.«

Ein Blick von Rosy zeigt dem Sergeant an, dass der stupide Begley in diesem besonderen Punkt recht hat.

»Ich dachte, Sie verhören mich wegen Saras verrückter Tat, nicht wegen dem Mord an Gordon.« Der Kranke wischt sich über die Stirn. »Ich nehme ihr nicht übel, was sie getan hat, sie hat eben durchgedreht. Ich werde sie nicht verklagen, nicht mal auf Schmerzensgeld.«

»Warum nicht, Mr Begley? Ist die Affäre mit ihr nach dem, was passiert ist, denn nicht vorbei?«

»Wer kann das schon sagen? Wenn man sich im Bett so einmalig versteht wie wir beide, dann ist so etwas nie wirklich vorbei. Vielleicht liegt es an der richtigen Chemie zwischen uns, vielleicht ist es Vorbestimmung, keine Ahnung, aber wir beide werden immer wieder in der Falle landen.« Die Augen des Kranken schimmern zärtlich. »Wir hatten eine schöne Zeit in meinem Zimmer, mit dem billigen Fusel und der Musik, die aus dem Barraum hochschallte. Ich fände es fein, wenn's wieder so werden könnte. Nur sesshaft werden möchte ich mit Sara nicht.«

Rosy tritt an das Krankenbett. »Sie sagten vorhin, Mr Urquardt sei am Ende eines Weges angelangt.«

»Genau. Der Kerl war einfach fertig.«

»Es gibt viele Menschen, die einem Partner unglücklich verfallen sind, doch in ihrem Unglück wirkt diese Sucht wie ein Elixier. Ihr Leid belebt sie, es stumpft sie nicht ab.«

»Bei Gordon war das anders. Der hatte genug von diesem Tränental.«

»Können Sie das an einem Beispiel belegen?«

»Klar.«

Rosy überrascht die prompte Antwort. »Und zwar?«

»Die Nacht, als er über dem Wasser war.«

»Über dem Wasser?«

»So sagt man bei uns Anglern. Wenn wir aufs Meer rausfahren und den Seegang unterschätzen, kommen wir manchmal in die Situation, über dem Wasser zu sein.«

»Wie hat sich das bei Gordon Urquardt abgespielt?«

»Ich war nicht dabei. Sara hat es mir erzählt. Gordon ist manchmal gesegelt, obwohl er ein verdammt schlechter Segler gewesen sein soll. Einmal ist er übers Wochenende nach Portishead gefahren.«

»Ohne Sara?«

Begley nickt. »Sie ist eine überzeugte Landratte. Gordon hat sich mit einer Jolle eingeschifft und fuhr in den Bristolkanal raus. Das Wetter war rau, trotzdem wäre ein guter Segler damit klargekommen. Gordon geriet in Panik, fuhr falsche Manöver, das Boot war wohl auch ziemlicher Schrott. Kurz und gut, er ist gekentert. Er fiel ins Wasser und sah das Boot davontreiben.«

»Und dann?«

»Dann hat sich der Mann einfach runtersinken lassen. So hat er es Sara wenigstens erzählt. Er sagte, am liebsten hätte er den Segelunfall zum Anlass genommen, mit allem Schluss zu machen. Er wäre ihr nicht mehr zur Last gefallen, und sie wäre frei gewesen. Niemand hätte Selbstmord dahinter vermutet, da er ja aus Ungeschicklichkeit gekentert war. Die Lebensversicherung, die er erst kurz davor erhöht hatte, hätte zahlen müssen. Es wäre für alle von Vorteil gewesen.«

»Aber Mr Urquardt hat es nicht getan«, stellt Rosy fest.

Begley starrt auf seinen Verband. »Sieht so aus. Sein Lebenswille oder was weiß ich war eben doch stärker. Er ist wieder hochgekommen, hat gestrampelt und das gekenterte Boot erreicht. Kurz darauf hat ihn die Küstenwache aufgefischt.«

»Wann ungefähr war das?«

»Weiß ich nicht mehr.« Er legt den Finger an den Mund. »Doch, Sekunde, es war, kurz bevor Gordons Nichte nach Gloucester kam.«

»Miss Erin Byrne?«

»Die, genau.«

»Was wissen Sie über Miss Byrne?«

»Nichts, außer dass sie Gordon eigentlich nur besuchen wollte, aber dann Woche um Woche geblieben ist.«

»Gute Besserung, Mr Begley«, sagt Rosy mit erstaunlicher Anteilnahme. »Ihre Aussage hat mir geholfen.«

»Gern geschehen«, erklärt der verwundete Liebhaber.

Gefolgt von ihrem Sergeant, verlässt Rosy das Krankenzimmer.

25

Monolog mit einem Kühlschrank

Was mag Milly gedacht haben? Wie mag Milly reagiert haben? Was muss Milly von mir glauben? Auf meinem Schloss hocke ich, umringt von Einkaufstüten, vor dem offenen Kühlschrank. Mein Kronprinz spielt auf den Küchenfliesen. Hätte mir die Vorsehung vorhin nicht Rosy über den Weg geschickt, säße ich jetzt verborgen zwischen Buchsbaumhecken, an meiner Seite die schöne Gärtnerin, ich würde Süßholz raspeln, und sie würde erröten. Reiß dich zusammen! Du bist ein Mann von Mitte vierzig, du verabscheust Süßholzraspeln, und junge Frauen pflegen heutzutage nicht mehr zu erröten. Sei dem Zufall und deiner Frau dankbar, dass sie dich davor bewahrt haben, sei zufrieden, dass du zwischen Chicken Wings in Honigsoße, Frühstücksspeck und einem Dutzend Eiern hockst, statt in Lady Carolines Labyrinth einen Narren aus dir zu machen. Sei froh, wie es gekommen ist. Sei verdammt noch mal froh darüber!

Ich bin enttäuscht, traurig und voller Sehnsucht. Sehnsucht wonach?, fragt mich mein alarmiertes

Gewissen. Ich bleibe ihm die Antwort schuldig und habe stattdessen den Impuls, Mrs Dench anzurufen, die ich gerade erst heimgeschickt habe, und sie zu bitten, erneut auf Johnny aufzupassen. Ich möchte zu Milly fahren und sie um Verzeihung bitten. Anflehen möchte ich sie, dass sie mir meine Unzuverlässigkeit nachsieht.

»Du dreifacher Vollidiot«, kommentiere ich meine innere Raserei, während ich den Grapefruitsaft kalt stelle. Heutzutage fleht man Frauen nicht an, man bleibt cool, man schreibt eine WhatsApp: *Sorry, mir ist was dazwischengekommen* und hängt ein Smiley dran.

»Dreifacher Idiot«, macht sich Philipp John an meiner Seite bemerkbar.

»Ja, das ist dein Papa manchmal«, bestätige ich und beschwöre mich zugleich, aufzupassen, was ich vor dem Kind ausplaudere. Keinesfalls darf der Dreijährige mitkriegen, in welchem Dilemma sich sein charakterschwacher Vater befindet.

Du hast ein Zeichen gekriegt, denke ich, während ich die Kühlschrankbeleuchtung anstarre. Das sollte genügen, um reinen Tisch zu machen und alles hinter dir zu lassen, was sich an pubertären Träumereien in dir aufgestaut hat. Du bist unglücklich mit deinem Leben? Dann ändere es. Du bist unzufrieden mit deiner Ehe? Bring es zur Sprache, konfrontiere deine Frau damit, statt dich in Scheinwelten davonzumachen. Du hast eine andere Frau kennengelernt, hast es genossen, als charmanter Mann behandelt zu werden. So weit, so gut, jetzt ist es genug. Du bist verheiratet, du liebst Rosy, du bist nicht die Art von Mann, der solche Dinge tut.

Wenn ich mir dieser Überzeugung so sicher bin, weshalb spüre ich dann diesen dunklen Druck in meiner Brust? Warum tut es so weh, Milly innerlich Lebewohl zu sagen? Wieso fühle ich mich so zerrissen, dass ich die Lebensmittel stehen lasse, mich zu meinem Jungen setze und ihn in die Arme schließe?

Da meine Zärtlichkeit für ihn unerwartet kommt, lässt er ein Knurren hören, schmiegt sich aber gleichzeitig an meine Brust und atmet sein liebes, stilles Atmen. Ihm gehört meine Liebe, ihm und seinem Wohl bin ich verpflichtet, ihm und seiner Mutter. Ich darf mich nicht länger um das chaotische Stimmengewirr in meinem Kopf kümmern, um die dunkle Leere im Herzen und die nagende Frage, was ich verpasst habe, weil ich nicht mit Milly ins Labyrinth geschlüpft bin.

»Nichts«, sage ich zum Kühlschrank. »Nichts habe ich verpasst.«

»Nichts verpasst«, bestätigt Johnny, ohne sich aus meinem Arm zu lösen.

So sitzen wir ein paar Minuten da, bevor es dem Kleinen zu langweilig wird, er zu seinen Plastikhelden zurückkehrt und mir das Anspringen des Kühlschrankaggregats zeigt, dass ich die Tür endlich schließen sollte.

Vorhin im Supermarkt liefen Rosy und ich wie ein gewöhnliches Ehepaar zwischen den Regalen entlang. Sie marschierte voraus, entnahm den Kühlvitrinen das Gewünschte und stapelte es. So wie ich den Wagen hinter Rosy schob, wäre niemand auf die Idee gekommen, dass ich im Geist ein Mann auf Abwegen sein könnte. Einmal blieb Rosy stehen, etwas hatte ihre Aufmerksamkeit erregt.

»Sieh mal an«, sagte sie und beobachtete ein Paar, an dem nichts Auffälliges war. Ein bärtiger Mann und eine schlanke Frau machten Besorgungen. Der Bärtige packte Kartons mit Konserven und Gemüsekisten auf seinen Wagen.

»Sieh mal an – was?«, fragte ich Rosy.

»Nicht so wichtig.« Sie lief zu den Tiefkühlangeboten. »Wie wär's mit Lamm aus Neuseeland?«

Ich war dafür, Rosy griff zu, das Pärchen entschwand zwischen den Regalen.

Rosys Einkaufswut bringt mich jetzt in die Misere, dass unser Kühlschrank nicht alles zu fassen vermag. Ich quetsche den Salat in die Gemüsebox und die neuseeländischen Lämmer ins Tiefkühlfach. Den Rest bin ich gezwungen, im Weinkeller kühl zu stellen. Danach ziehe ich mich in mein Arbeitszimmer zurück und rufe Milly an. Ich will ihr eine kurze Erklärung für mein Nichterscheinen geben und alle weiteren Treffen absagen.

Rosy würde im Augenblick von sich behaupten, dass sie lieber eine andere wäre. Sie wäre jetzt gern ausschließlich die Kriminalistin, die zum ersten Mal im Verlauf dieses Falles eine Ahnung hat, wie sich alles abgespielt haben könnte. Sie wäre gern die stählerne Lady, die das Netz aus Indizien so lange zusammenzieht, bis zu guter Letzt der Täter oder die Täterin darin zappelt. Doch die andere Rosy, die weiche, verliebte, diese schuldbewusste Rosy kann sich gerade nur schwer auf ihren Job konzentrieren. Daher ist sie erleichtert, als das Ende der regulären Dienstzeit ihr die Möglichkeit gibt zu sagen: »Genug für heute, Leute, morgen ist auch noch ein Tag.«

Sie spricht sämtliche Mitarbeiter an, meint aber vor allem einen. Den Mann aus Cornwall, der den Nachmittag über auf ein Zeichen von Rosy gewartet hat, das ihm sagen sollte: Wollen wir uns später sehen? Wollen wir reden oder einen trinken oder etwas anderes unternehmen?

Rosy enttäuscht ihren Sergeant mit Absicht. Reden und etwas trinken und alles andere würde nur zu dem Ergebnis führen, dass sie und der Sergeant sich erneut in Larrys unterirdischem Apartment verlaufen würden.

»Gute Nacht, Larry.«

Obwohl er lieber antworten würde: »Meine Nacht wird nur gut, wenn ich sie mit dir verbringe«, setzt Stanton ein unverbindliches Lächeln auf und sagt: »Schönen Abend, Rosy.«

Die Liebenden gehen auseinander. Denn das sind sie, jede andere Bezeichnung wäre unzulänglich. Sie sind Romeo und Julia, denen es verboten ist, einander zu gehören. Sie sind erfüllt von quälender Sehnsucht, doch sie ertragen sie tapfer und ziehen in unterschiedliche Richtungen davon. Rosemary nimmt den Weg zum Stammschloss ihres Mannes, Larry verzieht sich in die nächstbeste Kneipe, mit dem Vorsatz, sein Elend im Whisky zu ertränken.

Rosy hält auf dem Parkplatz unterhalb von Sutherly. Schwer fühlen sich ihre Füße an, während sie Stufe um Stufe hochsteigt. Was erwartet sie auf der Burg? Das Übliche. Ihr nachlässig gekleideter Mann in Strickjacke und ausgelatschten Hausschuhen und ihr reizender, etwas zurückgebliebener Sohn. Ein Abendessen erwartet Rosy, wie es Hunderte davor gab, ein Tischgespräch, das nichts Neues beinhalten wird. Danach folgt das Ritual, Johnny ins Bett zu bringen, es folgen der Haargummi und die Zahnbürste, der Schlafanzug und der Gutenachtkuss. All das hat die Kommissarin bildlich vor sich, während sie den Anstieg bewältigt. Alles wird wie immer sein, während gleichzeitig der Mann, an den Rosy zu oft denken muss, einsam durch die Straßen zieht, auf der Suche nach Vergessen.

Rosy sperrt auf, tritt ein und streift die Schuhe ab. Alles ist bitter und verkrampft in ihr. Sie will ihren Earl heute nicht sehen, will ihr Kind nicht begrüßen, mag das verfallende Schloss nicht betreten. Rosy will nicht und muss doch, weil etwas anderes unmöglich ist. Unbemerkt tritt sie in die Küchentür.

Johnny und ich sitzen auf dem Boden. Ich habe die gesteppte Decke mit dem Bärenmotiv auf die kalten Fliesen gebreitet, halte Philipp John im Arm und lese ihm eine Geschichte vor. Es ist nicht Harry Potter, es ist nicht Roald Dahl, es ist eine Story der großen Schwedin. Johnny und ich mögen die Geschichten von Astrid Lindgren am liebsten.

Rosy betrachtet uns stumm, und plötzlich beginnt sie ansatzlos zu weinen. Was sie sieht, ist zu anrührend, es bricht ihr fast das Herz. Was sie sieht, erzählt sich von selbst, ohne dass Vater und Sohn etwas erzählen wollen.

»*Wie kann man gehen, wenn man nur ein paar weiche Makkaroni hat, wo sonst die Beine sind?*«, lese ich.

Johnny lacht. »Mac Karoni!«

Ein Schatten in der Tür zeigt uns, dass wir nicht allein sind. Philipp und ich heben den Kopf.

»Mama«, ruft er.

»Rosy«, sage ich.

Mama und Rosy, zwei Worte, doch Rosemary bricht innerlich zusammen. So kann sie nicht weitermachen, so will sie sich nicht fühlen. So darf sie für einen anderen Mann nicht empfinden. Rosy verbirgt ihre Tränen und ihren Schmerz vor uns, indem sie ins Zwielicht des Salons zurücktritt.

»Was ist denn?«, rufe ich hinterher.

»Ich neunmal verdammter Hornochse«, lässt sie sich von drüben vernehmen. »Wie konnte mir das nur passieren?«

Ich will aufstehen, doch mit Johnny im Arm ist das nicht so einfach. »Was denn?«

»Ich habe eine wichtige Akte im Büro liegen lassen, die ich unbedingt heute noch brauche.« Erstaunt höre ich, wie Rosy in den Flur zurückläuft.

»Was hast du vor?«

»Ich muss die Akte holen!« Das Schlosstor wird geöffnet.

»Jetzt?« Mit Johnny auf dem Arm eile ich Rosy nach. »Du willst den ganzen Weg noch einmal machen?«

»Geht nicht anders!« Das kommt bereits von außerhalb des Schlosses.

Als der Junge und ich die Pforte erreichen, trampelt die Kommissarin die einhundertsechs Stufen schon wieder abwärts.

»Rosy!«

Keine Antwort.

»Soll ich dir nachher was zu essen machen? Rosy!«

Das Getrappel wird leiser, die Dunkelheit verschluckt die rasende Schwertlilie am Fuß der Treppe.

»Die Mama benimmt sich heute sonderbar«, sage ich zu Philipp John, weil ich meine Beklommenheit mit ihm teilen möchte.

»Sonder Bar«, lautet die präzise Antwort.

26

Glaubst du mir?

Es muss zu Ende sein«, sagt Rosy.

»Ja, Rosy.«

»Jetzt und für immer.« Rosemary ist nicht auf das Kommissariat gefahren. Sie hat keine Akte aus dem Büro geholt, weil dort keine Akte liegt. Der einzige Fall, den die Kommissarin heute Nacht abschließen will, ist der Fall Larry Stanton.

»Wir dürfen uns nicht mehr sehen. Verstehst du das?«

»Ja, Rosy.«

»Nie wieder.«

»Nie wieder.«

»Glaubst du mir das?«, fragt sie mit heftig bewegter Brust.

»Ja, Rosy.«

»Glaubst du mir das wirklich?«

»Nein, Rosy«, antwortet Larry, den Tränen ebenso nahe wie seine Vorgesetzte.

»Du musst es aber glauben, du musst es akzeptieren, wir beide müssen das. Einen anderen Ausweg gibt es nicht.«

Wie vorhin in der Küche steht Rosy auch jetzt zwischen Tür und Angel. Sie hat den direkten Weg zu Stantons Apartment genommen und traf ihn dort auch an, da er es vorzog, sich mit einer Flasche Whisky lieber zu Hause zu besaufen als in einer gesichtslosen Bar.

»Und was heißt das jetzt?«, fragt er.

»Das heißt, wir müssen uns etwas ausdenken, damit du deinen Dienst in Gloucester sofort quittieren kannst.«

»Sofort?« Seine Lippen sind schwer vom Alkohol.

»Gleich morgen«, antwortet Rosy gläsern.

»Du schmeißt mich raus?«

»Natürlich nicht. Wir müssen uns eine Formulierung ausdenken, die deine exzellente Arbeit honoriert, zugleich einen Grund eröffnet, weshalb wir sie beenden.«

»Ich bin in Cornwall für ein halbes Jahr beurlaubt. Was werden die sagen, wenn ich dort einfach wieder auftauche?«

»Keine Ahnung.« Rosy strafft die Schultern. »Ich regle das. Ich spreche mit meinem Commissioner und mit deinem.«

Gegen ihren Willen kommt sie die Stufen in Larrys Zimmer hinunter. »Ich werde Ralph anrufen und ihn fragen, wie es ihm geht. Vielleicht hat sich sein Zustand gebessert, und er kann schon Bürodienst machen. Ein Telefon abzunehmen wird seine Wirbelsäule wohl nicht zu sehr belasten.«

Larrys Augen werden groß und größer. Das halb

leere Glas sinkt zur Seite, bernsteinfarbene Flüssigkeit tropft zu Boden. »Du willst mich wirklich loswerden«, sagt er so langsam, als müsste er es sich selbst begreiflich machen.

»Nicht loswerden, mein Lieber.« Rosys Züge werden weich. »Ich *will* dich nicht loswerden, ich muss es tun. Ich muss mich vor dir schützen, bevor alles zum Teufel geht.«

Larry erstarrt, er versteinert förmlich in Trauer vor der Tatsache, dass ein anderer Schritt als der endgültige unmöglich scheint. »Ist mir klar«, meint er beherrscht.

»Hätten wir bloß nicht…« Sie versucht, das Unnennbare in Worte zu fassen. »Hätten wir diese eine Brücke bloß nicht überschritten.«

»Das war unmöglich«, erwidert er zärtlich. »Wir mussten uns darauf einlassen, sonst wären wir verrückt geworden.«

Unbewusst macht Rosy einen Schritt auf ihn zu und weicht im nächsten Moment zurück.

»Was hast du?« Er kommt von der durchgesessenen Couch hoch.

»Bleib, ich bitte dich.« Sie retiriert zur Treppe. »Das würde alles nur schlimmer machen.«

Larry lässt sich auf das Sofa zurücksinken. »Und jetzt?«

»Keine Ahnung.« Rosy weint. »Keine Ahnung. Ach, mein Lieber, ich habe keine Ahnung«, bricht es schluchzend aus ihr hervor.

»Willst du was trinken?«, fragt er hilflos.

»Was hast du denn da, Leitungswasser?« Sie heult und lacht zugleich, der Rotz tropft ihr von der Nase.

Er hebt die Flasche. »Das ist ein zwanzig Jahre alter Scotch.«

»Lieber nicht. Ich muss gehen.«

»Ein Drink zum Abschied. Ein letzter auf den Weg.«

Rosy hat keinen Willen mehr. Sie ist nur noch Gefühl und Schmerz und Verzweiflung. Sie sieht zu, wie der Sergeant ein zweites Glas eingießt und es ihr gibt, ohne sie zu berühren. Sie stoßen an und trinken. In ihren Augen ist so viel Trauer, so viel Liebe, dass sie es kaum ertragen.

»Ich fahre jetzt zu meinem Mann und meinem Kind«, sagt Rosy, als wären Zeugen im Raum, vor denen sie es bekräftigen wollte. »Und morgen gehen wir beide auseinander.«

»Ja, Rosy.«

»Es tut mir leid. Leb wohl, mein Lieber.«

»Leb wohl, Rosy. Ich liebe dich.«

»Bitte nicht.«

»Natürlich nicht. Aber ich liebe dich trotzdem.«

»O Gott.«

Sie stürzt in die Nacht hinaus, auf die Straße, zu ihrem Wagen, der sie von der tristen Souterrainwohnung wegbringt. Sie ist nicht imstande, sofort nach Sutherly zurückzukehren. Ziellos lässt sie sich durch die Straßen treiben, erst in Gloucester, später auf der Landstraße nach Trench. Selten in ihrem Leben war sie so mutlos und so schwach. Rosemary nimmt die richtige Abzweigung, die einzige, die eine Schwertlilie nehmen kann. Rosy kehrt zurück nach Sutherly Castle.

Gibt es einen Sensor für die Wahrheit? Gibt es ein Relais, das sich schließt, wenn der Lügenpegel zu hoch wird? Ich habe mir diese Frage noch nie gestellt, doch heute Nacht spüre ich diesen geheimen Schaltkreis, ich höre den Zähler ticken, der den Lügenstand anzeigt. Wenn sich zu viele Lügen zusammenballen, kommt es zu einer chemischen Reaktion, das System kollabiert, und ich spüre, auf Sutherly steht diese chemische Reaktion kurz bevor. Ich ahne Geheimnisse, und ich fürchte sie.

In diesem Zustand, spät am Abend, allein im Schloss, setzt bei mir eine Reaktion ein, die ich aus meiner Kindheit kenne: Ich schlafe meine Angst beiseite. Das habe ich als kleiner Junge oft getan. In den Wochen, bevor meine Mutter starb, schlief ich krankhaft lange, ganze Tage lang blieb ich im Bett. Als wir in finanzielle Not gerieten und ein Besitzstück nach dem anderen verkaufen mussten, fiel ich in einen anhaltenden Schlaf des Verdrängens. Obwohl ich mich nicht aktiv an diese Zeit erinnere, reagiere ich heute genauso. Ich habe Angst davor, was nach Rosys Heimkunft durch ein nächtliches Gespräch heraufbeschworen werden könnte. Ich will unsere Krise nicht benennen und möchte verhindern, dass Rosy es tut. Deshalb gebe ich mich um halb zehn einem ausgiebigen Gähnanfall hin, lösche die Lichter, bin rasch umgezogen, gewaschen und schlage die Bettdecke über mich.

Es ist dunkel in der Turmstube, der Mond zeigt sich heute nicht im Giebelfenster. Ich höre Johnnys Atemzüge, sein zartes Röcheln begleitet mich in den Schlaf. Wann immer Rosy heimkommen mag, wird sie mich unansprechbar finden, und morgen früh wird uns die Zeit fehlen, ein Gespräch zu führen, denn Rosy muss früh zum Dienst. Ich schließe die Augen. Was habe ich durch meine Flucht in den Schlaf gewonnen? Einen Tag vielleicht, nicht mehr als ein bisschen Zeit.

27

Setz dich, Arthur

Es ist eine Sache, zu sagen: Wir müssen auseinandergehen, wir dürfen uns nie wiedersehen. Es ist eine andere Sache, den Dienstplan eines Polizeidezernats diesem Impuls zu unterwerfen. Selbst ein Chief Inspector kann nicht von heute auf morgen ankündigen: Ich hole mir meinen alten Sergeant zurück.

Ralph Bellamy, Rosys treue Petersilie, ist sehr krank. Schwach und tatenlos liegt er im Royal Hospital und muss zahllose Tests über sich ergehen lassen. Die Ärzte sind uneinig, was mit Ralphs Rückenmark nicht stimmt. Solange sie ergebnislos rätseln und diesen Vorgang *Testreihe* nennen, ist nicht damit zu rechnen, dass Ralph seine berufliche Tätigkeit wieder aufnehmen kann. Rosy sieht ein, dass ihr hübscher, zugleich verzweifelter Plan nicht aufgeht, weil es unmöglich ist, Sergeant Stanton von einem Tag auf den anderen loszuwerden. Das macht Rosy ratlos.

Larry macht es froh. Trotzdem gibt er sich leise, unaufdringlich und will ihr möglichst nicht auffallen. Doch er fällt ihr auf, er ist der Stachel in Rosys Fleisch, den sie herausziehen will.

»Wir machen erst mal weiter«, sagt sie hoch aufgerichtet hinter ihrem Schreibtisch, als wäre es nicht das Gegenteil des gestern Beschlossenen. »Bis zum Abschluss dieses Falles bleibst du mir unterstellt.«

Larry unterdrückt ein Lächeln der Erleichterung. Nur jetzt nicht lächeln, er darf Rosy nicht reizen. Frieden will er, Normalität und in ihrer Nähe bleiben. »Was ist der nächste Schritt?«

»Ich möchte Erin Byrne, Sara Urquardt, Mr Sykes und Thorwald Masterson in einem Raum versammelt sehen. Außerdem Gordon Urquardts Mutter und die beiden Ladys, die in der Mordnacht im Dragon waren.«

»Und wer von denen ist der Mörder, wenn ich fragen darf?«, erkundigt sich Larry, nicht wie ein erfahrener Kriminalist, sondern wie ein Leser von Kriminalreihen, der zwei Dinge im Leben sicher weiß: Unser Königreich ist eine Insel, und am Ende wird der Mörder stets gefasst.

»Ich weiß nicht, ob wir einen *Mörder* finden werden«, antwortet Rosy. »Möglicherweise entdecken wir etwas ganz anderes.« Sie weicht Larrys Blick aus. »Kümmerst du dich bitte darum?«

»Und wo soll ich die Leute zusammenbringen?«

»Wir könnten den Konferenzraum benutzen, aber eigentlich ist mir der Tatort lieber.«

»Der Tatort?«

»Das Dragon.«

»Dann bringe ich die Leute also in den Pub.«

»Danke.« Ein winziger Blick alter Vertrautheit, den Larry eine Spur zu lange erwidert. Die Kommissarin wendet sich ab.

Als ich Milly gestern den Grund gestand, weshalb ich sie versetzt hatte, zeigte sie sich überraschend verständnisvoll.

»Halb so wild«, antwortete sie gleichmütig.

War ihr unser Rendezvous egal, bedeutete es ihr nichts, sich mit mir im Labyrinth zu treffen? Gab es andere Aspiranten, die in den Genuss ihrer Gegenwart kommen würden? Derartige Verdächtigungen gingen mir durch den Kopf, während ich mich telefonisch für ihr Verständnis bedankte. Wir legten auf, ohne eine neue Verabredung getroffen zu haben. Hinterher war ich unruhig und gepeinigt vom Gedanken, etwas Wichtiges in meinem Leben verpasst zu haben.

Der helle Morgen auf dem Schloss, das Glitzern der Sonnenstrahlen zwischen den Birken, Little Johns Lieblingsspiel, mich mit Matsch zu bewerfen, fühlt sich wie die Belohnung dafür an, dass ich stark geblieben bin. Ich habe der Verlockung widerstanden, habe das verführerische Singen von Circe nicht fälschlich als *Ruf des Lebens* gedeutet. Der wahre Ruf des Lebens erwartet mich in der Natur, er bewahrheitet sich in meinem Kind, in meinen gleichmäßigen Atemzügen, er liegt in dem erleichterten Aufatmen, mit dem ich den Garten und die dahinterliegende Landschaft überblicke.

»Gott sei Dank«, flüstere ich und entdecke mit demselben Blick eine Bewegung an der Schlossmauer. Dort ist die Tür aufgegangen, die Sonne spiegelt sich im Glas. Heraus tritt die Schlossherrin, die Schwertlilie, die große Liebe meines Lebens. Was will sie um diese Zeit daheim?, frage ich mich verwundert. Es ist noch nicht einmal Mittag, weshalb klettert Rosy auf die Burg hoch?

»Na, das ist eine Überraschung«, rufe ich.

Meine Worte können den soldatischen Schritt, mit dem Rosemary auf mich zukommt, nicht bremsen.

»Du lässt deinen Fall mitten am Tag sausen, um mir einen Besuch abzustatten?«

Ich wähle diesen lustigen Ton, weil mir lustig zumute ist. Das Leben ist schön, wenn man die richtige Entscheidung getroffen hat, das Leben ist einfach. Bis auf ein paar unzüchtige Gedanken habe ich nichts Böses getan. Das versuche ich Rosy mit meinem Scherzwort mitzuteilen.

»Setz dich, Arthur.« Die stampfende Kommissarin hält dicht vor mir.

»Ich wollte gerade die Setzlinge gießen. Hast du gesehen, wie herrlich sie sprießen?«

»Dorthin«, beharrt sie und zeigt zu den Bäumen neben dem Lorbeerspalier.

»Das ist deine Bank.« Ich lasse mich nicht aus meiner pastoralen Laune reißen. »Dort nimmst du jedes Mal Platz, wenn sich die Lösung eines Falles als schwierig erweist. Ist es wieder so weit? Wie geht es dem Mann mit dem Messer im Rücken?«

»Der Fall ist mir gerade scheißegal«, antwortet sie so schroff, dass ich mich wortlos zu der Holzbank dirigieren lasse, über der ich ein Plexiglasdach montiert habe, damit Rosy auch bei schlechtem Wetter auf ihrer Denkstation Platz nehmen kann.

»Larry bereitet gerade das Nötige vor.«

»Wie geht es Larry?«, frage ich ahnungslos.

»Schlecht«, antwortet sie, während ich mich setze. »Ziemlich mies geht es dem Sergeant – und mir genauso.«

»Warum, an meinem Dinner kann es wohl nicht gelegen haben.« Ein letztes Mal versuche ich, die Situation ins Heitere zu ziehen. Ein allerletztes Mal, bevor Rosy mir schlicht und deutlich beichtet, was sie getan hat.

»Ich habe mit Larry geschlafen. Es ist unverzeihlich, ich zumindest werde es mir nie verzeihen.« Danach setzt mir Rosy im Einzelnen die Fakten auseinander, wie es dazu kam. Fakten, die die Grundfesten meiner Ehe, jeder Ehe, zum Einsturz bringen können.

»Nur einmal habe ich mit ihm geschlafen, trotzdem kann ich es nicht als One-Night-Stand bezeichnen. Zwischen Larry und mir war mehr, und es ist täglich gewachsen. Es war schrecklich und wundervoll zugleich, und es tut mir von ganzem Herzen leid, Arthur.«

Bei diesen Worten verlässt Rosy ihre Kraft. Da sie es nicht wagt, sich neben mich zu setzen, sinkt sie zu meinen Füßen ins Gras.

»Es hat gerade geregnet«, sage ich leise. »Du wirst dir den Hintern verkühlen.«

Ist das der richtige, der geeignete Satz, bezogen auf den Dammbruch, der sich in mir vollzieht? Ich habe einen Hieb erhalten, wie ich ihn nie im Leben erwartet hätte. Rosy und ich, wir waren mit der Dauerhaftigkeit eines Basaltfelsens zu vergleichen, mit der Gelassenheit von Riesenschildkröten, der Beständigkeit eines ruhigen Flusses. Wir mögen nicht das romantischste Liebespaar gewesen sein und gewiss nicht das dramatischste, aber wir waren gegen die bekannten Versuchungen verbotener Liebe resistent. Doch jetzt muss ich erfahren, dass Rosy auf die banalste vorstellbare Versuchung hereingefallen ist, auf einen großen, breitschultrigen, einen offensichtlich männlichen Mann. Sergeant Stanton ist das Gegenbild zu meiner Männlichkeit. Ich bin ein stiller, feiner, manchmal entschlussloser und vielleicht langweiliger Mann. Aber ich bin ein liebesfähiger Mann. All meine Liebe habe ich Rosy geschenkt, und so hat sie es mir gedankt.

Sei nicht so ein verdammter Heuchler, warne ich mich. Bis vor wenigen Minuten hast du selbst an eine andere Frau gedacht. Eine Frau, der ich mich versagt habe, widerspreche ich meinem eigenen Widerspruch. Nicht etwa aus Charakterstärke, lautet die Gegenvolte, sondern weil du von deiner Frau in flagranti erwischt wurdest und dein Rendezvous notgedrungen sausen lassen musstest. Das spielt keine Rolle, antworte ich der Stimme der Gerechtigkeit:

Ich habe nichts *getan*. Rosy aber hat es Wirklichkeit werden lassen. Nur das zählt.

Während mein inneres Zwiegespräch abläuft, erhebt zugleich ein schrecklicher Dämon sein Haupt: Es ist Caliban, der dumme Tropf, dessen einzige Philosophie lautet: Auge um Auge, Zahn um Zahn. So primitiv wirst du nicht sein, fleht mein gutes Ich mich an. Du wirst dich nicht so billig machen, es Rosy mit gleicher Münze heimzuzahlen. Natürlich nicht, antwortet meine andere Seite, aber ist es nicht mit zweierlei Maß gemessen, mit welchen Gewissensbissen ich mich herumschlug, während Rosy pragmatisch zur Tat geschritten ist? Ein viriler Sergeant signalisierte sein Interesse, schon war die Kommissarin bereit, mit ihm ins Bett zu hüpfen. Bei mir hätte es wahrscheinlich noch Monate gedauert, bevor ich so etwas in Erwägung gezogen hätte. Lügner, bezichtigt mich mein besseres Ich, Schwächling, Feigling, Heuchler! Du ekelhafter Spießbürger willst ein adeliges Vorbild für das Menschentum sein?

Ich pfeife auf das adelige Vorbild. Ich bin ein Mann wie jeder andere, und wie jeder darf ich eifersüchtig sein. Dann sei eifersüchtig, aber sei nicht hinterhältig, sagt die Stimme. Denke nicht in Kategorien wie: Was Rosy getan hat, muss mir auch erlaubt sein. Denke vor allem nicht an Milly Kowalczyk.

Lass mich in Ruhe! Damit beende ich den Disput mit einem Diskussionspartner, dessen biedere Moral mir auf die Nerven geht.

»Und was bedeutet das jetzt?«, frage ich Rosy, die

aus ihrer demütigen Position auf der Wiese zu mir aufschaut.

»Ich habe dir alles gestanden, Arthur. Jetzt warte ich darauf, wie du reagierst.« Ihr schönes rotbraunes Haar wird von einer Brise bewegt.

»Wird die Sache zwischen dir und Larry weitergehen?« Wenn ich nur aufhören könnte, mich so *richterlich* zu fühlen. Ich habe nichts zu richten.

»Wir haben es beendet.«

»Du oder er?«, setze ich meine Inquisition fort.

»Ich.«

»Das heißt, er würde die Affäre gern weiterführen?«

»Es ist mir gleichgültig, was Larry will. Wir müssen darüber reden, was jetzt mit uns beiden werden soll.«

»Larry will dich also weiterhin?«

»Für ihn ist es leichter, er ist Single.«

»Und du gedenkst, weiterhin mit einem Mann zusammenzuarbeiten, der dich sexuell begehrt?«

»Ich habe versucht, ihn zu versetzen. Das ist unmöglich, da Ralph noch nicht wieder einspringen kann.«

»Nimm einen anderen Sergeant, oder befördere einen deiner Constables zum Sergeant.«

»Nur der Commissioner kann solche Beförderungen vornehmen.«

»Dann soll Larry sich krankschreiben lassen.«

»Das ist nicht der springende Punkt«, stoppt Rosy meine Argumente. »Hier geht es um uns beide, um dich und mich. Ich habe mich verloren, Arthur, habe mich fallen lassen. Ich beteure, wie unendlich leid es mir tut. Ich habe mit Larry Schluss gemacht. Jetzt möchte ich wissen, wie du dazu stehst?«

»Das weiß ich nicht.«

»Du *weißt* es nicht?« Die Schwertlilienaugen werden groß.

Ich hebe die Hand. »Was erwartest du von mir? Nach einer achtjährigen Beziehung gestehst du mir einen Seitensprung und willst bereits zwei Minuten später meine Meinung erfahren. Was willst du hören, dass ich schockiert bin, verwirrt, überrumpelt? Die Wahrheit ist, ich weiß noch nicht, was ich davon halten soll.«

Ihr Gesicht wird mit einem Mal ganz klein und schutzlos. Ich hätte Lust, dieses Gesicht zu küssen.

»Ich brauche Zeit, Rosy. Gib mir etwas Zeit, das ist das Mindeste, was ich erwarten kann.« Ich würde meine gefasste Haltung als durchaus angemessen bezeichnen, wenn ich mich bei jedem Wort bloß nicht so selbstgerecht fühlen würde.

Rosy überlegt eine Weile, schließlich nickt sie. »Du hast recht. Ich sollte dir Zeit zum Überlegen geben.«

»Und das bedeutet?«, erwidere ich alarmiert, da ich einen unbekannten Nebenton in Rosys Stimme höre.

»Ich werde ausziehen«, antwortet sie. »Für eine gewisse Zeit zumindest, so lange, bis du dir deiner Gefühle klar geworden bist.«

»Du willst … ausziehen?«

»Wir sind uns fremd geworden, Arthur.« Rosy sieht mich mit einem klaren, realistischen Blick an. »Das spürst du genauso wie ich. Ich kenne auch den Grund dafür. Du gibst mir die Schuld für deine jetzige Lebenssituation.«

»Ich weiß nichts von einer Schuld«, beeile ich mich zu sagen.

»Seit ich wieder arbeite, trägst du die ganze Last mit dem Jungen allein.« Rosy wirft einen Blick zu der schlammigen Pfütze, wo Johnny spielt. Er scheint von unserem Gespräch nichts mitzubekommen.

»Ich gebe dir für nichts die Schuld.« Das ist gelogen, doch gut gemeinte Lügen wiegen nicht so schwer. »Du bringst in unserer Familie immerhin das Geld nach Hause. Da kannst du auch erwarten, dass ich mich um den Kleinen kümmere.« Wieder gelogen. Ich hasse diese Einteilung. Leider bin ich in meinem Beruf nicht so erfolgreich wie der Chief Inspector.

»Aber diese Regelung macht dich unglücklich, das spüre ich.«

O hätte Rosy solche Sätze früher schon gesprochen! Hätte sie etwas gesagt, bevor ihr der attraktive Corne über den Weg lief, bevor Milly Kowalczyk mich umgarnte. O hätten wir doch früher so offen miteinander geredet, wie leicht hätte sich alles noch zum Guten wenden können. Doch eben hat Rosy vorgeschlagen, das Schloss und mich und Johnny zu verlassen. Mich und Johnny? Würde sie den Jungen denn mitnehmen?

»Ich möchte nicht, dass du ausziehst.«

»Ich finde es eigentlich eine gute Lösung.«

»Was soll daran gut sein?«

»Wir können unmöglich so weitermachen. Wir stecken im Gestrüpp einer routinierten, abgestumpften Ehe, Arthur. Wenn es für uns zwei noch eine Chance geben soll, müssen wir ganz von vorn beginnen.«

»Du sprichst mir aus der Seele«, bestätige ich und bettle insgeheim darum, Rosy möge ihren Entschluss noch einmal überdenken. Doch mit jeder Gedankenwindung scheint sie überzeugter zu werden, das Richtige zu tun.

»Ich ziehe vorübergehend in die Stadt. Das Kommissariat verfügt über ein *Safe House* für Leute aus dem Zeugenschutzprogramm.«

»Du willst in ein Versteck ziehen, hier in Trench?«

»Die Wohnung liegt in Gloucester.«

»Du willst sogar die Stadt verlassen? Warum ziehst du nicht gleich zu deinem Liebhaber?«, kontere ich aggressiv.

»Jetzt werde mal nicht melodramatisch.« Rosy macht das Gesicht, das sonst einen ihrer trockenen Scherze ankündigt. »Ich könnte mit Philipp John schwerlich bei Larry wohnen.«

»Du willst Johnny mitnehmen?« Ich spüre, wie jede Farbe aus meinem Gesicht weicht. Säße ich nicht bereits, in diesem Augenblick würde ich zusammenbrechen.

»Nur vorübergehend«, antwortet Rosy sanft, da sie

spürt, wie sehr mich die Neuigkeit in den Grundfesten erschüttert. »Glaubst du, ich würde unserem Sohn den besten Vater auf der Welt wegnehmen? Das kannst du nicht ernsthaft befürchten, Arthur.«

»Was weiß ich, wozu du fähig bist.«

Mein ganzes bisheriges Leben scheint in wenigen Minuten zu zerfallen. »Nimm mir den Jungen nicht weg, Rosy. Ich liebe ihn. Ich brauche ihn. Johnny ist mein wahrer Lebensinhalt geworden.«

Liebevoll schmerzlich sieht sie mich an. »Was hältst du von folgendem Vorschlag: Ich und der Junge ziehen so lange nach Gloucester, bis ich den Fall abgeschlossen habe. Danach beurlaube ich Sergeant Stanton, und dann widmen wir uns unserem Neuanfang.«

»Was, wenn du danach keine Lust mehr hast, einen Neuanfang mit mir zu wagen? Wenn du lieber mit deinem Sergeant von vorn beginnen willst?«

»Das ist ausgeschlossen.«

»Bis vor ein paar Minuten schien es auch ausgeschlossen, dass du mit einem anderen Mann ins Bett gehst.«

Statt zu behaupten, dass man eine flüchtige Verfehlung nicht mit einer gewachsenen Beziehung vergleichen kann, sieht Rosy mich nachdenklich an. »Du hast recht. Man weiß vorher nie, was passieren wird.«

Ihr kompromissloser Blick macht mir Angst, ich springe auf. »O Gott, Rosy, dann ist nichts mehr sicher. Nichts ist von Bestand.«

»Das ist die Welt, in der wir leben, Arthur. Alles im Leben ist vorläufig.«

»Auch wir beide?«

»Ich weiß es nicht, und du weißt es nicht. Nur die Zeit wird das beantworten.« Auch sie steht auf.

»Geh nicht, Rosy.«

»Es ist besser.«

»Nein, es ist schlechter.«

Sie wendet sich zu der Pfütze, wo unser schlammiges Monster spielt. »Wenn ich die Gästewohnung klargemacht habe, hole ich Philipp ab.« Die Countess dreht sich um und läuft zum Schloss zurück. Ich nehme an, dass sie die alte Reisetasche vom Speicher holt, um zu packen.

Wenn es nach meinem Gefühl geht, möchte ich am liebsten neben dieser Bank stehen bleiben, die ich für Rosy überdacht habe. Ich möchte stehen bleiben und sterben, oder wenigstens langsam zu Stein werden.

28

Im Dragon

»Was mir bei diesem Fall am meisten zu schaffen macht, ist das Motiv.«

Rosemary Escroyne hat Cordhose und Lederjacke gegen das formelle Outfit eines dunklen Nadelstreifenanzugs gewechselt. Erstens, weil der Vorgang ein formeller ist, und zweitens, weil Rosy jedes Hilfsmittel gelegen kommt, das ihr Haltung und Strenge verleiht. Rosys innere Haltung ist schwach, Verwirrung und Ratlosigkeit herrschen in ihr, und mit diesem Gefühlsmix soll sie als Kommissarin auftreten, die sämtliche Fäden in Händen hält und nur noch zu entwirren braucht?

Larry Stanton hat die genannten Personen vollzählig im Dragon versammelt. Alec, der Wirt, nimmt hinter dem Tresen am Geschehen teil. Abby und Adele haben es sich in der Nische gemütlich gemacht, wo sie auch in der Mordnacht saßen; die Neugier steht ihnen ins Gesicht geschrieben. Sara Urquardt strahlt weder Neugier noch Gemütlichkeit aus, in hellen Jeans und einer weißen Lederjacke sitzt sie mit eng aneinandergepressten Schenkeln nahe dem Ausgang. Erin Byrne hat auf einem Barhocker Platz genommen. Sykes, der Anwalt, nimmt einen ganzen Tisch in Anspruch, er hat Unterlagen vor sich ausgebreitet. Die traurigste Erscheinung stellt der suspendierte Constable Thorwald Masterson dar, der Spieler, der Erpresser. Er hat die Uniform gegen nüchternes Zivil getauscht. In seiner Miene steht geschrieben, dass er zurzeit lieber auf einem anderen Planeten weilen würde.

Das ist die Schar derer, die in den Fall verwickelt sind. Dann gibt es noch die Schar der Aufpasser. Zwei Constables achten darauf, dass niemand ohne Erlaubnis hereinkommt oder hinausgeht. Auch Sergeant Stanton befindet sich im Dragon. Er ist normalerweise eine mächtige Erscheinung, heute sitzt er unauffällig in einer Ecke, gewillt, möglichst wenig in Erscheinung zu treten.

Nach einer Pause fährt Rosy fort: »Es hat mehrere mögliche Motive für diesen Mord gegeben, aber sie sind alle nicht überzeugend.« Sie nimmt die Witwe ins Visier. »Das stärkste Motiv hatten Sie, Mrs Urquardt.«

»Das hätte ich mir denken können.« Sara rückt ihre Halskette zurecht.

»Sie hatten Gründe, sich von der obsessiven Anhänglichkeit Ihres Ehemannes zu befreien. Sie wollten frei sein für einen anderen.«

»Ich brauchte diese Freiheit nicht«, kontert die Witwe. »Ich hatte den Mann bereits, den ich wollte.«

»Der Mann, dem Sie vor Kurzem ein Messer in den Bauch gerammt haben?«

»Dieser Fall steht nicht zur Debatte«, mischt sich Sykes ein. »Das Verfahren wegen fahrlässiger Körperverletzung ist noch nicht eröffnet.«

Rosy nähert sich dem Tisch des Anwalts. »Auch Sie hatten einleuchtende Gründe, sich den Tod von Gordon Urquardt zu wünschen, Mr Sykes.«

»Dem widerspreche ich.«

»Mithilfe von Urquardts geändertem Testament hätten Sie Nutznießer seines Vermögens werden können.«

»Das Testament war nicht rechtskräftig und ist damit wertlos.«

»Das Testament interessiert mich auch nur in zweiter Linie«, erwidert Rosy. »Gordons Geld war nicht das Motiv, das zu seiner Ermordung geführt hat.«

»Was war es dann?« Dem Anwalt ist die Erleichterung anzusehen.

Rosy wendet sich zu dem kleinen Tisch, an dem Maureen Urquardt sitzt, Gordons Mutter. »Auf der Suche nach der Person, die einen ausreichenden Grund gehabt hätte, Gordon zu töten, fiel mir immer wieder nur ein Name ein: Gordon Urquardt.«

Die Reaktion der Anwesenden ist überrascht und ihren Charakteren gemäß unterschiedlich. Gordons Mutter hebt still den Blick.

»Ja, Sie haben mir diesen Hinweis gegeben, Mrs Urquardt. Sie sagten, dass Ihr Sohn sich vor dem Leben gefürchtet hätte und dass die Welt für ihn voller Ängste gewesen sei.« Rosy dreht sich zur Bar. »Sie,

Miss Byrne, sagten etwas Ähnliches, nämlich dass Ihr Onkel eine dunkle Straße hinunterging, von der es kein Zurück mehr gebe. Sie sagten, sein Unglück habe ihn ausgehöhlt. Sie sagten, dass der Mörder das Messer in einen leeren Körper hineingestoßen habe. Und gestern hat Mr Begley mir etwas Ähnliches verraten. Er sagte, Gordon Urquardt sei am Ende seines Weges gewesen.« Rosy breitet die Arme aus. »Wie es aussieht, war der Einzige, der den Tod von Gordon Urquardt herbeigewünscht hat, Gordon Urquardt selbst.«

Als im Lokal Unruhe entsteht, verschafft sich Rosy Gehör.

»Wie wir wissen, kann Gordon die Tat aber nicht begangen haben. Es ist ausgeschlossen, sich eine solche Wunde von eigener Hand beizubringen.« Einen nach dem anderen betrachtet sie die Anwesenden. »Wie kann ein Mensch, dem das Leben nichts bedeutet, der mit seiner frustrierenden Existenz abschließen will, ein Mensch, der von Kindesbeinen an eine Todessehnsucht in sich trug, wie kann dieser Mann seinen traurigen, verzweifelten Wunsch wahr werden lassen?«

Aus der Nische hört man ein Wispern. »Jetzt soll es also Selbstmord gewesen sein?«, fragt Adele.

»Ist das zu glauben?«, flüstert Abby zurück.

»Gordon Urquardt war nicht imstande, Hand an sich selbst zu legen, vielleicht aus Angst, vielleicht aus moralischen Gründen. Was hat er getan? Hat er einen Killer engagiert, der die Tat ausführen sollte?

In diesem Fall hätte er sich eine angenehmere Todesart aussuchen können. Ein Messerstich ist schmerzhaft, unsicher in der Wirkung, und es kann Stunden dauern, bis man daran stirbt. Gordon hat seine Verwundung mehrere Minuten überlebt. Sterbend schleppte er sich auf die Straße und taumelte noch eine ganze Strecke den Pier entlang. Weshalb floh er von dem Ort, an dem die Tat begangen wurde? Weshalb floh er aus dem Dragon?«

Rosy wirft einen Blick zum Wirt, zu Sara und schließlich zur Mutter des Toten. »Gordon hätte sein Ende einfach abwarten können. Er aber lief ins Freie. Warum?«

Ein Blick zum Anwalt. »Durch Sie ist mir der wahre Grund klar geworden, Mr Sykes. Gordon Urquardt wollte ein letztes Mal mit seiner Frau sprechen. Er wollte ihr sagen, dass sie frei sei und dass ihr seine traurige Existenz nicht länger zur Last fallen würde. Er wollte ihr versichern, dass er sie bis in den Tod geliebt hatte ... Ja, so etwas gibt es.«

Über ihren letzten Satz staunt Rosy selbst. *Liebe bis zum Tod,* das sagt sich einfach, doch Rosy hat die steinige Wahrheit, die damit verbunden ist, kennengelernt. Auch sie glaubte an die Liebe bis in den Tod und gelobte, sich daran zu halten. Es war ihr nicht möglich.

Rosy tritt auf Sara zu. »Gordon hat Sie angerufen, Mrs Urquardt. Er erreichte Sie auf der Party Ihrer Familie, zu Ihrem Glück, dadurch waren Sie weit genug vom Tatort entfernt, um nicht in den Kreis der Verdächtigen zu geraten. Genau wie Mr Begley, der ausgerechnet jene Nacht mit einer anderen Frau verbracht hat.«

Rosy bemerkt den düsteren Schatten in Saras Miene. »Mit anderen Worten: Gordon hatte Ihnen anvertraut, dass er nicht mehr leben wollte. Er hatte angekündigt, was passieren würde, und er hat Wort gehalten. Er sagte Ihnen Zeit und Ort seines Todes voraus, um Sie zu schützen. So wie er Sie immer beschützt hat, Mrs Urquardt. Gordons Anruf erreichte Sie, Sie hörten seine letzten Worte, Sie waren vielleicht schockiert darüber oder sogar wehmütig, dass der Mann, der Sie auf Händen getragen hat, nicht mehr sein würde. Aber Sie haben sich rasch beruhigt und nach Gordons Abschied Ihr Handy weggeworfen, damit jede Spur, die zu Ihnen führen konnte, verwischt wurde.«

Rosy erwartet eine Reaktion von Sara oder ihrem Anwalt, aber beide bleiben stumm.

»Damit wissen wir aber noch nicht, wie die Tat vonstattenging und wer der Täter war.« Rosy steckt die Hände in ihre Jackentaschen. »Es gibt nur einen einzigen Menschen, der dafür infrage kommt.« Sie dreht sich um. »Und das sind Sie, Miss Byrne.«

Erin will sich auf dem Barhocker aufrichten, doch als ob jemand die Luft aus ihr herausgelassen hätte, sackt sie im nächsten Moment zusammen.

»Ich soll meinem Onkel ein Messer in den Rücken gerammt haben?« Ihre Worte kommen nicht als vehemente Gegenwehr, sie klingen eher wie ein trauriges Geständnis. »Weshalb hätte ich das tun sollen?«

»Aus Mitleid. Aus tiefer Anteilnahme und der Überzeugung, dass Ihrem Onkel anders nicht zu helfen war.«

»Das ist Unsinn.« Bis jetzt hat Alec Henderson kein Wort gesprochen. Nun lehnt er sich über den Tresen. »Ich war den ganzen Abend hier, während Erin und Gordon beisammensaßen.«

»Auch diese beiden Ladys waren hier«, nickt Rosy. »Trotzdem haben sie die Tat weder gesehen noch gehört.«

»Ist das nicht seltsam?«, lässt sich Abby vernehmen. »Wir haben nichts gesehen.«

»Sie konnten gar nicht sehen, was geschah«, bestätigt Rosy. »Miss Byrne, ich sagte, Sie seien die Einzige, die für die Tat infrage kommt, weil Sie Gordons Wunsch zu sterben gebilligt haben.«

»Das stimmt nicht. Ich bin ja eigens aus Irland angereist, um ihm zu helfen.«

»Und Sie blieben wochenlang an seiner Seite. Sie haben ihn beraten, haben ihm Psychopharmaka beschafft, um seine tiefe Depression zu lindern. Doch in Gordons Fall war es zu spät dafür. Sie hätten ihn nur retten können, wenn Sie ihn in eine geschlossene Anstalt gebracht hätten. Man hätte Gordon Urquardt vor sich selbst schützen müssen, Miss Byrne. Auch Sie, Mrs Urquardt, hätten diesen Weg einschlagen sollen, statt der Selbstzerstörung Ihres Mannes tatenlos zuzusehen.«

»Bin ich hier, um mir einen psychologischen Vortrag anzuhören?«, kontert Sara. »Wenn Sie wissen, wer es war, verraten Sie es uns. Wie Sie selbst sagten, kann ich es nicht gewesen sein.«

»Moralisch sind Sie für seinen Tod verantwortlich.« Rosys Ton ist kategorisch. »Aber leider gibt es für eine Schuld wie Ihre keine Gerichte.«

»Verschonen Sie mich mit Ihrer Sonntagspredigt.«

»Sie leben nur nach den Gesetzen der eigenen Befriedigung«, fährt Rosy scharf fort.

Sara stößt ein Lachen aus. »Tun wir das nicht alle?«

Rosy sammelt sich. Ihre Gefühle, die sie nur mit Mühe in Schach hält, haben sie dazu gebracht, eine Vorverurteilung auszusprechen. So etwas wäre ihr normalerweise nie passiert. Aber dieser Tag gehört nicht zu den normalen. Rosemary hat ihrem Mann angekündigt, aus dem gemeinsamen Heim auszuziehen. Sie beabsichtigt, ihren Sohn ins Auto zu packen und mit ihm eine gesichtslose Wohnung in Gloucester zu beziehen. An einem Tag wie diesem passieren unvorhersehbare Dinge.

So zum Beispiel, dass Erin Byrne in diesem Moment seitlich vom Barhocker sinkt. Ihr Gesicht ist fahl, ihre Augen sind geschlossen. Sucht sie nach Halt, tut sie einen Griff zum Tresen? Erin Byrne verliert einfach das Bewusstsein und ist im Begriff, hart auf den Boden hinzustürzen.

Da packt sie eine Hand, da fängt sie ein kräftiger Arm. Alec Henderson sah das Unglück kommen, sprang hin und fing Erin auf. Ohnmächtig ruht sie in seinem Arm, hilflos wie ein Kind.

Der Wirt betrachtet Erin sorgenvoll. »Sie hat schon wieder nichts gegessen«, erklärt er, als er die Blicke der Anwesenden, den Blick der Kommissarin spürt.

»Woher wissen Sie das? Kennen Sie Erin Byrne so gut?«, fragt Rosy.

Bevor er antwortet, nimmt Alec Erin auf den Arm und bettet sie auf eine Bank. »Sie war eben oft bei mir im Pub.«

»Jedes Mal, wenn sie ihren Onkel begleitet hat.« Rosy tastet nach dem Puls der Bewusstlosen. »Mr Urquardts Tod liegt nun aber schon einige Tage zurück. Ist Miss Byrne weiterhin in den Dragon gekommen?«

»Man muss ihre Beine hochlegen«, meint Adele.

»Man muss die Ambulanz rufen«, meint Abby.

»Wollen Sie nichts unternehmen?«, fragt der Anwalt.

Mit einer Geste schneidet Rosy sämtliche wohlgemeinten Ratschläge ab. »Ihr Puls ist gleichmäßig. Sie kommt gleich wieder zu sich.« Ein Blick zu Alec Henderson. »Sie beide haben sich angefreundet, nicht wahr?«

Alec macht einen Lappen nass. »Ich würde sagen, wir sind eher gute Bekannte.«

Rosy beobachtet, wie er Erin das Tuch auf die Stirn legt und ihre Hand nimmt. »Ich glaube, das Schicksal von Erin Byrne liegt Ihnen sehr am Herzen, Sir.«

»Inwiefern?«

»Erin kam praktisch jeden Abend in Ihr Lokal. Immer begleitete sie ihren Onkel, den unglücklichen Mr Urquardt, der sich selbstquälerisch betrunken hat, während Mr Begley, Ihr Bruder, einen Stock höher mit Urquardts Frau Sex hatte. Was für eine sonderbare Zusammenkunft muss das jeden Abend gewesen sein?« Rosy betrachtet Erins regloses Gesicht. »Der verzweifelte Onkel, die Nichte mit ihrer wachsenden Hilflosigkeit und der Wirt, dessen Bruder zur gleichen Zeit mit Sara schläft. Eine Situation von solcher Ausweglosigkeit ist schwerlich vorzustellen. Aber es gab einen Ausweg.« Rosys Blick bleibt an Sara Urquardt hängen. »Ihr Mann hat diesen Weg genommen. Hat er Ihnen verraten, wie er es anstellen wollte?«

»Nein.« Kerzengerade sitzt die Witwe da.

»Erin Byrne ist gerade zusammengebrochen, weil sie die Wahrheit kennt. Deshalb werden wir warten, bis Erin Byrne das Bewusstsein wiedererlangt.«

Rosy ist heiß geworden, sie öffnet ihre Jacke. Flüchtig wischt sie Schweißperlen von der Oberlippe. Niemand bemerkt es außer ihrem Sergeant.

29

Biegsame Verzweiflung

Ich fühle mich gefangen in einer grausamen, irrwitzig grellen Farce. In der Groteske, deren trauriger Held ich bin, habe ich mir einen harmlosen Flirt zuschulden kommen lassen. Meine Frau dagegen, die Antagonistin dieser Farce, hat echte Schuld auf sich geladen. Sie hat gestanden, dass sie die Ehe brach. Doch statt es mir zu überlassen, Konsequenzen zu ziehen und über kommende Schritte nachzudenken, *tut sie es!* Rosy setzt Maßnahmen, als ob nicht sie sich schuldig gemacht hätte, sondern ich. Nicht ich verweise sie meines Schlosses, Rosy ist es, die mich durch ihren Weggang für die Tat bestraft, die sie begangen hat. So geht Rosy immer vor: Sie schafft Fakten, und ich sehe mich jedes Mal gezwungen hinterherzulaufen. Mit ihrem Tempo, ihrer Reaktionsgeschwindigkeit kann ich nicht mithalten. Selbst im Ehebruch ist Rosy mir voraus!

»Selbst im Ehebruch ist Rosy mir voraus«, sage ich in mein stilles Arbeitszimmer. Laut ausgesprochen ist der Satz noch grausamer und endgültiger.

Seit Rosy vorhin in den Dragon aufbrach, hatte

ich mehrmals den Impuls, Milly anzurufen. Nicht aus Rache, ich wollte nur mit jemandem sprechen, der sich in Liebesverwicklungen besser auskennt als ein Earl, der zum Hahnrei wurde.

In solchen Momenten wird mir klar, wie wenige Freunde ich habe, weil es mir nicht gegeben ist, Menschen dauerhaft an mich zu binden. Ich begreife, wie sehr mir mein Vater fehlt, mit dem ich jedes Thema auf der Welt besprechen konnte. Manchmal rufe ich in schwierigen Situationen meine Schwester in London an und hole mir Rat. Diesmal nicht. Ich könnte Mathilda unmöglich fragen, was nun zu tun sei, nachdem meine Frau es mit einem Olympioniken aus Cornwall getrieben hat.

Milly aber kann ich fragen. Milly steht weit genug entfernt von meinem Leben und ist mir zugleich vertraut genug, um ihr mein Herz zu öffnen. In ausweglosen Situationen ist ein Fremder manchmal besser in der Lage zu helfen als jemand, der mit dem Hilfesuchenden fühlt.

Als ich zum Telefon greife, höre ich überall Sirenen schrillen. Es sind Sirenen der Voraussicht, die mich warnen, diese Nummer nicht zu wählen, nicht ausgerechnet jetzt, da ich schwach bin und mich im freien Fall befinde. »Ruf Milly Kowalczyk lieber nicht an«, sage ich beschwörend in mein Zimmer.

»Milly Kwaltschi«, höre ich eine Stimme hinter mir. Philipp John hat sich in mein Arbeitszimmer geschlichen. »Milly Kwaltschi?«

»Ja, so heißt sie.« Ich streichle sein Haar. »Was

meinst du, soll ich Milly Kwaltschi anrufen, oder soll ich Milly Kwaltschi besser nicht anrufen?«

Bin ich verrückt geworden? Ich fordere einen Dreijährigen auf, Orakel zu spielen? Ich tue es, weil ich mir insgeheim wünsche, Milly zu sprechen, gleichzeitig habe ich Furcht davor. Ich bin einsam, verlassen, und zu allem Überdruss bin ich ein schwacher Mensch.

»Milly Kwaltschi«, lautet der salomonisch undurchschaubare Spruch meines Sohnes.

»Dann rufe ich sie also an.« Meine Hand langt zum Telefon. Sekunden später höre ich das Freizeichen, höre Millys Stimme.

»Hallo, Arthur.«

»Hallo, Milly.«

»Wie geht's?«

»Nicht so gut, ehrlich gestanden.«

»Ist etwas passiert?«

»Das kann man wohl sagen.«

»Willst du es *mir* sagen?«

»Das wäre mir offen gestanden angenehm.«

»Jetzt?«

»Jetzt kann ich nicht. Ich muss auf Johnny aufpassen.«

»Wann hättest du denn Zeit?«

»Bist du noch in der Baumschule?«

»Nein, schon zu Hause.«

»Hast du heute Abend etwas vor?«

»Gar nichts.« Als ich ängstlich schweige, fährt sie fort: »Magst du vorbeikommen?«

»Wäre das möglich?«

»Weißt du die Adresse noch?«

Als ob ich diese Adresse jemals vergessen könnte. »Dann will ich mal sehen, ob ich Mrs Dench erreiche. Danke, Milly.«

»Nichts zu danken.« Sie legt auf.

Nachdem Rosy vorhin das Schloss verlassen hatte, packte mich Verzweiflung über meine Lage. Verzweiflung ist etwas Tonnenschweres, sie hat die Eigenschaft, den Verzweifelten zu Boden zu drücken. Seit dem Telefonat mit Milly ist meine Verzweiflung nicht mehr so starr, sie ist biegsam geworden. Nachdem sich in der Groteske, deren Held ich bin, der Vorhang über dem Akt mit dem Titel *Ehebruch* gesenkt hat, heißt es jetzt: Vorhang auf für etwas, das noch grotesker werden könnte.

»Milly Kwaltschi«, sagt mein Sohn.

»Genau so heißt der nächste Akt.«

»Das ist gut.« Er lacht.

»Hoffentlich hast du recht«, sage ich und tippe die Kurzwahl von Mrs Dench.

Wenn ich mich insgeheim davor gewappnet habe, zu einer verführerischen Frau aufzubrechen, so erweist sich meine Vorausschau als falsch. Milly empfängt mich in Jogginghosen und Pantoffeln, sie trägt einen Pullover von der Größe eines Zeltes. Zum ersten Mal sehe ich eine Brille auf ihrer Nase.

»Du brauchst eine Brille?« Ich überreiche ihr die

Flasche Wein, die ich aus meinem Keller geholt und an Mrs Dench vorbeigeschleust habe.

»Danke.« Sie stellt den feinen Tropfen achtlos auf die Schlüsselablage im Flur. »Ohne Brille wäre ich blind wie eine Fledermaus. Bei der Arbeit trage ich Kontaktlinsen.«

Sie führt mich ins Wohnzimmer, das an Ungemütlichkeit kaum zu übertreffen ist. Der Boden besteht aus billigem Laminat, dessen Dielen niemals mit echtem Holz in Berührung kamen. Kein Bild hängt an der Wand, kein Bücherregal gibt dem Blick des Besuchers einen Punkt zum Verweilen. Reste eines Take-away-Dinners verwandeln den Couchtisch in einen Abfallberg. Nicht nur, dass Milly geschmacklos wohnt, sie hat nicht die geringste Anstrengung unternommen, ihr Apartment für meinen Besuch etwas wohnlicher zu machen. Eine Schwimmkerze, ein paar Kekse auf dem Tisch hätten schon genügt, doch Milly lässt mich einen Blick in die Welt einer jungen Frau werfen, der jeder Sinn für Wohnlichkeit fehlt.

»Ist nicht besonders ordentlich bei mir«, räumt sie ein, da ihr mein enttäuschter Rundumblick nicht entgeht.

»Es ist ziemlich … unverschnörkelt bei dir«, erwidere ich, da ich unser Gespräch nicht mit einer Missstimmung beginnen möchte.

»Setz dich.« Sie schiebt die Essensreste zusammen, ohne sie hinauszubringen.

Da mich das Sofa mit seiner Farbe von etwas

schlecht Verdautem abstößt, wähle ich den durchgesessenen Schwingstuhl. »Danke.«

»Was hast du auf dem Herzen?«

Taugt das als Frage, um feinfühlig in ein sensibles Gespräch überzuleiten? Ich schaue in Millys schönes, blasses, in dieses bebrillte Gesicht. Wo ist die euphorische Gärtnerin geblieben, die mir bei unserer ersten Begegnung von ihrer Begeisterung für mein Adelshaus vorschwärmte? Sie ist noch da, doch ihre Schwärmerei galt einer hohlen Form und nicht dem Menschen, der dahintersteht.

»Eigentlich ist mein Problem halb so schlimm«, antworte ich. »Wir müssen es nicht besprechen.«

»Aber deshalb bist du hergekommen.«

Ich frage mich tatsächlich, warum ich es getan habe. Von Milly Kowalczyk kann ich keine Anteilnahme erwarten, keine Linderung. Wenn die Wohnung eines Menschen ein Spiegel seiner Seele ist, müsste Millys Seele eine Wüste sein. Selten hat sich der Zauber einer Frau so rasch verflüchtigt wie ihr Eindruck auf mich in diesen Minuten. Sie ist schön, aber es ist die Schönheit von unechtem Schmuck. Er glitzert und ist doch wertlos.

Kaum angekommen, suche ich im Geist bereits nach einer Ausrede, wie ich rasch wieder aufbrechen kann. »Ich darf den Jungen nicht zu lange allein lassen«, leite ich meinen Rückzug ein. »Er schläft unruhig. Wenn er aufwacht, mag er es nicht, wenn weder Rosy noch ich bei ihm sind.«

Milly wirft sich auf das Sofa. »Okay.« Ihre Beine

sind wunderbar lang, doch man könnte sie auch als dürre Storchenschenkel bezeichnen. »Ich habe Durst«, sagt sie. »Magst du was trinken?«

Weil *sie* Durst hat, bietet sie mir etwas zu trinken an: Mein innerliches Kopfschütteln wird immer heftiger. »Du hast den Wein draußen gelassen.«

»Ich mag keinen Wein. Wie wär's mit etwas Härterem? Ich könnte uns Mojitos machen.«

»Ist das nicht zu viel Aufwand?«

»Ich hab Fertigmix-Mojito im Eis. Da tue ich bloß ein Blatt Minze rein.«

Sie bietet mir Instant-Mojito an, das Bild rundet sich allmählich ab. »Für mich bitte nur einen kleinen.«

Gleich darauf kommt Milly mit den Getränken zurück, wir stoßen an. Das Zeug schmeckt nicht einmal schlecht, wie meistens bei Nahrungsmitteln, die sich vorwiegend aus Aromastoffen zusammensetzen. Während wir trinken, frage ich mich, wie ich auf die Idee kam, dieser Frau meine intimen Probleme anvertrauen zu wollen. Das wäre so, als ob man versuchen würde, auf einer Buschtrommel Schubert zu spielen. Von der Frau auf dem Sofa kommt keine Freundlichkeit, keine Tröstung. Zugleich spüre ich die Wirkung des Alkohols rascher, als mir lieb ist. Der farbige Nebel, in den der Rum die Umgebung taucht, versetzt mich in eine nonchalante Stimmung. Mit einem Mal ist es mir egal, dass Millys Pantoffeln Löcher haben, dass die Deckenbeleuchtung das Ambiente eines Gestapoverhöres ausstrahlt. Ich strecke meine Beine aus und sage: »Und wie geht es dir so?«

»Mir geht es scheiße, Arthur.«

Welch eine Veränderung geht mit der geist- und herzlosen Milly vor sich? Ihre Lippen zittern, ihre Augen werden glasig, ihre Wangen röten sich. Eine Träne rollt darüber.

»Milly, was ist denn?«

»Ich wollte nicht, dass du es mitkriegst, weil du doch selbst Sorgen hast, aber ich bin in einer Scheißverfassung. Ich hätte dich nicht bitten dürfen herzukommen. Ich weiß, wie schlimm es bei mir aussieht, aber ich kann mich zurzeit zu nichts aufraffen. Ich bin so biestig, so scheiße drauf, ich würde mich am liebsten selbst auskotzen.«

»Aber nein, ich finde deine Wohnung ... funktional. Wegen mir musst du keine Umstände machen. Ich weiß, wie das ist, wenn man keinen inneren Antrieb hat.«

»Kein Antrieb, genau, so fühle ich mich, total scheiße«, sagt sie nun zum vierten Mal. »Wenn ich den Job bei Trevena nicht hätte, die Blumen, die Bäume, ich glaube, ich würde wahnsinnig werden.«

»Was ist denn der Grund?« Ich spanne die Oberschenkel an, beuge mich zu Milly und streichle ihren Unterarm.

»Kannst du dir das nicht denken?« Ihre Hand greift nach meiner.

»Bist du nicht gesund?«

»Ich strotze vor Gesundheit.«

»Deine Arbeit scheint nicht das Problem zu sein. Was ist es dann?«

»Die ewige alte Story.«

»Welche?«, frage ich, da mir keine ewige alte Story in den Sinn kommt.

»Ich bin verliebt.«

Ihre Antwort versetzt mich augenblicklich in eine Zwischenwelt aus Sorge und bangem Hoffen. Milly ist verliebt? Gegen meinen ausdrücklichen Wunsch beginnt mein Herz schneller zu schlagen.

»Das ist doch etwas Schönes.« Meine Hand drückt ihre sanft. »Verliebt in wen?«

»Ach, es ist so banal.«

»Liebe ist nie etwas Banales«, philosophiere ich.

Ihre tränenerfüllten Augen sehen mich durch die Brille an. »In einen verheirateten Mann natürlich.«

Jetzt ist es aus mit meiner Beherrschung. Milly hat es gesagt: Sie liebt einen verheirateten Mann. Sie hat einem verheirateten Mann Rosenstöcke verkauft, sie ließ sich von einem verheirateten Mann zum Dinner einladen, sie stieg auf die Zinnen des Schlosses eines verheirateten Mannes, wo sie ihn küsste.

»O Milly … Milly … ich weiß nicht, was ich sagen soll.« Verflogen ist meine Herablassung, die Distanz, die ich noch vor Sekunden spürte. Meine Reserviertheit ist einer Aufregung gewichen, die ich mir gar nicht erst erklären möchte.

»Ja, ist das nicht scheiße? Ist es nicht das Letzte, was ich gerade brauchen kann?«, erwidert sie.

»Das Letzte, wieso? Ich bin hier, ich bin zu dir

gekommen. Wir können miteinander reden, im Grunde ist doch alles gut.«

»Du bist wirklich lieb.« Ein langer Blick, ein plötzlicher Impuls, und Milly fliegt mir um den Hals. »Danke, Arthur, dass du hergekommen bist. Ich kann diese einsamen Abende einfach nicht länger ertragen.«

»Oh, du Süße, du verrückte Milly«, hasple ich, weit entfernt von der Fassung, die mein Alter, meine gesellschaftliche Stellung und mein Familienstand in diesem Augenblick von mir verlangen. »Wie hätte ich das denn wissen sollen?«

Ich streichle ihren Rücken, ihren Hinterkopf, spiele mit ihrem Haar, ich wende ihren Kopf. Warum wende ich ihren Kopf? Um Milly zu küssen. Um eine andere Frau als meine Frau zu küssen. *Auge um Auge, Zahn um Zahn,* ist der Schlachtruf, der nun doch in mir erklingt. Warum soll mir verboten sein, was Rosy sich erlaubt hat? Weshalb soll ich der verständnisvolle Ehetrottel bleiben, da eine schöne Frau hingebungsvoll in meinen Armen liegt?

»Ach, Milly.« Ich drehe ihr Gesicht noch weiter zu mir.

»Mortimer ist Architekt«, sagt sie leise. Ihre Lippen bewegen sich dicht vor meinem Mund.

»Wer ist Architekt?«

»Mortimer, mein Freund. Der Mann, der mir nie gehören wird.«

»Mortimer ist dein …?«

Waren es nachmittags noch Sirenen, die mich

davor warnten, Milly anzurufen, sind es jetzt Donner und Blitz. Es ist jene gleißende Helligkeit, die die Luft erfüllt, bevor der Blitz in eine Eiche fährt, um sie zu spalten. Ich selbst bin diese neunhundert Jahre alte englische Eiche, in die der Blitz fährt und mich mit Erleuchtung erfüllt. Die Erleuchtung sagt: Milly liebt nicht dich. Sie hat dich nie geliebt, sie hat sich von dir nur trösten lassen. Du hast als Platzhalter für einen anderen hergehalten, als Ablenkung von einem Architekten namens Mortimer, dem ihr Herz gehört.

Noch nie habe ich eine vergleichbare Größe an mir festgestellt. Ich stecke den Blitzstrahl, der mein Herz zerreißt, den Dolchstoß, den Milly mir verpasst hat, mit Grandezza weg und verwandle mich in den, den sie in mir die ganze Zeit sehen wollte: den verständnisvollen Freund. »Weshalb könnt ihr denn nicht ganz zusammen sein, du und dein Architekt?«

»Weil er verheiratet ist, habe ich doch gesagt«, antwortet sie beinahe trotzig.

»Aber wenn ihr euch liebt …«

»Klar liebt er mich, aber vor allem will er natürlich mit mir vögeln.«

Ich kann den guten Mortimer verstehen, trotzdem sage ich: »Auch das ist eine Form der Liebe.«

»Komm, Arthur, ich bin nicht doof. Morty hat seinen Spaß mit mir, aber er und seine Frau führen das Architekturbüro gemeinsam. Sie hat das Geld von den beiden. Er kann sie nicht verlassen, selbst wenn er mir das manchmal vorlügt.«

Ehe ich es verhindern kann, wirft Milly sich wieder an meine Schulter.

»Komm, na, komm schon.«

Milly weint.

»Das ist doch… gar nicht so schlimm«, improvisiere ich eine magere Tröstungsarie.

Milly klammert sich an mich, hält mich fest umschlungen. Auch wenn ihre Beine dafür zu lang sind, quetscht sie sich an den Armstützen des Schwingstuhles vorbei und setzt sich rittlings auf mich. Hilflos bin ich in dem garstigen Möbelstück gefangen.

»Scheiße«, murmelt Milly, während ihre Lippen meine suchen. »So eine beschissene Scheiße.« Ihr Mund trifft und schnappt zu. Ihre Lippen umschmiegen meine, ihre Lippen öffnen sich. Eine heiße Zunge dringt tief und energisch in meinen Mund ein. Die Zunge geht auf Entdeckungsreise, umspielt meine Zahnreihen und das Innenleben meines Mundes. Nach einer überraschten Pause erwidert meine Zunge dieses Spiel, unsere Zungen vertiefen sich ineinander. Unsere Zungen wissen nichts von Rosy, die gerade einen Mord auflöst, unsere Zungen haben Mortimer, den verheirateten Architekten, vergessen. Unsere Zungen wollen sich nicht voneinander lösen, genau wie unsere Körper, die eng zusammenrutschen, wie unsere Becken, die gegeneinanderwippen, bis der Schwingstuhl seinen Zweck endlich erfüllt und zu schwingen beginnt. Ungewohnte Laute geben wir von uns, Verständlichkeit ist nicht mehr möglich, wenn ein Mund fest auf dem anderen liegt. Bald beginnen wir an den Kleidern des anderen zu zerren. Bei Milly ist der Aufwand gering, der Pulli und ein BH sind rasch abgetan. Mit meinem Tweedsakko, dem karierten Hemd und dem Unterhemd hat Milly mehr zu tun.

Irgendwann ist die Grenze zur Unvernunft endgültig überschritten. Gleitend verschwindet die Vernunft im Dunkel des Berechenbaren. Die Hölle der Lust hat sich aufgetan, Milly und ich sind bereit hinabzusteigen.

30

Das Messer

Aus einem großen Glas trinkt Erin Byrne Whisky in kleinen Schlucken. Wie Rosy vorausgesagt hat, ist die Irin nach wenigen Minuten wieder zu sich gekommen. Fast alle gaben ihrer Besorgnis Ausdruck, die Ladys, Larry Stanton und Urquardts Mutter, Alec Henderson und sogar die wachhabenden Constables. Nur Sara Urquardt hat sich nicht vom Platz gerührt.

»Danke. Es geht schon wieder.« Erin hebt den Blick zum Wirt. »Entschuldige, Alec.«

Warmherzig sieht er sie an. »Bei mir brauchst du dich nicht zu entschuldigen.«

Rosy hat sich von der Gruppe der besorgten Gäste entfernt. Gleich einem Westernhelden lehnt sie mit beiden Ellbogen am Tresen und überblickt das Geschehen. »In kaum einem Fall hatten die Motive so unzweifelhaft mit Liebe zu tun wie in diesem. Alles an diesem Fall und seiner Lösung besteht aus *Liebe.*« Rosy versucht, dem Wort einen sarkastischen Unterton zu geben. Das misslingt, denn die Liebe regiert den Fall des erstochenen Gordon Urquardt tatsächlich um und um. Keiner der Anwesenden weiß, wie tief die Kommissarin sich selbst von der Macht der Liebe in ihren Bann hat ziehen lassen.

Als sie das Wort ausspricht, hebt Rosys Sergeant die Augen. Es treffen sich die Blicke zweier Menschen, die das Mysterium der Liebe gekostet und als verbotenes Paradies erkannt haben. Sie spüren den Duft, den Geschmack, den Zauber dieses Paradieses noch und bemühen sich, ihrer Gefühle Herr zu werden.

Rosy ist die Erste, die sich aus der Verzauberung reißt. »Hinsetzen, Herrschaften, Miss Byrne ist wieder okay.«

Alle folgen ihrer Anweisung, es wird ruhig im Pub.

»Liebe ist ein weiter Überbegriff, so wie der Ausdruck Säugetier zahllose Variationen ein und derselben Fortpflanzungsart beschreibt.« Warum wird Rosy so metaphorisch, weshalb bleibt sie nicht bei den Fakten? Nur Rosy weiß, weshalb sie so vorgeht.

»Liebe kann etwas sehr Feines sein, so wie zum Beispiel Sie es erleben, meine Damen.« Rosy wendet sich zur Nische mit Abby und Adele. »Sie beide haben Ihre Lebenspartner verloren, sich aus dem Berufsleben verabschiedet, aber Sie haben einen Ersatz dafür gefunden: die Heiterkeit einer freundschaftlichen Liebe.«

»So darf man es wohl sehen.« Abby stößt die Freundin kichernd an.

»Sara Urquardt hat die pulsierende, erregende Seite der Liebe genossen, Liebe abseits des Erlaubten.

Sie hat in Kauf genommen, einen Menschen, der sie abgöttisch liebte, zu quälen, und dafür einem anderen Mann ihre Liebe so obsessiv geschenkt, dass sie ihm sogar nach dem Leben trachtete.«

»Ich lasse mir Ihre Zweideutigkeiten nicht länger bieten«, ereifert sich Mrs Urquardt in unerschütterlicher Primitivität.

»Wir haben aber noch ein anderes liebendes Paar hier im Raum.« Während Rosy es ausspricht, vermeidet sie Larrys Blick ebenso verbissen, wie er den ihren sucht. Romeo und Julia haben sich in der Verkleidung zweier Polizisten eingefunden, doch daran will Rosy nicht erinnert werden.

»Und dieses Paar sind Erin und Alec.«

Rosy kommt dem Protestversuch der beiden zuvor. »Woche um Woche haben Sie zugesehen, Sir, wie diese reizende, zerbrechliche Frau zu Ihnen in den Pub kam, stets an der Seite ihres Onkels. Sie haben mit Erin gelitten, die verzweifelt versuchte, etwas für Gordon zu tun, aber mit ansehen musste, wie er lethargisch wurde und sich aus dem Leben allmählich zurückzog.«

Rosy stößt sich vom Tresen ab und geht auf den Wirt des Dragon zu. »Vielleicht hatten Sie sogar ein schlechtes Gewissen, weil Ihr Bruder der Grund für Gordons Elend war. Ihr Bruder Joe verführte Urquardts Frau in Ihrem Haus. Sie haben zugesehen, wie Gordon langsam daran zugrunde ging, während Sie ihm Whisky verkauft haben, mit dem er seinen Schmerz betäubte.«

Darauf sollte es einiges zu sagen geben, doch der Wirt schweigt. Er schweigt, ohne den Blick von Erin zu wenden.

»Um Betäubung geht es auch bei dem, was nun folgt«, fährt Rosy fort. »Miss Byrne, die gelernte Pharmazeutin, verabreichte ihrem Onkel Psychopharmaka, die ihn einerseits beruhigen, andererseits von seinem fatalen Plan abbringen sollten.«

»Welchen Plan?«, fragt Erin mit einer Scheu, die ahnen lässt, dass sie die Antwort kennt.

»Den Plan zu sterben«, antwortet Rosy schlicht, doch ihre geröteten Wangen zeigen, dass ihr die Sache nahegeht. »Mr Urquardt hat sich Schritt für Schritt auf seinen Abgang vorbereitet. Zunächst verdoppelte er die Schadenssumme seiner Lebensversicherung zugunsten seiner Frau. Danach suchte er jemanden, der ihm beim Sterben helfen würde. Das war nicht einfach, denn die Gesetze für Sterbehilfe sind streng in unserem Land.«

Rosy wendet sich zum Tisch des Notars. »Erst ganz zuletzt, am Nachmittag vor seinem Tod, kamen Gordon Zweifel. Er verachtete sich für seine Hundeliebe, er hasste Sara dafür, was sie ihm angetan hatte, und wollte sie enterben. Er kam zu Ihnen, Mr Sykes, um ein neues Testament zu verfassen. Doch in Gordons Herzen blieb die Liebe zu Sara unwandelbar, deshalb hat er das Testament nicht unterschrieben. Deshalb suchten Sie Gordon im Dragon auf und wollten ihn umstimmen. Doch als Sie eintrafen, war es schon zu spät. Er hatte den tödlichen Messerstich bereits erhalten. Sie haben diesen Stich nicht ausgeführt, Mr Sykes, genauso wenig wie Constable Masterson gesehen haben konnte, dass Sie den Mord begangen haben.«

Rosy gönnt dem suspendierten Polizisten einen kurzen Blick. »Nein. Sie alle können es nicht getan haben, denn das Motiv für diesen Mord war kein anderes als Liebe. Dieses Verbrechen geschah aus aufopfernder Liebe.«

Die Kommissarin nimmt neben Erin Byrne Platz. »Sie, Miss Byrne, haben Ihrem Onkel, den Sie liebten, die Gnade erwiesen, ihn vom Leben in den Tod hinüberzuhelfen.«

»Ich... Nein...« Erin besinnt sich, wirft einen Blick zu Alec und stellt ihr Glas ab. »Ja, es ist die Wahrheit, Detective. Ich habe es getan. Jeden Tag musste ich Gordons Verfall mit ansehen. Das Leben bedeutete nur noch Qual und Erniedrigung für ihn. Mehrmals hat er mich angefleht, ihm zu helfen. Er bat mich um ein Mittel, mit dem er es selbst tun konnte. Das habe ich ihm besorgt. Darauf stieg Gordon in sein Auto und fuhr weg. Er wollte es draußen am Meer tun.«

»Aber am nächsten Tag lebte er noch immer, nicht wahr?«

»Am nächsten und auch am übernächsten Tag und all die Tage darauf. Er brachte es nicht über sich. Er war zu schwach dafür.«

»So war er immer.« Sara Urquardt zieht die Lederjacke vor ihrer Brust straff. »Gordon war schwach.«

»Und schließlich haben Sie also zugestimmt, nicht wahr?«, hilft Rosy Erin weiter.

»Ich konnte es nicht länger mit ansehen.« Sie senkt den Kopf. »Ja, ich sagte zu.«

»Und darauf wurde der Abend vereinbart, an dem es geschehen sollte.« Erin nickt. Rosy wendet sich zur Witwe. »Als Nächstes hat Ihr Mann Sie gewarnt, das Dragon an dem betreffenden Abend zu meiden, Mrs Urquardt. Sie wussten, was er vorhatte.«

»Nein.«

»Aber Sie ahnten es, und Sie hätten es verhindern können. Doch Ihre einzige Reaktion war es, Ihren Geliebten zu warnen. So kam es, dass weder Sie noch Begley zur Tatzeit hier waren. Sie besuchten eine Familienfeier, er hatte Sex mit seiner Cousine, zwei perfekte Alibis. Dann kam der Abend, Miss Byrne, an dem Sie und Gordon sich hier trafen. Diesmal hatten Sie eine spezielle Ausrüstung dabei, nicht wahr? Es waren die Spritzen, die Sie bemerkt haben, meine Damen«, sagt Rosy zu Abby und Adele. »Das Dragon war praktisch leer, also hatten Sie keine Scheu, Ihrem Onkel die Spritzen zu zeigen, mit deren Hilfe er in den Freitod gehen sollte.«

»So war es«, nickt Erin.

»Haben Sie ihm das Medikament verabreicht?« Rosy beantwortet ihre Frage selbst. »Nein, Miss Byrne. Denn in diesem Fall hätten wir den tödlichen Cocktail bei der Obduktion entdeckt. Was ist schiefgegangen? Wieso haben Sie zum Messer gegriffen?

Weshalb haben Sie Ihrem Onkel seinen Wunsch auf diese Weise erfüllt?«

Erin atmet schwer. »Weil es schnell gehen musste.«

»Warum? Sie hatten keine Eile.«

»Doch, Mr Sykes rief Gordon an. Er sagte, er müsse ihn unbedingt sprechen. Mein Onkel wollte nicht, aber Sykes bestand darauf, ihn im Dragon aufzusuchen.«

»Und dann?«

»Dieses Barbiturat wirkt nicht so schnell, es führt zuerst zu einer Ohnmacht. Sykes wäre also Zeuge geworden, wie mein Onkel starb. Das durfte nicht geschehen.«

»Und dann?«

»Gordon hat mich angefleht, es trotzdem zu tun. Sie hätten ihn sehen sollen, diese Verzweiflung, diesen weidwunden Blick. Er wollte sterben, endlich sterben, noch in dieser Minute.« Kaum noch fähig zu sprechen, sinkt Erin gegen die Lehne. »Da hatte ich plötzlich das Messer in der Hand.«

»Geschah das hier im Schankraum?«

»Nein, wir waren in Alecs Küche gegangen. Gordon sank vor mir auf die Knie. Können Sie sich das vorstellen? Mein Onkel lag auf den Knien und flehte mich an, ihm beim Sterben zu helfen.«

»Weiter.«

»Ich hatte das Messer. Ich beugte mich zu ihm. Dann habe ich ihm das Messer in den Rücken gestoßen. Als er den Stich spürte, war kein Schmerz in seinen Zügen, kein Bedauern, nur große Erleichterung. Mein Onkel war mir dankbar, dass ich es getan hatte.«

»Nein«, sagt eine Stimme, tief und ruhig. Als Rosy sich zu der Stimme umdreht, entdeckt sie Tränen, die dem Wirt über die Wangen laufen und sich in seinem Bart verlieren. »So war es nicht«, sagt Alec Henderson.

»Wie war es dann, Sir?« Eine besondere Heiligkeit liegt in Rosys Frage, so etwas wie Bewunderung und Erleichterung. »Wie ist es wirklich gewesen?«

»Erin konnte es nicht tun.« Der Wirt legt seine Hand auf die Schulter der Irin. »Du kannst keinen Menschen umbringen, meine Liebe. Niemals hättest du es vermocht.« Er strafft den Rücken. »Ich war nicht imstande, mit einer Spritze umzugehen. Das Todesmittel lag auf der Anrichte, aber keiner von uns war fähig, es anzuwenden.« Er wischt sich über die Augen. »Stellen Sie sich meine Lage vor. Wir waren hier, um einem Menschen aus dem Leben zu helfen, aber wir konnten es nicht auf die vorgesehene Weise tun. Gordon kniete auf den Fliesen und flehte Erin an, ihn zu töten. Sie brachte es nicht über sich.«

Alec verlässt die Nische, geht in die Mitte des Schankraumes und streckt sich zu den jahrhundertealten Balken hoch. Er tastet nach etwas. Er zieht die Hand zurück.

»Ich habe mein Fischmesser genommen, habe Erin angesehen und Gordon. Er erkannte, was ich vorhatte, und seine Augen wurden groß. Dann sagte er einen erstaunlichen Satz, ich werde ihn nie vergessen. Er sagte: ›So geht es schneller‹.«

Alec Henderson legt das Messer vor Rosy auf den Tisch. »Ich weiß, wie man Fisch zerlegt und Hasen und Geflügel, Detective. Ich habe das Messer dorthin gestoßen, wo ich glaubte, dass es Gordon am schnellsten töten würde.«

Es ist so still im Dragon, dass man draußen die Möwen schreien hört.

»Danke«, sagt die Kommissarin. »Ich danke Ihnen, Mr Henderson.«

»Warum, Alec?«, flüstert Erin.

Der Wirt schweigt. Seine Brust hebt und senkt sich.

»Wie ich schon sagte«, antwortet Rosy an seiner Stelle: »Es geschah alles aus Liebe.«

Abby reicht Adele ein weißes Taschentuch, sie tupft sich die Augen damit. Plötzlich hört man aus derselben Richtung einen Laut der Erleichterung, einen kleinen Furz der Aufregung, der Adele entfahren sein dürfte.

»Bitte verzeihen Sie«, sagt die Lady.

Erin wendet sich an Rosy. »Woher wussten Sie, dass Alec und ich ein Paar sind?«

»Geahnt habe ich es gleich am ersten Tag, als wir uns kennenlernten. Sicher war ich erst, als ich Sie zusammen im Supermarkt gesehen habe.«

»Wo?«

»Bei Tesco, vor ein paar Tagen. Wenn zwei Menschen miteinander einkaufen, sieht man ziemlich gut, wie sie zueinander stehen. Ich sah, dass Sie verliebt sind, Erin und Alec, Sie lieben einander tief und ehrlich. Und das...« Rosy stockt, Rosy kämpft plötzlich mit den Tränen. »Das ist etwas Schönes, etwas Gutes. Es ist das Einzige, was zählt.«

»Das stimmt«, wispert Abby.

»Was geschieht jetzt?«, fragt der Wirt gefasst.

»Mr Henderson, ich nehme Sie wegen Mordes an Gordon Urquardt fest. Ich rate Ihnen, sich einen guten Verteidiger zu nehmen. In Ihrem besonderen Fall könnte das Gericht gnädig sein, Sir.«

Im Hintergrund steht ein hünenhafter Sergeant. Das ist kein Mann, der nahe am Wasser gebaut ist. Doch in diesem Fall ist es zu viel für den wetterfesten Cornen. Auch Larry Stanton weint. Er weint lautlos. Er ist froh, dass niemand ihn in seiner dunklen Ecke dabei beobachtet.

31

Verloren

Bin ich glücklich? Bin ich stolz auf meine Eroberung? Im Gegenteil. So traurig war ich selten. Traurig ist das falsche Wort, verloren trifft es besser. Milly ist ein leidenschaftlicher Mensch, sie kennt die Spielformen der Lust auf ungewohntem Niveau. Milly hat Gewalten in mir freigesetzt, die ich nicht bei mir vermutet hätte. Als wir nachts das letzte Mal auseinandertaumelten, dämmerte bereits der Morgen. Ich habe jede Rücksicht außer Acht gelassen. Ich habe nicht an Mrs Dench gedacht, die auf dem Schloss im Lehnstuhl einschlief, als ich nicht zur verabredeten Zeit zurück war. Ich dachte nicht an Rosemary, die die Schlafende gefunden und heimgeschickt hat, Rosy, die versucht hat, mich zu erreichen.

Als ich im Morgengrauen am Fuß des Hügels parke, als ich die einhundertsechs Stufen hochschleiche, fühle ich mich ausgespuckt und viel unglücklicher als tags zuvor. Gestern war ich der Mann einer untreuen Frau, heute bin ich einer, der Gleiches mit Gleichem vergolten hat. In Millys Bett fühlte ich mich wie Herkules, wie Jupiter, in Wirklichkeit bin ich es nicht wert, das Tor zu meinem Schloss zu öffnen und ans Bett meiner Frau zu treten. Ich kann Rosy nicht in die Augen sehen und werde es doch müssen. Ich werde ihr meinen Fehltritt eingestehen und das Urteil erwarten. Ich muss es tun, selbst wenn unser Band dadurch endgültig zerbricht.

Gibt es keinen anderen Weg, um das Dilemma zwischen Rosy, Larry, Milly und mir zu lösen? Das Problem heißt Liebe. Die Liebe ist noch da, große, verzweifelte Liebe zwischen Rosy und mir. Liebe kann sich verlaufen, sich verirren, dann muss man sie suchen, heißt es. Ich habe mich verlaufen. Der Wald ist dunkel, es ist kein schöner Wald, sondern einer, wie man ihn aus bösen Träumen kennt. Wie finde ich heraus? Wie finde ich Rosy in dem Wald?

Ich stehe vor unserem Bett, das viele Jahre ein Ort der Liebe, der Lust, ein Ort des Glücks gewesen ist. Da schläft sie, und ihr rotbraunes Haar sieht genauso verlockend aus wie in der ersten Nacht, die wir zusammen hier verbrachten. Ihr lieber Geruch ist im Zimmer, genau wie die Atemzüge des Kindes, nach dem wir uns gesehnt haben. Alles ist da, jetzt in der Stille des frühen Morgens, doch es wird verschwinden, sobald ich mich zu Rosy beuge und sie wecke, sobald ich ihr sagen werde, was ich muss.

Ich schaue aus dem Fenster. Das erste Rosa erhebt sich über den Hügeln. Heute wird ein schöner Tag, ein Tag, um im Garten nach dem Rechten zu sehen. Da draußen ist Schönheit und Kreatürlichkeit, hier drinnen hängt die Düsternis. Das Schloss, mein Schloss wird zur Festung, in der ich bald allein sein könnte. Unser Earl, er ist wieder allein, werden die Leute sagen. Seine Frau hat ihn verlassen. Sie hat den Jungen mitgenommen. Was unternimmt er jetzt, so ganz allein auf seiner Burg? Er ist nicht zu beneiden.

Ich werde tun, was ich schon getan habe, lange bevor es Rosy gab. Ich werde in den Garten gehen. Vollkommenes Glück existiert nirgends, aber Ruhe und Gelassenheit kommen dem Glück manchmal sehr nahe. Im Garten werde ich danach suchen. Und wenn ich sie wiedergefunden habe, meine Ruhe, werde ich Rosy suchen. Wo immer sie dann sein mag, ich werde sie und meinen Prinzen finden. Ich werde ihnen meine Hand anbieten. Kommt, gehen wir zusammen in den Garten, werde ich sagen. Es wird nicht mehr der gleiche Garten sein, nicht das gleiche Gefühl, wie wir es früher hatten, aber es wird der Platz sein, wo wir uns wiederfinden, wenn wir das wollen.

Ich setze mich an Rosys Seite. Soll ich sie wecken? Meistens erwacht sie gemeinsam mit Philipp John. Gemeinsam beginnen sie den Tag. Ich werde hier sein, ich werde ihnen etwas zu essen machen. Alles Weitere wird sich finden. Ich bin traurig und verloren, aber nicht mutlos. Es ist ein neuer Tag, nicht wahr? Ein neuer Tag auf Schloss Sutherly, ein neuer Tag für uns.